HASSBEFLECKT

ILONA BULAZEL

EI Ilona Bulazel
6 B Avenue des Isles d'Amérique
F-34300 Agde

E-Mail: kontakt@autorib.de
Website: https://www.autorib.de
Facebook: https://www.facebook.com/ilonabulazel
Newsletter-Anmeldung: https://www.autorib.de/newsletter

Ausgabe 10.09_2/2023

Korrektorat: Lektorat Zeichenmanufaktur

Cover / Photo Images © Depositphotos /
exshutter (Igor Bliznyuk), namiros (Roman Ribaliov)

ISBN: 9798860980808
Imprint: Independently published
Weitere Infos zum Druck: siehe Buchende

ÜBER DAS BUCH

Wurde Claire Weber ihr Aussehen zum Verhängnis? Als das Freiburger Team um Hauptkommissarin Frederike Zimmer die Leiche einer jungen Frau entdeckt, ahnen die Beamten bereits, dass das nur der Anfang einer grauenvollen Mordserie ist.

Da es dem Täter gelingt, nach seinen blutigen Ritualen keinerlei Spuren zu hinterlassen, stehen die Ermittler vor einer außergewöhnlichen Herausforderung. Mit jedem weiteren Opfer stoßen die Polizisten auf mehr Selbsthass, unerfüllte Sehnsüchte und verstörende Familienverhältnisse.

Noch rätselhafter entwickelt sich der Fall, als eine Prostituierte getötet wird und Eifersucht als mögliches Motiv infrage kommt. Welche Rolle spielt dabei der zwielichtige Geschäftsmann Silvio Leco? Auch dessen ungewöhnliche Beziehung zu seinen Kindern gibt Anlass zu Spekulationen …

1

Claire hatte stets bekommen, was sie wollte und heute, mit zweiundzwanzig Jahren, gehörte ihr die Welt. Weder im Kindergarten noch in der Schule hätte sie jemals irgendwer zum Opfer von Hänseleien oder Mobbing gemacht – wenn überhaupt, dann war sie es, die austeilte. Das süße Mädchen mit dem strahlenden Puppengesicht war zu einer Schönheit herangewachsen, die den Männern regelmäßig den Kopf verdrehte.

Wer sie nicht mochte, der nannte sie verwöhnt und eingebildet. Womöglich wirkte Claire auf andere so, doch am Ende war nicht das der Grund für ihren Tod, sondern vielmehr ihre Naivität. Die hatte sie nämlich glauben lassen, dass es ihr gutes Recht sei, die *Wahrheit* jederzeit und überall auszusprechen. Jedwede Wahrheit, ohne Konsequenzen – doch das war ein schrecklicher Irrtum.

Das Obstmesser mit der gebogenen Klinge, das so unschuldig in der Fruchtschale gelegen hatte, die jedem neuen Gast zur Begrüßung bereitgestellt wurde, glitt mühelos über ihren schwanengleichen Hals. Zunächst hinterließ es lediglich eine feine, harmlos wirkende rote Linie, die jedoch vom herausströmenden Blut immer weiter aufgerissen und schließlich zu einer klaffenden Wunde wurde.

Claire versuchte, gegen den Tod anzukämpfen, aber wie sollte ihr das gelingen? Sie presste ihre Hände verzweifelt auf den Hals, was es ihr wiederum unmöglich machte, den nächsten Angriff abzuwehren. Dieses Mal rammte man ihr die kurze Klinge in den Unterleib. In wilder Raserei, ohne Plan und Ziel, wurde sie hin- und hergerissen und fügte der jungen Frau zahllose Schnitte zu. Die Hauptsache schien zu sein, Claire den Schmerz fühlen zu lassen.

Der Wunsch zu verletzen war in diesem Augenblick so stark, dass nicht einmal das Ausströmen des Blutes genügte. Das Wüten steigerte sich noch, glich einer Schlachtung durch brutale Hände. Voller Ungeduld übernahmen nun die Finger die Arbeit, rissen an dem Fleisch der jungen Frau, zerrten am Gewebe und scheuten sich nicht, nach dem zu greifen, was sich unter der makellosen Haut der jungen Frau verbarg.

Claire lag im Sterben, und obwohl man ihr so unbedingt Schmerz zufügen wollte, fühlte sie in ihren letzten Momenten nichts. Sie sah wie durch einen dichten Nebel etwas, das auf ihrem Bauch lag.

Glitschig und leblos, schoss es ihr für den Bruchteil einer Sekunde durch den Kopf, aber gnädigerweise verwehrte ihr der eigene Verstand die Erkenntnis, um was es sich dabei handelte.

So endete es, ohne dass Claire sich darüber bewusst werden konnte, dass man sie ausweidete und ihre Gedärme über ihrem nackten Körper verteilte. Sie starb, ohne zu wissen, dass man ihr nicht nur das Leben, sondern auch die Schönheit genommen hatte, die ihr all die Jahre das Wichtigste gewesen war.

* * *

Um die Mittagszeit

Die vierundfünfzigjährige Freiburger Hauptkommissarin Frederike Zimmer biss gutgelaunt in ihre Bratwurst – eine weiße, mit viel Senf, eingeklemmt in einem Brötchen. Mit vollem Mund gelang es ihr daher kaum zu jubeln, als die Mannschaft ihrer Dienststelle endlich das langersehnte Tor schoss.

Dafür brüllte ihr Kollege Dietmar Klein: »Na los, weiter so, ihr lahmen …«

Er schluckte den Ärger herunter, genauso wie Frederike den Bissen Wurst.

»Sei doch zufrieden, wir haben ein Tor geschossen«, beruhigte sie den gleichaltrigen Kollegen, der längst auch ein guter Freund geworden war.

»Sicher, aber aus dem Turnier scheiden wir trotzdem aus«, motzte der und fügte an, »die spielen schlecht, vor allem Julian. Ich bin enttäuscht.«

Die Hauptkommissarin ließ sich deswegen nicht die Laune verderben und widmete sich wieder ihrem Essen. Kurz darauf wurde das Spiel auch schon abgepfiffen und

Dietmar quittierte das Ergebnis mit einer wegwerfenden Handbewegung.

»Beim nächsten Turnier wird es besser«, tröstete ihn Frederike. Amüsiert fügte sie noch an: »Wusste gar nicht, dass dir die Niederlagen unserer Betriebsmannschaft so unter die Haut gehen.«

Dietmar seufzte. »Wir haben eben alle unsere Laster«, und mit einem vielsagenden Blick fixierte er Frederikes halb verspeistes Bratwurstbrötchen.

»Nahrung ist wichtig, Sport nicht«, antwortete sie spitz.

»Ich glaube, da könnte ich dir auf Anhieb hundert Menschen aufzählen, die das völlig anders sehen, bei den Medizinern angefangen«, ließ sich ihr Gegenüber auf das Geplänkel ein.

»Ich weiß, was mir guttut und was nicht«, konterte Frederike. »Und gesunder Appetit ist ja wohl kaum etwas Schlechtes.«

Dietmar blieb ihr die Antwort schuldig, denn Julian trabte im Laufschritt auf sie zu.

»Ist Karsten aufgetaucht?«, fragte er statt einer Begrüßung und Frederike kam nicht umhin, sich zu wundern.

Karsten und Julian waren normalerweise ein Herz und eine Seele. Vor allem Karsten war derjenige, der die Beziehung am Laufen hielt. Er hatte Julian geholfen, zur Ruhe zu kommen, sesshaft zu werden und seit die beiden verheiratet waren, schienen sie glücklicher denn je.

»Vermutlich wollte er sich dieses Trauerspiel ersparen«, provozierte Dietmar, aber der Jüngere ging nicht darauf ein, sondern sagte nur reserviert: »Ich muss duschen« und verschwand.

»Ärger im Paradies?«, wandte sich Dietmar daraufhin an Frederike.

Die vertilgte ihren letzten Rest Wurst und setzte gerade zu einer Antwort an, als ihr Handy klingelte.

Das Gespräch dauerte nur wenige Minuten und als es endete, ahnte Dietmar bereits, dass es ein dienstlicher Anruf gewesen war.

»Wir werden gebraucht«, erklärte sie ernst, »der freie Tag ist vorbei.«

* * *

Julian Meister hatte keine Lust, sich mit den Kollegen über das Spiel zu unterhalten. Er war in Gedanken versunken, während er sich anzog. Noch einmal sah er auf das Display seines Handys. Eben hatte er eine Nachricht von Karsten erhalten: »Sorry, Notfall bei der Arbeit, wir sehen uns zu Hause.«

Natürlich hatte Julian mit einem traurigen Emoji und einem Herz geantwortet, aber in Wirklichkeit ging ihm weit mehr durch den Kopf. Was war nur passiert und vor allem wann? Alles schien perfekt, er war glücklich, wirklich glücklich. Sicher, der Gedanke zu heiraten hatte ihn zunächst erschreckt. Immerhin war er lange Zeit ohne feste Beziehung ausgekommen und hatte diesen Umstand durchaus genossen. Dann war sein jetziger Ehemann in sein Leben getreten und …

Das Klingeln des Handys riss ihn aus seinen

Gedanken. Natürlich hoffte er, es sei Karsten; enttäuscht sah er, dass ihn Frederike zu erreichen versuchte.

Die Arbeit ruft, dachte er resigniert, wie oft hatte sich Karsten deshalb beschwert. Aber das war eben Julians Job, ohne den er sich sein Leben kaum vorstellen konnte.

2

Während Julian Meister versuchte, den Dienstwagen durch die Freiburger Altstadt zu bugsieren, was bei den zahlreichen Fußgängerzonen, Spaziergängern und engen Gassen nicht gerade einfach war, sagte Frederike: »Bislang wissen wir von den Kollegen vor Ort, dass es sich bei der Toten um eine zweiundzwanzigjährige Französin namens *Claire Weber* handelt. Sie hatte einen Ausweis und eine Reservierungsbestätigung dabei. Dort wird eine Adresse in Lyon erwähnt. Die Wohnung, die sie angemietet hat, ist ein Ferienappartement, das man über eine Internetseite buchen kann. Dietmar kümmert sich bereits darum, den Eigentümer zu ermitteln. Außerdem nimmt er Kontakt mit den französischen Behörden auf.«

Sie hatten ihr Ziel erreicht. Fahrzeuge der Gerichtsmedizin und der Kriminaltechnik blockierten bereits den Durchgang zum Tatort, Schaulustige blieben stehen und die Streifenbeamten baten die Menschen, weiterzugehen.

Frederike hievte sich umständlich aus dem Wagen, denn die Beifahrertür ließ sich nicht vollständig öffnen. Ein Blumenkübel erschwerte ihr den Ausstieg.

Die Wohnung befand sich zu allem Übel im obersten Stockwerk. Einen Aufzug gab es nicht, da das Haus vermutlich unter Denkmalschutz stand und solche Einbauten deshalb nicht genehmigt wurden. Obwohl sich Frederike sehnlichst einen Fahrstuhl wünschte, während sie die vielen Stufen erklomm, konnte sie nicht umhin, den Charme des alten Gemäuers zu bewundern. Mit viel Geschmack hatte man die breiten Treppenaufgänge renoviert und die samtroten Teppiche schluckten jedes Geräusch.

»Wie es aussieht«, kommentierte sie diesen Umstand, »stehen unsere Chancen schlecht, dass einer der Nachbarn jemanden gehört hat, der mit lauten Schritten das Gebäude nach der Tat verließ.«

Julian stimmte ihr zu und bemerkte: »Genauso unwahrscheinlich ist es, dass jemandem ein Fremder aufgefallen wäre, denn das scheinen alles Ferienwohnungen zu sein.«

»Wie kommst du darauf?«, fragte Frederike und schnaufte laut auf den letzten Metern. Jetzt rächte sich die Bratwurst und ihre Abneigung gegen sportliche Aktivitäten.

»Die Türen werden über ein Tastenfeld anstatt mit einem Schlüssel geöffnet«, führte Julian seine Überlegungen aus. »Das ist typisch für solche Objekte. Du mietest etwas online an, bezahlst online und erhältst dann ebenfalls online den Code für die Tür. Nach deinem Aufenthalt verschwindest du wieder und der Code wird für den nächsten Gast geändert, so spart man sich die Rezeption.«

Frederike, die moderner Technik durchaus aufgeschlossen gegenüberstand, auch wenn sie oft den Eindruck erweckte, dass sie ein altmodisches Offline-Leben führte, nickte. »Das wird uns die Ermittlungen nicht gerade vereinfachen.«

Wie zur Bestätigung öffnete in diesem Moment ein Kollege von der Kriminaltechnik die Tür, begrüßte die beiden und sagte bedauernd: »Ich warne euch gleich vor, chaotische Spurenlage und keinerlei Zeugen, tut mir leid. Die Leute von der Putzfirma haben sie gefunden. Es war ausgemacht, dass der wöchentliche Reinigungsservice heute stattfinden sollte. Die haben sich gewundert, dass die Wohnungstür nur angelehnt war, als sie ankamen. Dachten dann aber, das sei vielleicht Absicht, damit sie nicht klingeln müssten und sind eingetreten. Auf ihr *Hallo* hat niemand reagiert und dann entdeckten sie die Leiche. Wir haben die Aussagen bereits aufgenommen.« Er schüttelte den Kopf und murmelte: »Ich habe schon viel gesehen, aber so etwas …« Damit ließ er die Kollegen eintreten. »Das, was von ihr übrig ist, findet ihr im Schlafzimmer.«

Nach dieser Begrüßung hatte sich Frederike auf einiges gefasst gemacht, aber als sie den Tatort schließlich erreichte, musste auch sie sich zwingen, überhaupt hinzusehen.

»Können Sie schon etwas sagen?«, wandte sich die Hauptkommissarin schließlich an den Gerichtsmediziner, während sie nun konzentriert die Tote betrachtete.

Die Frau lag auf dem Rücken – nackt, bedeckt von

Eingeweiden. Frederike konnte die Teile identifizieren, die zum menschlichen Darm gehörten. Der Gerichtsmediziner, der ihrem Blick gefolgt war, murmelte erklärend: »Dünndarm, Dickdarm, ein Teil der Leber und der Gebärmutter.«

Frederike nickte, versuchte, nicht daran zu denken, was das Opfer in seinen letzten Sekunden empfunden hatte. »Ihre Haut, was ist mit ihrer Haut?«, fragte sie nach, bemüht, jegliche Emotion beiseitezuschieben.

»Tja«, reagierte der Mediziner, »wer auch immer für den Tod dieser Frau verantwortlich ist, hat sich sehr viel Mühe gegeben, seine Spuren zu verwischen. Was Sie hier sehen, ist die Folge von scharfen Reinigungsmitteln. An manchen Stellen haben sich sogar leichte Verätzungen gebildet. Man hat alles über sie gegossen, was sich in der Wohnung finden ließ.« Er deutete auf eine Kiste mit Beweismitteln. Sorgsam verpackt lagen dort diverse Haushaltsreiniger. »Chlorlösungen, Entkalker, Essigessenz, Abflussreiniger, Desinfektionsmittel, lauter Dinge, die es uns erschweren werden, DNA oder sonstige brauchbare Spuren am Körper zu finden«, fügte er noch an.

»Also ein Profi«, warf Julian ein, woraufhin Frederike langsam den Kopf schüttelte.

»Ein Profi hätte die Frau getötet und kein Blutbad veranstaltet. Für mich wirkt das, was man ihr angetan hat, eher wie ein völliger Kontrollverlust. Und als der Täter oder die Täterin wieder zur Besinnung kam, versuchte man mit allen Mitteln, Spuren zu verwischen.«

Der Arzt mischte sich ein. »Ihre Theorie würde auch

hierzu passen.« Er suchte nach einer der Archivierungstüten und hob sie in die Höhe. Darin befand sich ein Obstmesser.

»Sagen Sie nicht, dass das die Tatwaffe ist?«, mischte sich Oberkommissar Meister ungläubig ein.

»Ich nehme es an. Es passt zu dem Besteck in der Küche und neben dem Bett steht eine Obstschale. Sieht also nicht so aus, als hätte es der Täter mitgebracht«, antwortete ihm der Mann trocken.

»Aber es ist so … klein«, entgegnete Julian.

Der Arzt verstand und seufzte. »Sie können mit jeder Klinge erheblichen Schaden anrichten. Die Größe ist dabei nicht entscheidend.« Und mit sachlicher Stimme erklärte der Gerichtsmediziner: »Wenn man das Opfer außer Gefecht setzt«, er deutete auf den Hals der toten Frau, blickte dann zu den Beamten, um sich zu versichern, dass diese ihm zuhörten, »dann ist alles Weitere kein Problem. Man hat ihr die Kehle aufgeschnitten. Sehen Sie sich ihre Hände an. Ich gehe davon aus, dass das Opfer sie reflexartig auf die Halsverletzung gepresst hat.«

Automatisch folgten die Polizisten dieser Anweisung. Frederike bemerkte die dünnen Oberarme der Toten, schlank, aber ohne ausgeprägte Muskulatur. Die Hände waren zierlich und die Finger lang und schmal. Es war offensichtlich, dass Claire Weber nicht fähig gewesen wäre, einen Kampf durchzustehen, geschweige denn zu gewinnen. Die Hände sahen aus, als hätte man sie in Blut getränkt, was die Mutmaßungen des Arztes bestätigten.

»Die Schnitte im Bauchbereich wurden vermutlich

ebenfalls mit diesem Messer ausgeführt. Das Opfer hat sich nicht gewehrt, starb während des Angriffs und der Mörder hatte genug Zeit, die Bauchdecke zu öffnen.«

Mit einem Schaudern sah der Oberkommissar erneut zur Leiche, fragte mit belegter Stimme: »Fehlt denn etwas?«

Der Mediziner zögerte, erwiderte dann gleichwohl: »Nein, ich denke nicht. Aber eine endgültige Aussage kann ich erst nach der Autopsie machen. Zumindest wirkt es nicht so, als hätte man etwas professionell entnehmen wollen, falls sie an Organhandel denken.«

Frederike ergriff erneut das Wort. »Die Frau ist nackt, gibt es Spuren von sexueller Gewalt?«

»Soweit ich das im Moment sagen kann, deutet nichts auf eine Vergewaltigung hin. Aber was letzten Endes das Ziel des Täters war, kann ich nicht beantworten. Im Badezimmer gibt es einen kleinen Abfalleimer, die Kriminaltechnik hat dort ein gebrauchtes Kondom gefunden.«

»Wenn das vom Täter stammt, dann stehen unsere Chancen gut, ihn zu erwischen«, warf Julian Meister ein.

»Möglich«, entgegnete Frederike. »Allerdings hat er sein Opfer mit Putzmitteln übergossen, um seine Spuren zu verwischen. Wäre dann anzunehmen, dass er ausgerechnet sein Sperma im Bad zurücklässt?«, fragte sie zweifelnd.

»Jeder macht Fehler«, hielt Julian dagegen. »Was, wenn das Kondom von einem anderen Tag stammt? Es gibt keine Hinweise für einen Einbruch, womöglich kannten sich Täter und Opfer schon länger und in seiner

Panik hat er nach dem Mord nicht an den Mülleimer gedacht.«

Der Arzt schaltete sich ein. »Die Kollegen von der Kriminaltechnik haben bestätigt, dass die Türgriffe der Wohnung und die Oberflächen hier im Schlafzimmer abgewischt wurden.«

Die Hauptkommissarin seufzte. »Dann hoffen wir, dass er das Kondom wirklich vergessen hat. Wenn uns ein Abgleich mit der Datenbank gelingt, kommen wir ein gutes Stück voran.«

Daraufhin drehte sich die Hauptkommissarin um die eigene Achse und nahm zum ersten Mal das Zimmer bewusst in Augenschein. Die Einrichtung war überschaubar. Gerade so viel, dass man nichts vermisste. Die Möbel waren nicht billig, mit Geschmack ausgewählt, aber natürlich keine Kostbarkeiten. Bei ständig wechselnden Mietern war die Gefahr für Schäden zu groß.

Mit einem Nicken gab sie dem Arzt zu verstehen, dass er die Leiche nun abtransportieren konnte und verließ mit einer gewissen Erleichterung den Raum, um die restliche Wohnung zu untersuchen.

»Schicke Bleibe«, bemerkte Julian, als sie die voll ausgestattete Küche betraten. Er öffnete den überdimensionalen Kühlschrank, der sogar mit einem Eiswürfelspender ausgestattet war. »Unser Opfer war keine große Köchin«, kommentierte er die in Klarsichtfolie eingewickelte halbe Pizza und die angebrochene Flasche Rosé.

»Claire Weber war im Urlaub, vermutlich ging sie jeden Tag Essen«, warf Frederike ein.

»Mich wundert, dass sie alleine verreist ist. Kein Freund, keine Freundin, das ist doch ungewöhnlich«, überlegte Julian.

»Vielleicht hat sie jemanden besucht, oder ihre Freunde waren woanders untergebracht«, entgegnete die Hauptkommissarin, »das werden wir vermutlich erst erfahren, wenn sich die französischen Kollegen aus Lyon zurückmelden.«

Sie hörten den Arzt rufen und eilten sofort zurück ins Schlafzimmer.

Triumphierend sagte dieser: »Ich glaube, ich habe noch etwas entdeckt. Ist mir zunächst nicht aufgefallen wegen des vielen Blutes an ihren Fingern. Er signalisierte den Beamten, noch einmal näherzutreten.

»Sehen Sie das, auf der Innenseite ihres Handgelenks?«

»Eine Tätowierung«, antwortete Julian spontan.

Der Mediziner schüttelte den Kopf. »Könnte man auf den ersten Blick annehmen, aber das ist ein *Stempel.*«

Frederike verstand. »Der Eintrittsstempel eines Nachtklubs. Jetzt müssen wir nur noch herausfinden von welchem.«

Überraschenderweise lieferte ihnen der Gerichtsmediziner die Antwort. »Ich denke, die Frau war im *Tatischko.*« Auf die überraschten Gesichter der Beamten hin erklärte er resigniert: »Mein Sohn verbringt mehr Zeit in der Freiburger Klubszene als bei seinem Medizinstudium.« Was folgte, war ein tiefer Seufzer.

»Wer hätte gedacht, dass eines Tages ausgerechnet *meine* Arbeit davon profitiert.«

»Danke, Doktor«, entgegnete die Hauptkommissarin verständnisvoll, »dann wissen wir, wo wir als Nächstes hinmüssen.«

3

Villa der Familie Leco

Anuschka Leco war mit ihren fünfundzwanzig Jahren in gewissen Kreisen bereits eine Legende. Allerdings brachten ihr die Menschen unterschiedliche Gefühle entgegen. Es gab zwar einen großen Teil, der sie bewunderte, jedoch auch bestimmt die gleiche Anzahl Menschen, die ihr abgrundtiefen Hass entgegenbrachten. Sie tat Letzteres stets damit ab, dass Neider ein Zeichen von Erfolg wären.

Wie gewöhnlich saß sie bei ihrem Vater im Büro, um mit ihm die neusten geschäftlichen Entwicklungen durchzugehen.

»Mein Engel«, sagte der Fünfzigjährige gerade, »ich weiß nicht, ob es mir gefällt, dass du diese Verhandlungen übernimmst.«

Silvio Leco war ein ausgesprochen gut aussehender

Mann; manche behaupteten sogar, dass er ein geradezu charismatisches Auftreten hätte.

Anuschka zog eine Schnute. »Ich bin so alt wie du, als du damals das Geschäft aufgebaut hast. Du warst sogar noch jünger, also, was spricht dagegen?«

»Warum hast du es so eilig, meine Kleine?«, erwiderte er mit einem Lächeln, in dem Stolz mitschwang.

»Ich bin bereit, noch mehr Verantwortung zu übernehmen«, erwiderte seine Tochter ungeduldig. »Ich bin keine Sekretärin«, fügte sie noch schnippisch an.

»Nein«, Silvio lachte auf, »dafür wärst du gänzlich ungeeignet. Du nimmst ja noch nicht einmal Anweisungen deines Vaters entgegen.«

Anuschka lächelte und sah dabei mit ihren langen schwarzen Haaren und den tiefblauen Augen bezaubernd aus.

»Du wirst ihr mit jedem Tag ähnlicher«, bemerkte der Vater versonnen. Sie wussten beide, dass er von seiner ersten Frau sprach, von Anuschkas Mutter.

»Ich habe vielleicht Mamas Aussehen, aber ganz sicher auch deinen Geschäftssinn. Lass mich die Verhandlungen führen und du wirst es nicht bereuen.«

»Nein, das weiß ich doch. Ich tue mich lediglich schwer damit, dich aus dem Nest fliegen zu lassen.«

»Ich werde immer an deiner Seite sein«, erwiderte sie zärtlich und Silvio spürte die tiefe Liebe, die er für seine Tochter empfand.

Der Moment der Verbundenheit endete, als die Tür aufging und ein junger Mann eintrat. Es handelte sich um Anuschkas Bruder Bernard, der seiner Schwester sehr ähnlich sah. Allerdings waren seine Augen dunkelbraun und ihnen fehlte Anuschkas Härte und Kälte.

Unsicher sah er von einem zum anderen. »Ihr habt schon ohne mich angefangen?«

»Wir halten diese Besprechungen immer zur selben Zeit ab«, antwortete sein Vater und die Sanftheit, mit der er eben noch Anuschka behandelt hatte, war verschwunden. »Wer zu spät kommt, den bestraft das Leben«, reagierte er mit einem Sprichwort und fügte kalt an, »oder der eigene Vater.«

»Ernsthaft?«, erwiderte Bernard gereizt. »Du machst mir eine Szene wegen fünf Minuten?«

»Dann verrate mir, warum es dir nicht möglich war, fünf Minuten früher zu erscheinen.«

Bernard schwieg, was hätte er auch sagen können. Er hatte getrödelt, war seinen Gedanken nachgehangen, hatte die Zeit vergessen. Alles Argumente, die den Vater nur noch bestätigen würden.

»Fünf Minuten, mein Sohn, können darüber entscheiden, ob ein Geschäft abgeschlossen wird, oder nicht. Aber das weißt du ja längst, denn ich predige dir das schon seit Jahren, aber …« Er hob übertrieben theatralisch die Arme, um auszudrücken, dass bei Bernard eben Hopfen und Malz verloren seien.

»Es tut mir leid, Papa«, entgegnete der nun, um es nicht zu einem Streit kommen zu lassen. »Es wird nicht wieder vorkommen«, fügte er noch hilflos an, aber Silvio winkte lediglich genervt ab.

Bernard setzte sich in einen Sessel und warf seiner zehn Minuten früher geborenen Schwester einen hilflosen Blick zu. Wie gewöhnlich zwinkerte sie ihm zu, ein Zeichen, dass sie das schon wieder hinbiegen würde. Und prompt schlug sie vor: »Ich könnte Bernard zu den Verhandlungen mitnehmen, das würde die Geschlossenheit unserer Familie zeigen, unsere Stärke. Dann wissen alle, dass man uns ernst nehmen muss.«

Silvio überlegte und gab sich einen Ruck. »Die Idee ist gut, aber nur, wenn Bernard es nicht wieder vermasselt.« Er sah seinen Sohn dabei nicht an, sondern sprach über ihn, als wäre er überhaupt nicht im Raum. »Du bist die Verantwortliche, nur dass das klar ist«, fügte er noch streng an.

Bernard war dennoch erleichtert und seiner Schwester dankbar.

Etwas später, als die Geschwister das Büro des Vaters verlassen hatten, wandte er sich an Anuschka. »Danke. Du hast mich wieder einmal gerettet.«

Sie drehte sich zu ihm um und streichelte ihm über die Wange. Ihre kühlen Finger berührten sanft seine Haut. »Du weißt doch, dass ich immer ein Auge auf dich haben werde. Du solltest dich von dem Alten nicht einschüchtern lassen. Eines Tages gehört doch sowieso alles uns, das ist nur eine Frage der Zeit.«

»Es ist gleichgültig, was ich tue, es genügt ihm nie«, beklagte sich Bernard mit hängendem Kopf. »Ich bin eben eine *Missgeburt,* niemand hat mit mir gerechnet und ich glaube, er wollte mich nie.«

Anuschka schnaufte verächtlich. »Na und, dann hasst er dich eben. Schau in den Spiegel – jede Frau, die dich sieht, verliebt sich in dein Gesicht und Geld hast du auch genug.«

»Ich will nicht, dass man mich wegen meines Gesichts oder Geldes liebt«, ereiferte sich Bernard.

Sie hatten diese Diskussion schon öfter geführt und Anuschka reagierte wie zu erwarten ungeduldig: »Herrgott, warum ist es denn so wichtig, wer dich hasst oder liebt? Hauptsache man bekommt das, was man will.«

»Du hast leicht reden, Papa betet dich an und ich bin nur der missratene Sohn.«

Sie lächelte hinterhältig. »Ich bin eben perfekt, daran lässt sich nichts ändern. Aber keine Sorge, ich lasse dich davon immer profitieren. Wenn du brav bist und mir nicht in die Quere kommst, dann wird das dein Schaden nicht sein.«

»Du bist genau wie er«, antwortete Bernard verärgert.

»Falsch!«, korrigierte ihn Anuschka mit zusammengekniffenen Augen. »Ich bin besser als er, viel besser.«

Bernard ließ es dabei bewenden. Es war sinnlos, mit der Schwester zu diskutieren. Abgesehen davon verabscheute er es, mit ihr zu streiten, da er sich stets nach Harmonie sehnte. Er liebte sie aus tiefstem Herzen. Sie war ihm nicht nur eine Schwester, sondern auch beste Freundin und Ersatzmutter. Ihre Grausamkeit ignorierte er, genauso wie ihre Fähigkeit, Menschen zu täuschen und zu verletzen, denn sie war, seit er zurückdenken konnte, sein einziger Halt.

»Ich ziehe mich um«, riss ihn Anuschka aus seinen Gedanken. »Und du solltest dich auch in Schale werfen.« Ihr Blick fiel auf sein unter den Armen durchgeschwitztes

Hemd. Sie wusste, dass das die Folge der Anspannung war, die Bernard für gewöhnlich im Beisein seines Vaters empfand. Dennoch sagte sie gefühllos »Mit Flecken von Angstschweiß nehme ich dich jedenfalls nicht mit.«

In diesem Augenblick öffnete sich die Bürotür. Silvio Leco trat heraus und musterte seine Kinder.

»Ich muss in den Klub«, verkündete er gereizt.

»Was ist passiert?«, hakte Anuschka sofort alarmiert nach.

Ihr Vater besuchte den Klub nie zu dieser Tageszeit, überhaupt verließ er tagsüber sein Büro in der Villa nur selten.

»Polizei«, antwortete er knapp.

»Warum?«, fragte Bernard, ohne nachzudenken.

»Blöde Frage«, schnauzte sein Vater. »Saublöde Frage, aber was sollte sonst auch von dir kommen.«

»Soll ich dich begleiten?«, mischte sich Anuschka ein und Silvio wandte sich erneut an seinen Sohn.

»Nimm dir ein Beispiel an deiner Schwester, das ist eine vernünftige Frage.« Enttäuscht sah er zu Bernard, dann mit einem Lächeln zu Anuschka. »Nein, das erledige ich, du gehst zu den Verhandlungen wie besprochen.« Und gereizt schnauzte er in Bernards Richtung: »Und du, versau es nicht.«

* * *

Kurz zuvor

Während Oberkommissar Meister den Dienstwagen in Richtung des Tatischko-Klubs lenkte, der nahe der angemieteten Wohnung des Opfers und nicht weit vom Freiburger Stadtgarten lag, telefonierte Frederike Zimmer über die Freisprechanlage mit Dietmar Klein. Der Kollege gehörte mittlerweile fest zum Team und übernahm die Informationsbeschaffung. Gleichzeitig fungierte er als Mittler zwischen Staatsanwaltschaft, Gerichtsmedizin und Kriminaltechnik. Erfahren im Umgang mit den Datenbanken und ausgestattet mit einem hervorragenden Netzwerk in den verschiedenen Behörden, gelang es ihm stets, schnell und umfänglich den Außendienst auf dem Laufenden zu halten.

Auf Frederikes Anfrage bezüglich des *Tatischko* kam sein Rückruf deshalb prompt.

»Ich würde sagen, ihr stecht da in ein Wespennest«, begann er seinen Bericht.

»Na wunderbar«, meckerte Julian, der einen leisen Fluch ausstieß, als die Ampel auf Rot umsprang und er bremsen musste.

»Geht das etwas genauer?«, hakte die Hauptkommissarin daraufhin nach.

»Der Klub gehört Silvio Leco«, erklärte Dietmar und da er nicht sofort weitersprach, entgegnete Frederike: »Und der Name müsste mir etwas sagen?«

»Zumindest wenn du beim Dezernat für organisierte Kriminalität und Rauschgiftdelikte tätig wärst.«

»Na dann, kläre uns auf«, erwiderte die

Hauptkommissarin mit einem am anderen Ende der Leitung hörbaren Seufzer.

»Silvio Leco ist fünfzig Jahre alt, hat einen französischen Pass und wuchs vermutlich in verschiedenen französischen Städten auf. Marseille, Nantes und schließlich Mulhouse, nicht weit hinter der deutschen Grenze. Die Familie ist oft umgezogen, der Vater starb im Gefängnis, verurteilt wegen Körperverletzung, als Silvio siebzehn war. Die Mutter folgte zwei Jahre später. Über seine Zeit danach ist wenig bekannt. Eigentlich hatten ihn die Kollegen erst auf dem Radar, als er bereits ein großer Fisch war. Dennoch gelang es bisher weder den Franzosen noch uns, dem Mann seine illegalen Geschäfte nachzuweisen. So gesehen ist er ein unbeschriebenes Blatt. Keine Vorstrafen, keine Verhaftungen, nur Vermutungen.«

»Und was genau vermuten wir?«, hakte Julian neugierig nach.

»Wir vermuten«, fuhr Dietmar sachlich fort, »dass Silvio Leco einer der größten Rauschgifthändler im Dreiländereck ist.«

»Das heißt also, er verteilt seine Drogen in Frankreich, der Schweiz und bei uns?«

»So sieht es aus. Wir gehen davon aus, dass er die Drogen über französische Häfen nach Europa schmuggelt. Erst vor kurzem wurde eine große Lieferung im Mittelmeerhafen von Sète am Golf von Lyon beschlagnahmt, was für ihn sicher ein herber Verlust war, aber ihm konnte man dennoch nichts nachweisen. Er ist bestens organisiert und niemand ist bereit, gegen ihn auszusagen.«

»Warum betreibt er einen Nachtklub in Deutschland? Als Drogenumschlagplatz ist der doch viel zu auffällig«, fragte Frederike irritiert.

»Leco betreibt mehrere Unternehmen in Deutschland. Ich bin noch dabei, das zu eruieren. Aber ich kann bereits sagen, dass der Mann clever ist. Die Firmen, die uns bekannt sind, scheinen sauber zu sein. Manche werfen Gewinne ab, andere Verluste. Bisher bin ich auf zwei Autohäuser gestoßen, eine Bowlingbahn, ein Taxiunternehmen und zwei Lebensmittelgeschäfte. Er selbst tritt dort so gut wie nie in Erscheinung, führt seine Geschäfte von zu Hause aus. Eine Villa in *Freiburg Herdern*. Er hat hervorragende Anwälte, Steuerberater und wirkt auf den ersten Blick wie ein ehrlicher Geschäftsmann. Einzig im Tatischko-Klub sieht man ihn regelmäßig. Dort zeigt er sich ganz offen als Eigentümer. Aber bevor ihr fragt«, fuhr Dietmar fort, »bisher ist es nicht gelungen, ihm im Klub irgendwelche kriminellen Aktivitäten nachzuweisen. Die Kollegen rätseln noch, ob er dort heimliche Treffen mit zweifelhaften Geschäftspartnern abhält oder lediglich seine Eitelkeit befriedigt.«

»Wie das?«, fasste die Hauptkommissarin nach.

»Na ja, wenn er sich für den König der Unterwelt hält, dann braucht er natürlich auch ein Königreich. Er hält Hof im Tatischko, lässt sich von den Gästen bejubeln und feiern, entscheidet, wem der Eintritt gewährt wird und wer vor der Tür bleiben muss.«

»Wenn das so ist, dann wäre er sicher eine Freude für jeden Psychoanalytiker«, entgegnete Frederike amüsiert.

»Unterschätze den Mann nicht«, reagierte Dietmar

ernst. »Womöglich hat er einen Napoleon-Komplex, aber er ist dennoch gefährlich. Wenn der Mord von Claire Weber etwas mit seinen Geschäften zu tun hat, dann bewegt ihr euch auf heiklem Terrain.«

»Wir kommen schon klar«, mischte sich Julian ein und Frederike fragte: »Was weißt du sonst noch über den Mann?«

»Er hat zwei Kinder, Anuschka und Bernard, Zwillinge. Die Frau starb bei der Geburt. Er hat die beiden auf die besten Schulen geschickt, hat sie Sprachen und Betriebswirtschaft studieren lassen. Vor kurzem machte das Geschwisterpaar seinen Abschluss. Die Familie scheint sich nahezustehen, alle drei leben zusammen in der Villa und man kann annehmen, dass sie die Geschäfte künftig gemeinsam führen werden.«

Das Telefonat endete, als sie den fast leeren Parkplatz des Nachtklubs erreichten. Ein Angestellter öffnete die Tür und Frederike stellte sich und Julian höflich vor.

Der Mann beäugte sie misstrauisch, fragte dann: »Um was geht es?«

»Eine tote Frau, sie war gestern hier Gast.«

»Wir haben viele Gäste, genau genommen Hunderte«, blieb der andere kurz angebunden.

»Wir möchten mit dem Personal sprechen, es handelt sich um Mord. Wir können das also entweder hier erledigen und alle auf einmal befragen, oder jeden einzeln vorladen«, wurde Frederike deutlicher, während sie sanft lächelte. »Vielleicht müssen wir den Klub durchsuchen und ihn vorübergehend schließen, bis unsere Auswertungen abgeschlossen sind.«

»Warten Sie«, gab ihr der Mann unbeeindruckt Antwort und schlug den Beamten die Tür vor der Nase zu.

»Und jetzt?«, fragte Julian kopfschüttelnd.

»Jetzt warten wir, bis der Gute seinen Boss angerufen hat, dann sehen wir weiter.«

4

Silvio Leco hatte an seine Haushälterin Gundula Erlenbach eine Anweisung bezüglich des Abendessens gegeben und war dann aus der Tür gerauscht.

Anuschka quittierte den Abgang des Vaters mit einem gelangweilten Schulterzucken. »Bitte, dann macht er das eben alleine. Ich werde mich jetzt stylen und dir rate ich das auch«, wandte sie sich an den Bruder. »Vielleicht solltest du etwas Geblümtes tragen, das kaschiert die Schwitzränder.« Sie lachte gehässig. »Du bist mehr wie eine kleine schüchterne Schwester als ein Bruder«, fügte sie noch provozierend an, bevor sie mit einem gesäuselten »bis später« die Treppe nach oben verschwand.

Bernard wähnte sich allein, als er resigniert den Kopf schüttelte und sich mit Daumen und Zeigefinger über die Augen rieb. Nicht das erste Mal fragte er sich, wo in dieser Familie eigentlich sein Platz war.

»Ich finde es normal, dass Männer schwitzen, das ist biologisch bedingt. Die Männchen schwitzen und locken mit ihrem Geruch die Weibchen an«, hörte er plötzlich eine Stimme hinter sich.

Er schnellte herum und zischte: »Was geht es dich an«, aber im nächsten Augenblick bedauerte er seine Aggressivität. So wollte er doch gar nicht sein.

Zu allem Übel traten der Angesprochenen auch noch Tränen in die Augen.

»Es tut mir leid«, beeilte sich Bernard zu sagen und lächelte Sarah an.

»Mir auch«, erwiderte die siebzehnjährige Tochter der Haushälterin und blinzelte die Tränen weg. »Ich dachte nur, dass deine Schwester ziemlich gemein war.«

»Sie meint es nicht so«, erwiderte Bernard.

»Ich finde dich sehr männlich«, machte ihm Sarah ein Kompliment. Dabei warf sie einen verführerischen Blick in seine Richtung, während sie an einer ihrer rotblonden Haarsträhnen spielte.

Das Mädchen war hübsch, keine Frage, aber sie war erstens noch minderjährig und zweitens nicht Bernards Typ. Dennoch schmeichelten ihm die Verführungsversuche.

Wenigstens ein Mensch im Haus, der mich schätzt, dachte er und ging auf das Geplänkel ein. »Ja, findest du?«, fragte er charmant. »Und du bist dafür sehr weiblich«, gab er amüsiert Antwort und betrachtete anerkennend ihr knappes Shirt und die Hotpants.

»Sarah!«, die Stimme der Haushälterin unterbrach sie jäh.

»Was ist?«, fragte die Siebzehnjährige genervt, ohne den Blick von Bernard zu lassen.

»Ich denke, du hast noch zu lernen. Vergiss nicht, dass

du einen guten Notendurchschnitt für dein Studium brauchst«, wurde die Mutter deutlicher.

»Gleich«, antwortete die Tochter und zwinkerte Bernard zu, während sie immer noch mit dem Rücken zu ihrer Mutter stand.

»Sofort«, rief diese nun streng und Bernard hielt es für das Beste, sich zu verabschieden. Das Letzte, was er jetzt noch gebrauchen konnte, war eine Beschwerde von Sarahs Mutter. Wie er seinen Vater kannte, würde der sicherlich auf der Seite der Angestellten stehen.

»Ich gehe mich umziehen«, sagte der Fünfundzwanzigjährige freundlich in Frau Erlenbachs Richtung und an Sarah gewandt meinte er: »Du solltest auf deine Mutter hören, die will nur dein Bestes.«

Damit drehte er sich um und ging in Richtung Treppe.

Keiner der Beteiligten bemerkte, dass Anuschka das kleine Schauspiel von oben mit einem bösartigen Lächeln beobachtete, bevor sie sich in ihre Räume zurückzog.

»Sieh einer an«, murmelte sie nachdenklich, »mein Bruderherz hat eine kleine Stalkerin.«

* * *

Offenbar hatte Silvio Leco grünes Licht gegeben, denn schließlich bat der Mitarbeiter des Tatischko-Klubs die Hauptkommissarin und Julian Meister doch noch hinein.

»Der Boss kommt gleich«, sagte er reserviert. »So lange können Sie an der Bar warten. Wenn Sie möchten, mache ich Ihnen einen Kaffee.«

Frederike reagierte, bevor Julian ablehnen konnte und säuselte dankbar: »Ach, das wäre wirklich wunderbar.«

Widerwillig warf der Mitarbeiter daraufhin die Kaffeemaschine an, während sich die Hauptkommissarin auf einen der Hocker hievte.

»Arbeiten Sie schon lange hier?«, begann sie ein unverfängliches Gespräch, aber ihr Gegenüber ließ sich nicht darauf ein.

»Fragen Sie den Boss nach den Personaldaten, ich bin nur für den Kaffee zuständig.«

»Waren Sie das gestern Nacht ebenfalls?«, mischte sich nun Julian ein.

»Bedauere«, erwiderte der andere, »ich hatte frei.«

»Und wer war dann hier?«, ließ der Oberkommissar nicht locker.

»Der Boss kommt gleich, reden Sie mit ihm.«

Damit knallte er ihnen zwei Kaffee vor die Nase, schnappte sich demonstrativ einen Putzlappen und begann am anderen Ende der Theke so vehement die Oberfläche zu polieren, als wolle er die dunkle Holzschicht abtragen.

»Der hat Sprechverbot«, flüsterte Julian seiner Kollegin zu. »Wir sollten die alle vorladen, dann vergehen denen die Faxen.«

»Wenn *Monsieur Leco* so einflussreich ist, wie Dietmar behauptet, dann werden seine Mitarbeiter kaum irgendetwas gegen seinen Willen aussagen. Also lassen wir uns auf das Spielchen vorerst ein und sehen dann weiter. Geben wir ihm das Gefühl, am längeren Hebel zu sitzen.«

Wenig später betrat Silvio Leco den Nachtklub und Frederike Zimmer hatte sofort den Eindruck, einem äußerst intelligenten, aber nicht minder gefährlichen Menschen gegenüberzustehen. Darüber täuschte auch nicht sein angenehmer französischer Akzent hinweg, der seine Worte weich und sanft klingen ließ.

»Vergeben Sie mir die Unannehmlichkeiten, aber in meinem Unternehmen gibt es eine goldene Regel«, er begrüßte die Beamten mit Handschlag und einem freundlichen Lächeln, während er sprach. »Um wichtige Angelegenheiten kümmert sich der Boss persönlich.«

»Das ist sehr verantwortungsvoll«, reagierte die Hauptkommissarin höflich. »Allerdings können die Zeugenaussagen der Angestellten nicht vom Boss übernommen werden«, fügte sie in einem mütterlichen Tonfall an. »Das verstehen Sie doch sicher.«

»Natürlich«, erwiderte Leco charmant. »Aber der Boss kann dafür sorgen, dass alle antanzen und sich ordentlich benehmen.«

»Das würde unsere Arbeit durchaus erleichtern«, antwortete die Beamtin.

»Also, sagen Sie mir, um was es geht und ich werde mein Möglichstes tun, der Polizei behilflich zu sein.«

»Heute in den frühen Morgenstunden wurde eine junge Frau brutal ermordet. Wir konnten feststellen, dass sie sich in Ihrem Klub aufgehalten hat und interessieren uns natürlich dafür, was geschehen ist. Denkbar, dass sie hier ihren Mörder traf.«

Leco zeigte sich bestürzt. »Schrecklich, ich habe eine Tochter, mein Augapfel, wenn Sie so wollen. Selbstverständlich helfe ich, wo ich kann.« Und dann, mit einem gewissen Lauern in der Stimme stellte er die Frage, wer die Tote denn gewesen sei.

Frederike zeigte ihm das Foto von Claire Weber, das sie vom Ausweis der Toten übernommen hatten und nannte den Namen. Außerdem fügte sie noch an: »Die junge Frau war Französin. Vielleicht haben Sie sie ja gekannt. Sie stammte aus Ihrer Heimat.«

Leco ließ es sich nicht nehmen, aufmerksam das Foto zu betrachten und dann gekonnt betroffen zu reagieren. »Was für ein Jammer. Schrecklich, aber falls sie gestern in meinem Klub war, habe ich keine Erinnerung an sie.«

Er hob die Hand und sofort erschien der Mitarbeiter, der ihnen den Kaffee serviert hatte.

»Die gesamte gestrige Schicht soll sofort hier erscheinen«, sagte er in befehlsgewohntem Ton. »Und zwar zügig.«

Anschließend drehte er sich lächelnd zu den Beamten. »Ich stelle Ihnen einen Raum zur Verfügung, bitte warten Sie einen Moment, ich bin gleich wieder für Sie da.«

Leco verschwand aus dem Sichtfeld der Beamten und Julian nutzte die Gelegenheit, um seiner Vorgesetzten zuzuraunen: »Jetzt sorgt er dafür, dass seine Mitarbeiter die richtige Aussage machen werden.«

»Vermutlich«, antwortete die leise. »Aber je mehr wir den Eindruck gewinnen, dass man hier etwas vertuschen will, desto mehr wissen wir, dass wir auf der richtigen Spur sind. Man kann auch Schlüsse ziehen aus dem, was nicht gesagt wird. Manchmal ist das sogar noch aufschlussreicher.«

* * *

In der Villa der Familie Leco

Gundula Erlenbach teilte das Schicksal vieler alleinerziehender Mütter. Der Vater überließ ihr alle Pflichten, kam nicht einmal den Unterhaltszahlungen regelmäßig nach und meldete sich wenn überhaupt nur zu Sarahs Geburtstag. Natürlich vergötterte ihn die Tochter und gleichgültig, wie unzuverlässig er auch war, am Ende musste es Gundula ausbaden. Dennoch blieb ihr nichts anderes übrig, als der Tochter Grenzen aufzuzeigen. Sie hatte Pläne für Sarah, arbeitete, um ihr ein besseres Leben zu ermöglichen. Die Tochter sollte studieren und später einen gut bezahlten Beruf ausüben.

»Was soll das?«, ermahnte sie deshalb die junge Frau.

Die tat so, als hätte sie keine Ahnung, von was die Mutter sprach und erwiderte mit naiver Stimme: »Was habe ich denn getan?«

»Du schmeißt dich Bernard an den Hals, das werde ich nicht dulden«, antwortete Gundula aufgebracht.

»Ich schmeiße mich ihm nicht an den Hals, ich habe mich nur mit ihm unterhalten«, erwiderte die Jüngere gereizt.

»Und wie bist du überhaupt angezogen? Wir sind hier nicht im Freibad.«

»Jetzt willst du wohl auch noch meine Kleider für mich aussuchen«, giftete Sarah zurück. »Schon vergessen, ich werde demnächst achtzehn, dann mache ich sowieso, was ich will.«

»Ach ja«, Gundula ließ sich trotz ihrer guten Vorsätze auf die Provokation ein und blaffte: »Und von welchem

Geld? Wer glaubst du, bezahlt dir diese durchsichtigen Fetzen, das Handy, die Miete? Wer wird fürs Essen im Kühlschrank sorgen?«

»Ich ziehe zu Papa«, schleuderte ihr Sarah entgegen. Die Siebzehnjährige wusste genau, welche Angst die Mutter davor hatte.

Gundula reagierte wie erwartet und lenkte sofort ein. Ihr Kind an den Vater zu verlieren, würde ihr das Herz zerreißen. Deshalb wechselte sie in einen versöhnlichen Tonfall. »Verstehst du denn nicht, dass ich dich nur beschützen will?«

»Vor was beschützen?«, blieb Sarah bockig.

»Vor Enttäuschungen.«

»Bernard hat mich noch nie enttäuscht«, entgegnete die Tochter daraufhin.

»Aber das wird er«, redete die Mutter eindringlich weiter. »Ich habe dir schon oft erklärt, dass die Familie Leco zwar ein großzügiger Arbeitgeber ist, aber trotzdem sind das keine Leute, mit denen wir unsere Freizeit verbringen werden. Ich bin auf den Job hier angewiesen und er ist gut bezahlt, du jedoch hast mit deren Leben nichts zu schaffen.«

»Wir wohnen hier«, reagierte Sarah schnippisch.

Und wieder einmal bereute Gundula, dass sie das Angebot von Silvio angenommen und mit ihrer Tochter die Einliegerwohnung bezogen hatte. Natürlich verlangte er dafür keine Miete, forderte im Gegenzug lediglich ihre Loyalität. So war es ihr möglich gewesen, eine ordentliche Summe Geld anzusparen und ihrem Kind trotzdem viele Wünsche zu erfüllen. Sie hatte Sarah verwöhnt und der Preis dafür war ein Pakt mit Silvio Leco.

»Halte dich einfach von Bernard fern, bitte«, sagte sie seufzend.

»Du bist doch diejenige, die immer sagt, dass Bernard dir der Liebste der Familie ist, dass er anders wäre als der Alte und Anuschka.«

»Aber das heißt nicht, dass er der Richtige für dich ist«, hielt Gundula dagegen.

»Und warum nicht?«

»Er ist viel älter als du, hat andere Interessen und meint es mit den Frauen nicht ernst. Das ist doch kein Geheimnis.«

»Vermutlich nur, weil er die Richtige noch nicht gefunden hat. Die Frauen haben ihn in der Vergangenheit verletzt, er hat kein Vertrauen«, ereiferte sich Sarah.

»Liebe Güte, Kind, wie kommst du denn darauf?«, stöhnte die Mutter kopfschüttelnd.

»Ich spüre das«, erwiderte Sarah uneinsichtig. »Und er spürt, dass ich aufrichtig bin.«

Gundula hätte am liebsten geschrien, wollte aber vermeiden, dass sie jemand im Haus hörte, deshalb zischte sie zwischen den Zähnen hindurch: »Die einzigen Frauen, mit denen sich Bernard trifft, sind die, die er dafür bezahlt. Hört sich das für dich nach einem Mann auf der Suche nach seiner Seelenverwandten an. Du bist in seinen Augen nichts weiter als ein Kind. Er spielt mit dir und lacht hinter deinem Rücken über dich.«

»Das ist nicht wahr«, entgegnete Sarah zornig. »Du bist nur eifersüchtig und gönnst mir nicht mein Glück. Aber ich lasse mir von dir keine Vorschriften mehr machen«, damit eilte die Siebzehnjährige in schnellen Schritten davon.

Gundula setzte gerade an, um sie aufzuhalten, als plötzlich jemand hinter ihr sagte: »Alles in Ordnung, Frau Erlenbach?«

Die Haushälterin fuhr herum und spürte, wie ihr das Blut ins Gesicht schoss, dennoch erwiderte sie mit fester Stimme: »Alles bestens, Anuschka.«

Die Tochter von Silvio Leco betrachtete Gundula mit einem milden Lächeln. »Freut mich, zu hören.« Und während Anuschka Anstalten machte, sich zu entfernen, fügte sie noch an: »Manchmal muss man den Dingen einfach ihren Lauf lassen, dann regelt sich alles von ganz alleine.«

Der Fluch, den Gundula für die Tochter ihres Arbeitgebers parat hatte, behielt sie für sich. Aber ihre wütenden Blicke hätten, wenn es glühende Funken gewesen wären, der anderen schmerzhaft den Rücken verbrannt.

5

Im Tatischko-Klub

Als Silvio Leco wieder auftauchte, deutete er galant mit der Hand zu einer Tür im hinteren Bereich des Gebäudes. Sie war mit dickem Filz bezogen und auf dem Schild prangte das Wort »Privat«.

Offenbar handelte es sich nicht um ein einzelnes Zimmer, sondern um einen Bereich mit mehreren Räumen. Nichts erinnerte hier noch daran, dass sie sich in einem Nachtklub befanden. Alles wirkte gediegen, fast schon altmodisch und überladen. Die Bilder an den Wänden waren ohne Frage Kunstwerke. Verschiedene Stilrichtungen, von bunten Landschaften bis Porträts und abstrakter Kunst war alles vertreten. Leider hingen sie so eng neben- und übereinander, dass das einzelne Gemälde seine Wirkung verlor. Dazwischen hatte man goldfarbene Leuchten angebracht und den Boden mit dicken Teppichen ausgelegt. Es gab weitere Türen – eine stand offen, und Frederike erkannte, dass es sich um ein Büro handelte. Vielleicht das der Tochter oder des Sohnes, denn das Mobiliar darin war sehr modern. Am Ende des Flurs befand sich eine Doppeltür und Silvio stieß sie schwungvoll auf.

»Ich stelle Ihnen mein Büro für Ihre Befragungen zur Verfügung«, verkündete er großzügig.

»Das ist sehr aufmerksam«, reagierte Frederike höflich. »Ein schöner Raum«, fügte sie noch an, und wenn Julian sie nicht so gut gekannt hätte, dann wäre es ihm niemals in den Sinn gekommen, dass das eine glatte Lüge war.

»Interessante Bilder«, ging die Hauptkommissarin sogar noch einen Schritt weiter und bewegte sich langsam von Gemälde zu Gemälde, die in Lecos Büro sorgfältiger platziert waren. »Alle sind beherrscht von einem Thema«, fügte sie bewundernd an. Dann drehte sie sich um und lächelte charmant. »Ich nehme an, der Wolf hat eine besondere Bedeutung für Sie?«

Auch dem Oberkommissar war nicht entgangen, dass auf sämtlichen Bildern ein oder mehrere Wölfe abgebildet wurden. Schlafend, im Rudel, jagend, kämpfend, mal in düsterer Landschaft, mal unter hellem Mondlicht und dann wieder friedlich ruhend im Sonnenschein. Warum seine Kollegin Leco allerdings darauf ansprach, war Julian Meister im Augenblick noch schleierhaft.

»Ja«, antwortete Silvio enthusiastisch. »Der Wolf ist ein so *faszinierendes* Tier, hier sehen sie.«

Er trat einen Schritt zur Seite und erst jetzt entdeckte Frederike direkt neben einem gewaltigen ledernen Ohrensessel einen ausgestopften Wolf. Wer auch immer das Tier präpariert hatte, war darin äußerst geschickt gewesen, denn im ersten Moment glaubte die Hauptkommissarin tatsächlich, dass ein großer, lebendiger Hund seinen Platz ihr gegenüber eingenommen hätte.

»Ist er nicht wunderbar? So erhaben«, schwärmte Leco weiter. »Ich erwarb ihn auf einer Versteigerung, selbstverständlich ganz legal. Wenn Sie möchten, kann ich Ihnen die entsprechenden Dokumente vorlegen.«

Frederike unterließ es, ihre persönliche Meinung kundzutun und sagte lediglich: »Das wird nicht nötig sein, allerdings bin ich neugierig. Woher rührt das starke Interesse für das Tier?«

»Mein Vater hat mich gelehrt, dass man sich immer mit anderen messen sollte. Wenn möglich mit Stärkeren, denn das bringt einen voran. Irgendwann«, antwortete Leco bereitwillig und bat gleichzeitig die Beamten mit einem Handzeichen, Platz zu nehmen, »irgendwann gehen einem Mann die Gegner aus. Aber man benötigt immer jemanden, zu dem man aufsieht. Deshalb habe ich mir dafür das majestätischste Tier des Planeten ausgesucht.« Theatralisch streckte er beide Arme aus und drehte sich einmal um die eigene Achse. »Das alles hier ist meine Motivation«, ließ er sich hinreißen zu erzählen. »Kraft, Ausdauer, Durchsetzungsvermögen und Führungsstärke. Eigenschaften, die ich jeden Tag beweisen muss.«

»Die Leitung eines Nachtklubs muss einem ja so einiges abverlangen«, warf Frederike ein und es gelang ihr, mit so neutraler Stimme zu sprechen, dass man ihr keinen Sarkasmus vorwerfen konnte.

Einzig Julian Meister quittierte ihre Bemerkung mit einem Räuspern, um das Auflachen zu verhindern.

»In der Tat«, erwiderte Leco, der sich nun fragte, ob er von dieser harmlos aussehenden Polizistin in ihren wallenden faden Kleidern gerade aufs Kreuz gelegt wurde.

Auf der Hut sprach er weiter: »Ich gehe davon aus, dass der Polizei durchaus bekannt ist, dass ich noch zahlreiche andere Investments unterhalte.« Und in eisigem Ton setzte er an: »Ich bin kein reicher Erbe oder ein Glücksspieler an der Börse. Ich habe mir jeden Cent erarbeitet. Und das gelang mir auch, weil ich erkenne, wenn mich jemand hinters Licht führen will.«

Er setzte sich, legte seine manikürte Hand sanft auf das Fell des ausgestopften Wolfes neben sich und fragte leise: »Wollen *Sie* mich hinters Licht führen, Frau Hauptkommissarin?«

Frederike ließ es sich nicht nehmen, demonstrativ auf die Tätowierung des Mannes zu starren, die jetzt, als sein Jackett nach oben rutschte, auf seinem Unterarm sichtbar wurde. Wenig überraschend handelte es sich dabei um einen zähnefletschenden Wolf.

»Ich will nur eines«, antwortete Frederike und hob schließlich ihren Blick, um dem Mann in die Augen zu sehen, »ich will einen Mord aufklären. Den Mord an Claire Weber, die man brutal erstochen und aufgeschlitzt hat. Und ich werde dabei sehr unnachgiebig sein. Vielleicht verstehe ich Ihre Vorliebe für Wölfe besser, als Sie glauben. Denn wenn ich eine Fährte aufgenommen habe, dann verfolge ich diese bis zum Schluss.«

Die beiden sahen sich einen Moment mit unbewegten

Mienen an. Julian hielt automatisch die Luft an, befürchtete, man würde sie innerhalb der nächsten Sekunden aus dem Gebäude komplementieren.

Aber Silvio Leco schien sich nicht über die Drohung der Polizistin zu ärgern, sondern erwiderte sogar amüsiert: »Ich finde es äußerst erfrischend, das heute noch zu hören. Vielen Menschen fehlt mittlerweile der Biss. So bleiben nur einige wenige übrig, die die Welt am Laufen halten.«

Frederike nahm das zum Anlass, sich nach der Familie des Mannes zu erkundigen.

»Sie haben Kinder?«

»Ja, Gott sei Dank. Zwillinge, ein Mädchen und einen Jungen. So weiß man doch, für wen man all das tut. Anuschka, meine Tochter, ist unglaublich. Vermutlich wird sie eines Tages erfolgreicher sein als ihr alter Herr.«

»Und Ihr Sohn?«, hakte Frederike unverblümt nach.

»Bernard ist ebenfalls sehr talentiert.«

Mehr sagte er nicht, deshalb schlussfolgerte die Hauptkommissarin automatisch, dass die Tochter die Favoritin des Vaters war.

Es klopfte, Silvios Mitarbeiter trat ein und verkündete, dass nun das Personal vollständig versammelt sei.

Gleichzeitig reichte der Mann Leco eine Mappe, die dieser lässig an Julian weitergab. »Bitte schön, hier finden Sie alle Daten meiner Angestellten, soll niemand behaupten, ich würde die Arbeit der Polizei nicht unterstützen.«

Julian, der sich immer mehr über die Arroganz des Mannes ärgerte, kam nicht dazu zu antworten, die Hauptkommissarin reagierte schneller. »Ich möchte sogar behaupten, dass Sie sich ausgesprochen kooperativ zeigen, dafür bedanken wir uns. Und nun würde ich gerne mit den Angestellten sprechen, wenn möglich ungestört.«

Leco erhob sich. »Selbstverständlich, ich werde mich zurückziehen, wenn …«

Aber sein Angestellter unterbrach ihn. »Verzeihung Chef, aber die anderen möchten, dass Sie bei den Befragungen dabei sind. Das war deren ausdrücklicher Wunsch.«

Frederike überraschte das nicht, sie hatte mit etwas in der Art gerechnet und nachdem sie die Mappe überflogen und die doch beachtliche Zahl der Angestellten festgestellt hatte, entschied sie sich gegen Einzelbefragungen.

»Bitten Sie Ihr Personal herein«, wandte sie sich daher an Leco. »Alle auf einmal. Wir möchten schließlich schnell zu einem Ergebnis kommen.«

Die Mitarbeiter traten mit unruhigen Mienen ein. Einige wirkten nervös, andere besorgt oder genervt. Niemand schien erpicht darauf, mit der Polizei zu sprechen. Immer wieder wanderten Blicke zu Silvio Leco, der mit gönnerhaftem Lächeln, anscheinend unbeteiligt, den ausgestopften Wolf streichelte.

Frederike ergriff schnell das Wort, weil sie fürchtete, Leco würde sonst noch eine kleine Ansprache halten. Julian blieb im Hintergrund, beobachtete indes jede Regung der Angestellten, als Frederike ihnen den Grund ihres Hierseins verriet.

Drei schienen definitiv erleichtert, als sie von dem Mord hörten, deshalb nahm der Oberkommissar an, dass sie sich etwas anderes hatten zuschulden kommen lassen, vielleicht ein Drogendelikt oder einen Diebstahl.

Dann zeigte Frederike ein Bild von Claire Weber und erklärte: »Die Frau war gestern hier.«

Der Türsteher meldete sich: »Ich erinnere mich, sie reingelassen zu haben. Dachte noch, die kommt zwar allein, wird aber sicher nicht allein gehen.« Er sah entschuldigend zu seinem Arbeitgeber. »Ich konnte ja nicht ahnen, dass die ermordet wird«, fügte er kleinlaut an.

»Nein, das konnte leider niemand von uns«, erwiderte Frederike, die sich darüber ärgerte, dass es hier einzig darum ging, Silvio Leco vor Unannehmlichkeiten zu bewahren und keiner auch nur einen Funken Mitleid für die Tote zeigte.

»Und wissen Sie auch, wann und mit wem sie gegangen ist?«, fasste Frederike höflich nach.

»Gegangen ist sie so gegen zwei. Allerdings hätte ich geschworen, dass die jemand abschleppt, und dann ist sie doch allein abgehauen. Deshalb erinnere ich mich auch noch.«

»War die Frau aufgewühlt, ängstlich, verärgert, als sie ging?«

»Nee«, blökte ihr Gegenüber.

»Ich hab ihr 'ne gute Nacht gewünscht und sie hat gesagt: ›Werde ich haben.‹ Die hatte so einen witzigen Akzent, ziemlich sexy. Ist echt schade um die«, fügte er in dem kläglichen Versuch, nicht allzu gefühllos zu klingen, an.

Eine der Kellnerinnen trat nun vor, bat noch einmal um das Foto.

»Mensch, das war die mit diesem Fitnesstypen«, platzte sie nun heraus und sah Beifall heischend zu Silvio Leco. Sie schien ihren Arbeitgeber offenbar beeindrucken zu wollen. Womöglich sollte sie die Polizei aber auch auf eine falsche Fährte locken. »Der hat die voll angemacht«, setzte sie nach.

»Wer?«, wollte Frederike wissen und verkniff es sich, die eigene Ungeduld durch eine entsprechende Bemerkung zu verraten.

»So ein Aufgepumpter, überall Muskeln«, gab die Kellnerin Antwort und sah unbewusst erneut zu ihrem Arbeitgeber. Der kurze Seitenblick ließ Frederike vermuten, dass Silvio Leco wusste, über wen die Frau sprach. Der schwieg jedoch dazu.

»Und weiter?«, drängte die Hauptkommissarin.

»Der hat eine Muckibude nicht weit von hier«, erwiderte die Frau.

»Name?«

Sie zuckte mit der Schulter und einer der männlichen Mitarbeiter sprang ein. »Der Mann heißt Oliver Dahlberg, genauso wie sein Sportstudio.«

Frederike nickte dem Zeugen dankbar zu und fragte dann: »Haben Sie den Streit beobachtet?«

»Ja«, erwiderte der nun.

»Konnten Sie verstehen, worum es ging?«

Die Kellnerin, die offenbar das Gefühl hatte, der Kollege würde ihr etwas streitig machen, antwortete schnell: »Er hat sie als Nutte beschimpft. Fühlte sich von ihr betrogen.«

Der Blick der Hauptkommissarin wanderte automatisch zu dem anderen Zeugen, der nickte und fügte an: »Die beiden waren am Abend zuvor ebenfalls im Klub, als Paar, die haben in der Ecke herumgeknutscht und sind dann zusammen gegangen. Aber gestern benahmen die sich wie Expartner.«

»Und Sie sind …?«, Frederike wollte sich den Namen notieren und ihr Gegenüber nannte seine Personalien. »Läufer, Alexander Läufer, ich mache die Bar. Die beiden saßen in meinem Bereich, deshalb habe ich das auch mitbekommen.«

»Und Herr Dahlberg ist Ihnen ebenfalls bekannt?«

»Ja, der kommt öfter vorbei, an Tagen, an denen nicht so viel los ist, unterhalten wir uns gelegentlich.« Der Mann grinste, »Sie wissen schon, als Barkeeper ist man so etwas wie ein Beichtvater.«

Silvio Leco räusperte sich und das Grinsen verschwand auf dem Gesicht von Alexander Läufer.

»Und hatte der Mann etwas zu beichten«, hakte die Hauptkommissarin nach.

Der Zeuge wurde nervös, antwortete schnell: »Angebereien bezüglich Autos und Frauen.«

Geschickt aus der Affäre gezogen, dachte Frederike und kam noch einmal auf die Mordnacht zu sprechen. »Was haben Sie von dem Streit zwischen Olaf Dahlberg und dem Opfer sonst noch mitbekommen?«

Läufer wiederholte, was seine Kollegin bereits gesagt hatte und meinte dann noch: »Offenbar hat er sich mehr von der Frau versprochen. Die beiden hatten eine Nacht miteinander verbracht und am nächsten Tag hat sie ihn abserviert. Wenn einer so mit seinen Sexgeschichten prahlt wie der Dahlberg, dann steckt da meistens nicht viel dahinter. Ich nehme an, die Kleine war von ihm enttäuscht und wollte sich neu orientieren.«

»Und was passierte dann?«

»Er wurde laut, wirkte bedrohlich und ich habe Nelly«, er sah zu der Kellnerin, »gebeten, jemanden von der Security zu holen. Aber bis die kamen, war Dahlberg schon aufgesprungen, hat wütend die Cocktailgläser umgeworfen und ist abgehauen.«

»Wie hat das Opfer darauf reagiert?«, fragte Frederike neugierig.

»Ich habe mich für die Belästigung durch den Gast entschuldigt und ihr einen neuen Drink aufs Haus gemacht. Woraufhin sie mir zugezwinkert und gelacht hat. Jedenfalls hatte ich nicht den Eindruck, dass sie deshalb ihre gute Laune verloren hätte.«

»Wann genau war das?«

»Ungefähr halb zwei, denn kurz darauf hatte ich meine Pause, die dauerte zwanzig Minuten«, gab er bereitwillig Auskunft.

»Und war sie nach ihrer Pause noch da?«

»Ja, aber ich kann Ihnen nicht sagen wie lange, denn dann war die Hölle los und ich habe auch nicht weiter auf sie geachtet.«

»Hat sie an dem Abend noch mit jemand anderem gesprochen?«, fragte Frederike und fügte eindringlich hinzu, »jeder noch so kleine Hinweis kann wichtig sein.« Die Frage war an die gesamte Mannschaft gerichtet, aber niemand gab Antwort, manche schüttelten sogar verneinend den Kopf, auch Nelly, die Kellnerin.

Frederike sah zu Alexander Läufer. »Sie waren ihr an

dem Abend vermutlich am nächsten. Hatte sie mit noch jemanden Kontakt?«

Das kurze Zögern, bevor auch er den Kopf schüttelte, entging der Beamtin nicht, dennoch beließ sie es dabei und sagte: »Ich danke Ihnen allen und möchte Sie bitten, sich umgehend bei uns zu melden, falls Ihnen doch noch etwas einfällt.« Daraufhin verließen die Mitarbeiter von Silvio Leco den Raum.

»Wie es aussieht, haben Sie eine heiße Spur«, hörte Frederike den Mann sagen.

Langsam drehte sie sich zu ihm um. »Wie es aussieht, müssen wir mit einem Stammgast von Ihnen sprechen. Ich nehme an, Sie kennen Oliver Dahlberg?«

»Womöglich flüchtig, allerdings halte ich mich doch häufig in meinem Büro auf und befasse mich mit dem Personal, unseren Umsätzen und nicht mit den Gästen. Davon abgesehen bin ich natürlich schon einige Male an dem Sportstudio des Mannes vorbeigefahren. Sein Bild prangt als Reklame auf den Scheiben, ziemlich ordinär, wenn Sie mich fragen«, schob er naserümpfend ein, »aber ja, ich weiß, wie er aussieht.«

»Wussten Sie von dem Zwischenfall an der Bar?«, forschte die Beamtin weiter.

Ihr Gegenüber lachte auf. »Wir sind ein Nachtklub, die Menschen kommen hierher, um zu flirten. Eifersucht gehört da zwangsläufig dazu. Meine Mitarbeiter wissen genau, was in so einem Fall zu tun ist. Über solche Banalitäten werde ich nicht jedes Mal unterrichtet.«

»Sie hatten also keine Ahnung, dass sich Claire Weber in Ihrem Klub aufhielt?«

»Nein, nicht die geringste. Aber«, spekulierte er nun

laut, »womöglich lag dieser Dahlberg gar nicht so daneben.« Triumphierend sprach er weiter: »Ist Ihnen vielleicht schon in den Sinn gekommen, dass diese Frau tatsächlich eine Prostituierte war. Auch wenn ich das nicht billige, ist es uns leider nicht möglich, die Anwesenheit solcher Damen komplett zu vermeiden.«

»Oh«, antwortete Frederike leichthin, »mir ist bereits so einiges in den Sinn gekommen und ich werde all dem nachgehen.« Sie lächelte und wollte sich verabschieden, jedoch ließ es sich Silvio Leco nicht nehmen, die Polizisten persönlich aus dem Klub zu führen.

Erst als die Beamten in ihrem Dienstwagen saßen, machte sich Julien Meister Luft und fluchte: »Was für ein aalglatter Ars … Typ!«

6

Zur gleichen Zeit im Freiburger Stadtteil Wiehre

Die Ungeduld, mit der das Skalpell benutzt wurde, war völlig unangebracht. Die Bauchdecke ließ sich auch ohne größere Kraftanstrengung leicht öffnen, die Innereien wären bei vorsichtigerem Arbeiten nicht verletzt worden und hätten unversehrt entnommen werden können. Aber hier und jetzt ging es nicht um präzises Schneiden, sondern um ein Ventil für angestaute Wut.

Belinda Ketterer scheute sich nicht, erneut zuzustechen, auch wenn dabei die Gefahr bestand, das eigene Werk zu zerstören.

Silvio Leco hatte sie schon wieder versetzt; wie lange sollte sie das noch erdulden? Während sie sich die unzähligen Male ins Gedächtnis rief, an denen sie sich wegen ihm unbedeutend gefühlt hatte, schnitt sie ohne die übliche Sorgfalt die Fleischreste von der Haut. Mit einem Ruck warf sie das Messer neben den toten Körper und begann zu weinen. Als sie sich beruhigte und aufsah, kreuzte sich ihr Blick mit den toten Augen, die sie vorwurfsvoll anzustarren schienen.

Das Häufchen Innereien, das neben dem Körper lag, erregte bei Belinda plötzlich Ekel. Ihr wurde schlecht und nur mit Mühe konnte sie ein Erbrechen verhindern. Was war nur los mit ihr? Sie sah das doch nicht zum ersten Mal. »Ich sollte aufräumen und später weitermachen«, mahnte sie sich selbst.

Ungeduldig riss sie an den Latexhandschuhen, die auch Chirurgen benutzten und die wie eine zweite Haut saßen.

Plötzlich jedoch hatte sie das Gefühl, durch sie eingeschnürt zu sein. Ihr Zerren wurde stärker und Belinda reagierte hysterisch. In ihrer Hektik stieß sie heftig an ein Regal. Sie drehte sich um und entschuldigte sich.

»Tut mir leid meine Kinder, Mama ist heute durch den Wind«, sagte sie leise und begann zu weinen. Vergebens suchte sie Trost in den Augenpaaren, die völlig emotionslos zu ihr hinabblickten.

»Ich bin einsam«, fügte sie traurig an, »so schrecklich einsam. Aber ihr sollt das nicht sein, ich werde euch einen neuen Kameraden erschaffen, einer der noch schöner sein wird als ihr anderen.« Dann besann sie sich und fuhr versöhnlich fort: »Wobei jeder von euch seine eigene Schönheit besitzt. Ich bin nicht wie er, ich werde keinen bevorzugen.« Belinda schien sich gesammelt zu haben. Warum sollte sie über Silvios Verhalten weiter nachdenken. Seit Beginn ihrer Beziehung war sie nichts weiter als eine bequeme Ablenkung auf Abruf für ihn gewesen. Er liebte sie nicht, sie war einfach nur jederzeit für ihn verfügbar.

Ja, anfangs, da hatte sie sich Hoffnungen gemacht, glaubte eines Tages seine Frau zu werden – aber da hatte die *reizende* Anuschka andere Pläne. Tatsächlich war es der damals Neunjährigen gelungen, den Vater von einer erneuten Ehe abzubringen.

»Miststück«, fluchte Belinda und erinnerte sich nur zu gut an jede unangenehme Begegnung mit Silvio Lecos Tochter. Man behandelte sie im Hause der Lecos wie eine Angestellte, wenn man sie überhaupt dorthin einlud. Natürlich konnte sie sich finanziell nicht beschweren, Leco kam für ihren Lebensunterhalt auf – aber wie lange noch?

Belinda vergaß das Aufräumen und ließ den geöffneten Körper zurück, um sich ein Bad einzulassen. Beim Ausziehen betrachtete sie sich im Spiegel. Mit Mitte Vierzig sah sie noch sehr gut aus, allerdings hatte sie bereits einiges machen lassen. Vor allem um Silvio zu gefallen. Größere Brüste, Straffung der Oberschenkel, Botox unter die Gesichtsfalten; aber das hielt den Alterungsprozess nicht wirklich auf. Schmerzhaft fiel ihr in letzter Zeit immer häufiger auf, dass sich Silvio nach jüngeren Frauen umsah. Belinda war nicht naiv, ihre Beziehung hatte ein Verfallsdatum und sicher wäre das bald überschritten.

* * *

»Gute Nachrichten«, begrüßte Dietmar Klein seine Kollegen, als die wieder in der Dienststelle erschienen.

»Die können wir gebrauchen«, reagierte Julian müde.

Frederike Zimmer seufzte zustimmend. »Gehen wir in mein Büro.«

Dort angekommen setzten sich die drei um den Besprechungstisch und Frederike breitete vor sich die Leckereien aus, die sie unterwegs in ihrer Lieblingsmetzgerei erstanden hatte. Für sich hatte sie einen großen Becher Wurstsalat gekauft, Julian, der zur Zeit auf seine Linie achtete, bekam einen Salat mit Putenbrust und Dietmar sein geliebtes Brötchen mit Schwarzwälder Schinken. Einige Minuten saßen sie schweigend kauend beieinander, wohl wissend, dass dieser friedliche Moment nicht lange anhalten würde.

»Ich esse zu schnell«, bemerkte Frederike, als sie feststellte, dass sie vor ihren Kollegen fertig war.

»Ist ungesund«, bestätigte ihr Julian mit vollem Mund und Dietmar grinste, bevor er ihr ein Stück seines Brötchens anbot, das sie, ohne zu zögern, annahm.

Kurz darauf erzählte Julian, was sie im Tatischko-Klub erfahren hatten und Dietmar notierte sich einige Stichworte für weitere Recherchen.

Anschließend setzte er die Kollegen über die eigenen Nachforschungen ins Bild.

»Die französischen Beamten haben mit den Eltern in Lyon gesprochen. Die sind natürlich erschüttert. Das übersetzte Protokoll liegt bereits vor.« Er deutete auf eine Mappe, die er für die Kollegen vorbereitet hatte. »Die Webers beschreiben die Tochter als Engel. Ob das so ist, lässt sich natürlich schwer sagen, zumindest liegt gegen die junge Frau in Frankreich nichts vor. Der Vater ist übrigens Deutscher, die Mutter Französin. Claire wurde zweisprachig erzogen. Außerdem lebt in Freiburg eine Schwester des Vaters, die Claires Kontakt war. Angeblich wollte sich das Opfer wegen eines Studienplatzes informieren.«

»Wieso angeblich?«, hakte Frederike sofort nach.

»Bisher konnte ich nicht feststellen, dass sie sich mit irgendeiner Studienberatung oder Universität in Verbindung gesetzt hätte. Immerhin war sie schon seit einer Woche in Freiburg. Ihr Handy ist voller Bilder von Partys und Klubs, auch der Browserverlauf ihres Laptops gibt nicht her, dass sie sich um ihre Ausbildung kümmern wollte. Laut Aussage der Eltern hat sie sich die Ferienwohnung gemietet, um der Tante keine Last zu sein, aber mein Gefühl sagt mir, dass die junge Frau hier war, um zu feiern. Ich habe ein Team beauftragt, sich nach ihr in den anderen Klubs und Kneipen zu erkundigen. Mal sehen, was dabei herauskommt.«

»Wir müssen mit der Tante sprechen«, warf die Hauptkommissarin ein.

»Davon ging ich aus. Sie erwartet euch morgen früh«, erwiderte Dietmar und erntete von Frederike einen anerkennenden Blick. »Was würden wir nur ohne dich tun?«

Wie immer reagierte der Mann bescheiden, ließ das Lob unkommentiert und fuhr mit seinen Ausführungen fort: »Wir haben den Laborbericht aus der Gerichtsmedizin. Zum Zeitpunkt ihres Todes hatte Claire Weber einen hohen Alkoholspiegel. Außerdem fanden sich Spuren von Amphetaminen in ihrem Blut.«

»Das Opfer war also auf Speed«, folgerte Julian. »Hat

die Kriminaltechnik bei der Durchsuchung irgendwelche Drogen gefunden?«

»Negativ«, antwortete Dietmar sachlich.

»Dann könnte sie das Zeug vom Mörder bekommen haben«, folgerte Julian.

Frederike kam ein Gedanke »Womöglich übersehen wir etwas«, sagte sie unvermittelt und griff sich die Tatortfotos. »Der Mörder hat sie übel zugerichtet, deshalb hielt ich einen *Profi* zunächst für ausgeschlossen. Aber was, wenn er sie aus einem bestimmten Grund aufgeschlitzt hat? Und ich meine jetzt nicht, dass es ihm um ein krankes Ritual ging.«

»Organhandel schließt der Gerichtsmediziner aus«, erinnerte sie Julian, dann verstand er und rief: »Natürlich, die Frau könnte ein Drogenkurier gewesen sein. Sie hat Drogenpäckchen geschluckt, so transportiert und dann hat man sie aus ihr auf diese Weise wieder herausgeholt, nachdem irgendetwas schief lief.«

Frederike nickte. »Die Theorie ist nicht aus der Luft gegriffen. Immerhin hatte das Opfer eine Verbindung zum Tatischko-Klub, dessen Besitzer, zufällig Silvio Leco, ein Drogenhändler mit Kontakten nach Frankreich ist. In ihrem Blut befanden sich Drogen und der Grund, warum sich die junge Frau in Freiburg aufgehalten hat, scheint augenscheinlich nicht ein möglicher Studienplatz zu sein. Ziehen wir auch in Erwägung, dass man uns im Klub angelogen hat. Der Türsteher behauptet, sie wäre alleine gegangen und zwar gut gelaunt. Doch stimmt das auch? Eventuell war sie im Klub, um sich Anweisungen abzuholen, vielleicht hat sie kalte Füße bekommen, wollte aussteigen oder hat die geschmuggelten Drogen nicht herausgerückt. Wir haben keine Ahnung, was Leco in so einem Fall mit ihr getan hätte. Vielleicht war sie beim Verlassen des Klubs wirklich gut gelaunt, womöglich in Erwartung der Bezahlung für was auch immer.«

»Aber warum fanden wir sie nackt?«, überlegte Dietmar Klein. »Hat sie sich freiwillig ausgezogen oder wurde sie dazu gezwungen? Das könnte eher auf ein sexuelles Motiv hindeuten und gegen einen Profi sprechen, außer der hätte entsprechende *Gewohnheiten*.«

Frederike konnte den Einwand nicht von der Hand weisen und sagte schließlich: »Wir sollten die französischen Behörden bitten, mehr über Claire herauszufinden. Die müssen Freunde von Claire befragen. Eltern sehen ihre Kinder immer in einem guten Licht. Ich will jedoch wissen, ob unser Opfer eine naive Frau war, ein raffiniertes Biest oder einfach nur unvernünftig. Wenn wir mehr über das Opfer wissen, fällt es uns leichter, nach dem Täter zu suchen. Hoffen wir, dass wenigstens die Tante keine verklärte Sicht auf ihre Nichte hat.«

»Der Barkeeper, dieser Alexander Läufer, hat uns sicher auch nicht alles erzählt«, warf Julian ein. »Den sollten wir uns noch einmal zur Brust nehmen.«

»Guter Einwand, das sehe ich genauso. Wir werden dranbleiben, aber momentan möchte ich das Personal des Klubs erst einmal in Sicherheit wiegen. Zudem haben die uns einen Verdächtigen geliefert, das können wir natürlich nicht ignorieren. Was haben wir noch?«, wandte sich Frederike erneut an Dietmar.

»Keine Spuren von sexueller Gewalt und was das

Kondom im Badezimmer anging, die DNA-Datenbank hat leider keine Vergleichsprobe.«

»Womöglich gestattet uns dieser Sportstudiobetreiber, eine Speichelprobe zu nehmen.«

»Dann hätten wir unseren Mörder«, entgegnete Julian euphorisch.

»Ja, wenn er auch so leichtsinnig war, das Kondom zu vergessen, nachdem er sich so viel Mühe gemacht hat, seine anderen Spuren zu verwischen. Aber«, fügte sie nachdenklich an, »Leichtsinn hat schon so einige Verbrecher zu Fall gebracht.«

»Apropos Leichtsinn«, warf Dietmar nun ein. »Ich habe von den Kollegen erfahren, dass Leco eine Geliebte hat.«

»Es würde mich wundern, wenn *nicht*«, erwiderte Frederike daraufhin amüsiert.

»Falls du jetzt an eine wilde Zwanzigjährige denkst, dann kann ich dich überraschen. Lecos Freundin, eine gewisse Belinda Ketterer, ist Mitte vierzig und mindestens schon seit über fünfzehn Jahren mit ihm zusammen. Die Kollegen haben immer mal wieder versucht, über sie an Leco heranzukommen, aber bisher schien die Frau loyal.«

»Wie soll uns das dann helfen?«, hakte Julian irritiert nach.

»Nun ja«, antwortete Dietmar mit einem feinen Lächeln. »Sie wohnt weder in der Villa noch hat er sie bislang geheiratet. Ich bin zwar kein Frauenversteher, aber ich könnte mir durchaus vorstellen, dass die Gute das Warten irgendwann auch mal satt hat. Zumal das

Zeugnisverweigerungsrecht nicht greift, wenn sie weder verlobt noch mit Leco verheiratet ist.«

»Die beiden wohnen nach so langer Zeit nicht zusammen?«, hakte die Hauptkommissarin sicherheitshalber nach.

»Nein«, bestätigte Dietmar.

»Könnte natürlich ihr Wunsch sein«, überlegte Frederike laut. »Oder nur seiner. Niemand eignet sich besser als Zeuge der Anklage als eine wütende oder frustrierte Geliebte. Ein Gespräch unter Frauen kann da sicher nicht schaden. Das behalten wir uns jedenfalls vor, aber als Nächstes steht der Besuch im Sportstudio von Oliver Dahlberg an.«

7

Frederike gähnte, als Julian den Wagen auf dem Parkplatz des Sportstudios abstellte. Es war bereits später Nachmittag und die ersten Berufstätigen nutzten den Feierabend zur sportlichen Betätigung.

Wie Silvio Leco gesagt hatte, war Oliver Dahlberg sein eigenes Werbegesicht und nicht nur das. Ein lebensgroßes Bild des Eigentümers bedeckte die Scheibe der Eingangstür. Im Inneren setzte sich die Selbstdarstellung des Sportlers fort. Dahlberg mit einer Langhantel, Dahlberg beim Bankdrücken, Dahlberg mit Boxhandschuhen. Der Eingangsbereich war ansonsten in Weiß gehalten und äußerst puristisch. Eine Wand bestand komplett aus Spiegeln und Frederike fragte sich, ob man so die möglichen Kunden auf ihre körperlichen Defizite aufmerksam machen wollte.

Eine junge Frau im Sportdress trat auf die beiden zu.

Anstatt sich nach dem Anliegen der Neuankömmlinge zu erkundigen, sagte sie voller Tatendrang: »Nichts, was wir nicht wieder hinbekommen würden« und ließ ihren Blick über Frederikes Körper schweifen.

Die Hauptkommissarin, neugierig, auf was das nun hinauslaufen würde, antwortete mit einem reservierten: »Wirklich?«

»Aber sicher«, erklärte die Frau, die die Statur einer olympischen Kugelstoßerin hatte. »Wir haben Programme für Senioren, unterstützen Sie bei der Gewichtsreduktion und entwickeln ein individuelles Fitnesstraining. Maßgeschneidert«, fügte sie noch verschwörerisch hinzu.

Julian Meister bemühte sich um ein ernstes Gesicht, kannte er doch die Abneigung der Hauptkommissarin gegen Diäten und Sport.

Offenbar war es der Mitarbeiterin des Studios ein echtes Bedürfnis, Frederike als neue Kundin zu gewinnen, denn als Nächstes wandte sie sich an den Oberkommissar und meinte: »Ihre Mutter wird sich hier wohlfühlen.«

»Möglich, vielleicht komme ich eines Tages mit ihr bei Ihnen vorbei«, antwortete der daraufhin sichtlich amüsiert.

Seine Reaktion hatte zur Folge, dass die Frau dunkelrot anlief und stammelte: »Ich wusste nicht, dass das …, ich wollte sie nicht beleidigen, es ist nur selten, eine ältere Frau und …«

Die Hauptkommissarin erlöste ihr Gegenüber, indem sie müde sagte: »Fragen Sie künftig lieber zuerst nach dem Grund eines Besuchs, das macht es weniger peinlich.« Gleichzeitig zückte sie ihren Dienstausweis, was die Mitarbeiterin noch mehr aus dem Konzept brachte.

»Polizei«, rief sie hysterisch. »Wir haben hier keine illegalen Substanzen! Wieso muss ein durchtrainierter Körper immer die Folge von Steroiden sein?«

»Und wieso sagen Sie Herrn Dahlberg nicht einfach, dass wir ihn sprechen möchten«, unterbrach Julien die Frau und warf ihr einen mahnenden Blick zu.

Kurz darauf empfing sie der Besitzer in seinem Büro.

Frederike entging nicht, dass Olaf Dahlberg kaum noch seinen auf Folie gezogenen Kopien glich. Zwar wirkte er durchtrainiert und äußerst muskulös, aber sein Gesicht zeigte die deutlichen Spuren eines ungesunden Lebensstils und zu viel künstlicher Sonne.

Sie wusste, dass der Mann Ende dreißig und unverheiratet war. Er hatte Vorstrafen wegen Körperverletzung und vor drei Jahren hatte ihn eine Frau wegen Stalkings angezeigt. Es handelte sich bei ihm also keinesfalls um ein unbeschriebenes Blatt. Die Hauptkommissarin nahm an, dass seine Empfangsmitarbeiterin nicht ohne Grund sofort eine Verhaftung wegen Drogenbesitzes fürchtete.

»Um was geht es?«, begrüßte sie der Mann unfreundlich. »Ich vermute, es ist Absicht, dass Sie mich zur Hauptgeschäftszeit belästigen. Damit möglichst viele Kunden mitbekommen, dass die Polizei im Haus ist.«

Die Anschuldigung prallte an Frederike ab. Ohne seinen Vorwurf zu kommentieren, fragte sie: »Kennen Sie eine Frau namens Claire Weber?«

Sein Gesicht verzog sich zornig und er blaffte: »Hat mich dieses Miststück etwa angezeigt?«

»Wieso gehen Sie davon aus?«, fragte die Hauptkommissarin prompt.

»Als wüssten Sie nicht längst, dass wir uns gestritten haben. Aber dass die sich traut, zu den Bull…«, er verkniff sich den abfälligen Ausdruck und ergänzte, »direkt zur Polizei zu gehen, nur weil ich ihr ein paar unangenehme Wahrheiten an den Kopf geworfen habe.«

»Was für *Wahrheiten*?«, hakte die Beamtin nach.

Er wand sich, schlug nun einen jovialen Tonfall an. »Ich hatte getrunken und mich geärgert, da rutschen einem eben solche Dinge heraus. Abgesehen davon hatte ich allen Grund, sauer zu sein. Die Kleine schleppte mich einen Tag vorher ab, nachdem ich ihr einen Drink nach dem anderen ausgegeben hatte und dann tut sie so, als wäre zwischen uns nichts passiert.«

»Sie hatten sich mehr versprochen? Eine Beziehung womöglich?«, tat die Beamtin verständnisvoll.

»Zumindest Ehrlichkeit«, schnappte Dahlberg.

»Und Sie waren deshalb wütend?«, ließ ihn Frederike nicht vom Haken.

»Natürlich, ich hasse es, verarscht zu werden.« Und mit ausgestrecktem Zeigefinger in Richtung der Polizisten fügte er noch an: »Und da bin ich sicher nicht der einzige.«

»Sie waren also wütend«, wiederholte die Hauptkommissarin. »So wütend, dass sie Claire Weber nach dem Streit im Klub in ihrer Ferienwohnung aufgesucht und zur Rede gestellt haben?«

»Was?«, reagierte er verwundert, »Behauptet sie das etwa?«

»Leider kann Frau Weber nichts mehr behaupten, da

man sie gestern Nacht ermordet hat. Übrigens kurz nachdem sie mit Ihnen im Klub gesehen wurde.«

Dahlberg wirkte geschockt, aber Frederike ließ sich davon nicht täuschen. Sie hatte so vielen Verbrechern in ihrer Zeit als Polizistin gegenübergesessen, die ihr überzeugend Schock, Unwissenheit und Unschuld vorgespielt hatten, dass sie eine ganze Armee von Oscars dafür hätte verleihen können.

Unbeeindruckt setzte sie daher zur nächsten Frage an, aber Dahlberg schnitt ihr das Wort ab, indem er schnappte: »Anwalt!«

»Denken Sie, dass Sie einen benötigen? Wir möchten uns nur mit Ihnen unterhalten.«

»Anwalt«, wiederholte Dahlberg und griff zum Telefon.

Erfreulicherweise hielt sich der Rechtsvertreter von Dahlberg im Sportstudio auf, zählte zu den Kunden und erschien in Jogginghose und Muskelshirt. Sichtlich überrascht, die Polizei im Büro seines Mandanten vorzufinden, blieb er zwar sachlich, wollte jedoch auf eine offizielle Zeugenvorladung bestehen.

»Es wird keine Zeugenvorladung geben«, erwiderte die Hauptkommissarin. »Denn ich stehe kurz davor, Ihren Mandanten festnehmen zu lassen. Dieses Gespräch findet lediglich aufgrund meines Wohlwollens statt. Herr Dahlberg hatte Streit mit einem Mordopfer. Dafür gibt es Zeugen und er hat es auch nicht geleugnet. Es bestand eine sexuelle Beziehung zwischen ihm und dem Opfer und vergessen wir nicht, dass Herr Dahlberg schon einmal eine Frau bedroht hat. Ich bekomme meinen Haftbefehl.«

Natürlich wusste Frederike nicht, ob das wirklich der Fall sein würde. Wie die entsprechenden Stellen im Einzelfall entschieden, konnte kaum jemand vorhersagen – aber zumindest reichte die Drohung aus, um den Anwalt auf seinen Mandanten einwirken zu lassen. Die beiden ließen die Beamten im Büro zurück, um sich kurz zu besprechen.

* * *

Zur gleichen Zeit in der Villa der Familie Leco

Bernard Leco stand vor dem Spiegel. Er betrachtete sein Gesicht mit den gleichmäßigen Zügen, den braunen Augen und den vollen Lippen. Er wusste, dass sich die Frauen auf der Straße nach ihm umdrehten und dass er keine Probleme hatte, einen Flirt zu starten. Leider wusste er auch, dass ihm sein Aussehen hinderlich war, wenn es darum ging, den harten Mann zu spielen. Seine Züge wirkten weich und gütig. Er dachte an die Besprechung am Nachmittag. Anuschka hatte das Zepter in der Hand gehabt, sich nicht einschüchtern lassen und am Ende mehr erreicht, als der Vater von ihr erwartet hatte.

Und er? Er hatte nur hinter ihr gestanden wie ein verdammter Leibwächter, ohne einen Ton von sich zu geben, so wie es abgesprochen gewesen war. Obwohl es sich eigentlich nicht um eine Absprache gehandelt hatte, sondern eher um eine Anweisung seiner Schwester.

»Halt' die Klappe und mach' ein finsteres Gesicht, den Rest übernehme ich«, waren ihre Worte gewesen.

Im Nachhinein hatte er nun das Gefühl, ausgebootet worden zu sein. Machte Anuschka das etwa absichtlich? Drängte sie ihn systematisch aus der Familie und dem Geschäft? Nicht das erste Mal beschlich ihn der Verdacht, manipuliert zu werden. Womöglich war die Schwester nicht die Lösung seiner Probleme, sondern die Ursache. Er war gerade dabei, sein Hemd aufzuknöpfen, als sich hinter ihm die Tür öffnete. Erschrocken fuhr er herum und blickte überrascht in das Gesicht von Sarah, der Tochter der Haushälterin.

»Kannst du nicht anklopfen?«, fragte er gereizt und knöpfte sich hektisch das Hemd wieder zu.

Anuschka hatte auf der Fahrt zu ihrem Geschäftstermin einige Andeutungen gemacht, was die Absichten der Siebzehnjährigen betraf und offenbar schien sich das gerade zu bewahrheiten.

»Ich dachte, ich überrasche dich«, gab ihm die junge Frau zur Antwort und bewegte sich lasziv auf ihn zu.

Bernard entging nicht, dass sie nur einen kurzen Bademantel trug.

Während sie näherkam, säuselte sie: »Ich wollte mich erkundigen, wie dein Tag war.«

Skeptisch betrachtete er ihren Aufzug. Sie hatte viel Make-up aufgelegt und die gewählten Farben ließen ihr Gesicht sehr reizvoll aussehen. Die hochgesteckten Haare sorgten dafür, dass sie älter erschien und die feinen Strähnen, die ihren schlanken weißen Hals umschmeichelten, gaben ihr etwas Unschuldiges.

Im nächsten Augenblick stand sie vor Bernard, sah ihn

mit großen Augen an, öffnete den Gürtel des Bademantels, streifte das Kleidungsstück langsam ab und stand völlig nackt vor ihm. Eine Szene, die Bernard aus unzähligen Filmen kannte und die ihn zugegebenermaßen nicht kalt ließ.

Er betrachtete ihren Körper, die wohlgeformten kleinen Brüste, die schmalen Hüften und spürte die Erregung. Ihre Hände legten sich um seinen Hals, sie zog ihn an sich und ihre Lippen berührten für einen Augenblick seinen Mund. Ihr Kuss schmeckte nach Fruchtgummis. Als ihre Hände versuchten, sich unter sein Hemd zu schieben, kam er wieder zu sich.

Gröber als beabsichtigt stieß er sie weg. »Was soll das denn«, fuhr er sie an.

Sarah wirkte verletzt. »Ich dachte, du willst das auch«, stieß sie hervor, während sie nach dem Bademantel griff und ihn sich voller Scham überwarf.

»Du bist noch nicht einmal volljährig.« Er bemerkte, noch während er das sagte, dass sie das nicht als Argument gelten lassen würde, deshalb entschloss er sich, gemein zu werden. »Du bist das Balg unserer Putzfrau, was glaubst du, welche Gefühle ich für dich habe? Allerdings nehme ich an, dass du dich von mir schwängern lassen willst, damit du den Rest deines Lebens ausgesorgt hast. Es gibt doch nichts Besseres, als einen reichen Mann abzuzocken.«

»Das würde ich nie tun«, wehrte sich Sarah und ihre Augen füllten sich mit Tränen. Nervös zog sie den Gürtel des Bademantels zu, versuchte, nicht zu weinen und sprach mit gepresster Stimme: »Ich dachte, du magst mich, ich mag dich nämlich sehr. Zumindest bis eben.«

»Du liebe Güte«, blieb er unbarmherzig, denn das schien ihm das einzig Richtige.

»Ich war der Meinung, dass du anders bist«, rief sie theatralisch und verließ mit so viel Würde, wie ihr noch möglich war, das Zimmer.

Er hörte, wie sich ihre Schritte schnell entfernten, und ging zur Tür, um abzuschließen. Das durfte ihm nicht noch einmal passieren. Nicht dass dieses Mädchen plötzlich in seinem Bett lag.

Hin- und hergerissen, ob er mit Anuschka darüber sprechen sollte, bemerkte er, wie er wieder zu schwitzen begann. Nein, die Schwester würde ihn nur damit aufziehen. Am besten war es, eine kalte Dusche zu nehmen und die Sache für sich zu behalten. Vermutlich würde sich Sarah nach seinen klaren Worten sowieso von ihm fernhalten. Aber mit einem hatte sie recht – er war wirklich anders, anders als der Rest seiner Familie.

* * *

Zur gleichen Zeit im Sportstudio von Oliver Dahlberg

Nachdem Frederike und Julian etwa zwanzig Minuten gewartet hatten, erschien der Anwalt wieder, nun in einer Anzugshose und Poloshirt, zusammen mit Dahlberg. Seine ersten Worte galten den Beamten. »Ich habe meinem Mandanten geraten, jetzt und hier mit Ihnen zu sprechen, um zum einen unsere Kooperationsbereitschaft zu demonstrieren. Aber auch, weil wir quasi dazu genötigt wurden. Ich werde mich jedenfalls über Sie beschweren.«

»Tun Sie das«, erwiderte die Hauptkommissarin gelassen. Die Zeiten, in denen sie sich vor Anschuldigungen dieser Art fürchtete, waren längst vorbei. Sie hielt sich stets an die Regeln, aber das schloss nicht aus, trotzdem mit harten Bandagen zu kämpfen und das tat sie, wenn es darum ging, den Mörder einer jungen Frau zur Strecke zu bringen.

Der Anwalt spürte instinktiv, dass er dem ersten Eindruck, was Hauptkommissarin Zimmer anging, nicht trauen konnte. Sein Gegenüber war keine gutmütige ältere Dame, auch wenn sie so aussah.

»Kommen wir zur Sache«, sagte sie wie zur Bestätigung unbeeindruckt. »Ich bräuchte ein Alibi Ihres Mandanten für letzte Nacht. Genauer gesagt für die Zeit zwischen zwei Uhr und vier Uhr morgens.«

Der Anwalt nickte Dahlberg zu und der antwortete: »Ich bin nach dem Streit im Klub direkt hier hergekommen. Meine Wohnung liegt über dem Studio. Tatsächlich habe ich noch ein wenig trainiert, um runterzukommen.«

Dem Anwalt war anzusehen, dass er sich gewünscht hätte, Dahlberg wäre es gelungen, den letzten Teil seiner Aussage herunterzuschlucken, aber daran konnte man nun nichts mehr ändern.

»Mein Mandant hat Ihnen doch bereits gesagt, wie seine Verbindung zu der Frau geartet war. Außerdem hat er Ihnen glaubhaft erklärt, wo er sich zur Tatzeit aufgehalten hat, was möchten Sie noch?«

»Eine Speichelprobe für einen DNA-Abgleich.«

»Niemand bestreitet, dass Sie seine DNA in der Wohnung oder am Opfer finden werden. Es gab sexuellen Kontakt. Herr Dalberg hielt sich längere Zeit in der Wohnung auf, hat ein Kondom im dortigen Mülleimer entsorgt, allerdings nicht in der letzten Nacht, sondern in der Nacht davor.«

»Sagen wir, die Probe würde uns helfen. Nennen wir es ein Ausschlussverfahren«, entgegnete Frederike freundlich.

»Und wenn wir warten, bis der richterliche Beschluss vorliegt?«

»Dann zögern Sie eine Mordermittlung unnötig in die Länge, aber wenn das im Sinne Ihres Mandanten ist«, ergriff dieses Mal Oberkommissar Meister das Wort.

»Ich werde Ihnen diese Probe geben«, mischte sich nun Dahlberg ein, »möchte aber, dass sie mir glauben. Ich habe Claire kein Haar gekrümmt.«

»Wie würden Sie Claire Weber beschreiben?«, fragte die Hauptkommissarin. »Erzählen Sie, wie Sie sich kennengelernt haben.«

»Was soll ich da erzählen. Sie fiel mir im Klub auf und ich sprach sie an. Wir tranken etwas und kamen ins Gespräch. Sie tat so, als würde sie sich für mich interessieren, hat mir gesagt, was ich hören wollte.«

»Wer hat vorgeschlagen, zu ihr zu gehen?«

»Das war sie, ganz klar«, erwiderte Dahlberg mit Nachdruck. »Ich habe sie ganz sicher zu nichts gezwungen.«

»Hat sie etwas von sich erzählt?«

Dahlberg zuckte mit den Schultern.

Frederike schätzte ihn zwar als jemanden ein, der sich

selbst gerne reden hörte und wenig Interesse an anderen hatte, dennoch ließ sie es dabei nicht bewenden. »Sie werden sie doch nach mehr als nur ihrem Namen gefragt haben?«, fasste sie daher ungläubig nach.

»Sie sagte, sie sei Französin, das hörte man auch an ihrem Akzent und sie käme aus Paris, würde dort modeln und ihre Eltern hätten ein Haus an der Côte d'Azur. Sie schlug sogar gleich vor, dass wir dort einmal zusammen unseren Urlaub verbringen könnten. Deshalb war ich ja auch so angepisst, als sie mir am nächsten Abend die kalte Schulter zeigte.«

»Waren Sie denn verabredet?«, wollte Frederike nun wissen.

»Ich dachte es zumindest«, gab er kleinlaut zu.

»Warum dachten Sie das?«

Das erste Mal sah Dahlberg hilfesuchend zu seinem Anwalt, der nickte und so ließ der Mann die Katze endlich aus dem Sack. »Wegen des Geldes.«

Frederike zog überrascht die Augenbrauen in die Höhe. »Wegen welchen Geldes?«

Betreten blickte er zu Boden, murmelte: »Ich gab ihr Geld.«

»Hat sich Ihnen Claire Weber denn als … Prostituierte angeboten?«

»Nein«, brauste Dahlberg auf. »So war das nicht und außerdem hätte ich mich darauf nicht eingelassen. Ich muss nicht für Sex bezahlen«, erklärte er mit verletztem Stolz.

»Wie war es dann?«

Schwerfällig änderte er seine Sitzposition und erklärte: »Sie hat mich nach dem Sex mehr oder weniger hinauskomplimentiert, gemeint, dass sie am Morgen noch ein Fotoshooting hätte und etwas Schlaf bräuchte. Dann fragte sie mich, ob ich ihr vielleicht Geld leihen könnte. Sie meinte, ihre französische Bankkarte mache Probleme, der Magnetstreifen sei beschädigt. Aber ihre Eltern hätten ihr die neue Karte bereits nachgeschickt und die müsste bald eintreffen. Ich war gutgläubig …«

»Wie viel?«, fragte die Hauptkommissarin ungeduldig.

»Dreihundert Euro«, gab Dahlberg zu.

»Und die hatten Sie einfach so in der Tasche«, hakte Julian ungläubig nach.

Der Anwalt mischte sich ein, zischte: »Bislang ist es nicht strafbar, Bargeld mit sich zu führen.«

»Sicher, aber woher wusste Frau Weber, dass Sie das bei sich hatten?«, bohrte Frederike nach. »Sie wird ja kaum erwartet haben, dass Sie mitten in der Nacht zu einem Geldautomaten eilen, um eine Abhebung vorzunehmen.«

Dahlberg änderte erneut seine Sitzposition und erinnerte Julian dabei an einen sich windenden Wurm. Sichtlich peinlich berührt antwortete er schließlich: »Ich habe im Klub ein Bündel Bargeld herausgezogen, um zu bezahlen.«

»Und um die Frau zu beeindrucken«, half die Hauptkommissarin aus.

Mit einem schiefen Grinsen nickte Dahlberg.

Frederikes Blick wanderte zu dem Anwalt, als sie sagte: »Ich ermittle in einem Mordfall und bin nicht vom Dezernat für Sexualdelikte. Deshalb bitte ich Sie, aufrichtig zu antworten. Hat sich Ihnen Claire Weber denn nach dem Sex als Prostituierte zu erkennen gegeben?«

»Ich schwöre Ihnen, dass das nicht der Fall war«, antwortete Dahlberg geknickt. »Aber als ich sie wieder im Klub traf und sie so uninteressiert tat, da kam mir der Gedanke natürlich. Ich fragte, was los sei und sie sagte: ›Nichts, aber ich habe heute Abend etwas vor und du störst.‹ Ich hab's nicht gleich gecheckt, sagte, dann sehen wir uns eben morgen, aber sie lachte nur und antwortete: ›Ich habe morgen auch etwas vor, und übermorgen und jeden weiteren Tag‹. Daraufhin fragte ich nach dem Geld.« Er machte eine Pause und seufzte. »Sie behauptete, keines von mir bekommen zu haben, ob ich das denn beweisen könne. Sie sagte, falls ich deswegen Theater machen würde, ginge sie zur Polizei und würde mich wegen Belästigung anzeigen.«

»Verständlich, dass Sie wütend waren«, stellte die Hauptkommissarin in mütterlichem Tonfall fest.

»Ich habe ihr an den Kopf geworfen, dass sie eine Nutte sei und bin gegangen, mehr war da nicht.«

Die Hauptkommissarin schwieg, sah ihr Gegenüber durchdringend an.

Nervös versicherte Dahlberg daraufhin: »Ich habe sie danach nie wieder gesehen.«

»Wie gesagt, ich kann Ihre Wut verstehen«, wiederholte sich Frederike. »Frau Weber hat Ihnen dreihundert Euro abgeknöpft und Sie dann auch noch erpresst. Für mich durchaus ein Motiv, die Kontrolle zu verlieren.«

»Hören Sie auf damit«, versuchte der Anwalt abzuwiegeln. »Mein Mandant hatte überhaupt keinen

Grund, die Frau zu töten. Dreihundert Euro sind für Herrn Dahlberg Peanuts. Außerdem hatte er mit der Frau eine Abmachung.«

»Welcher Art?«, hakte die Hauptkommissarin mit einem süffisanten Lächeln nach.

»Nennen wir es eine stillschweigende Abmachung. Frau Weber konnte die dreihundert Euro behalten und würde dafür eine Falschaussage gegen meinen Mandanten unterlassen.«

»Das nennen Sie eine *Abmachung*?«, und mit einem Kopfschütteln fuhr Frederike fort: »Ich denke, dass das für 99 Prozent der Menschheit ein klarer Fall von Erpressung ist. Womöglich hätte Claire Weber noch mehr gefordert.«

»Hat sie aber nicht«, übernahm es der Anwalt zu antworten. »Vielleicht sollten Sie sich besser über diese Claire Weber erkundigen. Offenbar waren ihre Absichten zweifelhaft, ich gehe davon aus, dass mein Mandant nicht ihr einziges Opfer war. Ich sehe hier viel Raum für mögliche Verdächtige wie beispielsweise Freier, Zuhälter oder schlicht Konkurrenz.« Er blickte zu Dahlberg, dann wieder zu den Beamten und klatschte einmal in die Hände. »So, ich denke, das war's. Mein Mandant hat alle Fragen beantwortet und ich wüsste keinen Grund, dieses Gespräch noch länger fortzusetzen.« Belehrend fügte er an: »Und bitte, nehmen Sie künftig den offiziellen Weg, wenn Sie sich mit Herrn Dahlberg unterhalten möchten.«

8

Am nächsten Morgen

Ivona hatte doch nur Geld verdienen wollen. Jeder sehnte sich schließlich nach einem besseren Leben, aber ihr war nicht das Leben, sondern die Finsternis begegnet. Ihr Kopf schmerzte vom Schlag. Sie hatte die Chance gesehen, war voller Enthusiasmus ins Auto gestiegen und vertrauensvoll gewesen. Warum auch hätte sie Angst haben müssen? Die Fahrt hatte eine Weile gedauert und schließlich hatte sie zaghaft gefragt: »Wie lange noch?«

»Nicht mehr weit, es liegt etwas versteckt«, bekam sie zur Antwort, dann sah sie den Wald.

Heimweh erfüllte sie und als der Wagen schließlich anhielt und man sie bat auszusteigen, sog sie den Duft der Bäume und der modrig feuchten Erde mit Genuss ein. Nur zu bereitwillig stimmte sie dem Spaziergang zu und stellte keine Fragen, als man ihr erklärte, dass ihre Arbeitskraft auf einer Lichtung in Anspruch genommen werden sollte. Sie hatte es geglaubt, weil sie es hatte glauben wollen. Das nächste, an das sie sich erinnerte, war der Schmerz, als ihr Körper über Wurzeln und Äste geschleift wurde, ihre Haut dadurch aufriss und sich eine Haarsträhne an einer dornigen Pflanze verfing und herausgerissen wurde. Noch bevor sie hatte schreien können, verschloss ein Knebel ihren Mund und Stricke verhinderten jedes Entkommen. Mit fast übermenschlichen Kräften riss sie nun an den Fesseln, die um den dicken Stamm eines alten Baumes geschlungen waren. Ihr einziger Gedanke galt der Flucht.

Da, wo sie sich gerade befand, drang wenig Licht durch das Blätterdach. Ivona wusste, dass sie weit abseits der Wege waren; niemand würde also ihr unterdrücktes Rufen hören. Das Rascheln kündigte an, dass es gleich so weit sein würde. Sie vernahm Worte, die ihr nichts sagten. Eine Aneinanderreihung von Dingen, die für sie keinen Sinn ergaben, fremde Vokabeln. Aber auch ohne deren Bedeutung zu kennen, wusste sie, dass sie den Tod ankündigten. Um ihr Zappeln zu beenden, traf sie erneut ein harter Schlag. Die Haut über der linken Augenbraue platzte auf, Blut verschleierte ihr den Blick. Einer Ohnmacht nahe sah sie die bedrohliche Silhouette, sie registrierte nackte Haut, glaubte seltsame Zeichen, womöglich eine Tätowierung, Haare oder Fell zu erkennen und befürchtete nun, Opfer eines religiösen Rituals zu werden. Verzweifelt betete sie für ihre Seele. Ivona war gläubig – und in ihren letzten Minuten war es sogar mehr als das, denn nun wusste sie, dass es den Teufel wirklich gab.

Als das Messer ihr die Kehle durchschnitt, galt ihr letzter Gedanke ihrem Gott.

Sie flehte: »Hol mich zu dir, überlass mich nicht dem Bösen!«

Das Blut sickerte langsam aus dem Hals der toten Frau, lief gemächlich über die Brust bis zum Schoß und sammelte sich dort. Eine Weile beobachtete das Augenpaar, wie sich die Bluse der Toten damit vollsog. Es handelte sich um eine einst weiße Bluse, die jedoch durch häufiges Waschen und Tragen längst einen Grauschleier hatte und fadenscheinig wirkte.

»Armselig«, zischte eine Stimme.

Der seltsame Laut vermischte sich mit dem Rauschen der Blätter im Wind und hätte einen zufälligen Zuhörer an dessen Echtheit zweifeln lassen.

Ivona hatte ihren letzten Atemzug getan, der Kopf sackte vornüber, verdeckte die klaffende Wunde am Hals. Erst jetzt befreite man sie von dem Knebel und den Fesseln, würde diese Dinge wie auch das Messer später in der *Dreisam* entsorgen. Der Fluss half, mögliche Spuren zu verwischen, genauso wie der Chlorreiniger im Rucksack.

Aber zunächst durchtrennte das Messer den Stoff der Bluse, damit der Bauch frei lag. Hätte sich nun ein wildes Tier an dem leblosen Körper vergangen, um seinen Hunger zu stillen, es wäre ein nicht minder schauriges Bild entstanden. Auch wenn wieder nur die Klinge eines Obstmessers verwendet wurde, verursachte diese jedoch Verletzungen, die denen scharfer Raubtierzähne in nichts nachstanden. Ivonas Leib wurde regelrecht aufgebrochen, bis es gelang, an die inneren Organe zu gelangen. Noch warm glitten die Gedärme nach außen, ergossen sich über die Frau, als hätten sie ein Eigenleben.

Das Messer wütete nun auch im Inneren der Leiche, schnitt kreuz und quer und alles, was sich an Gewebe löste, wurde über der Toten verteilt. Schließlich lag sie bedeckt von Blut und Innereien auf dem Waldboden, der durch die Körperflüssigkeit, die er aufgesaugt hatte, fast schwarz wirkte.

9

Auf dem Weg zu Claire Webers Tante im Stadtteil Weingarten besprachen Hauptkommissarin Zimmer und Oberkommissar Meister noch einmal ihren Besuch bei dem Sportstudiobetreiber Oliver Dahlberg.

Julian hatte eine klare Meinung: »Der Typ ist nicht sauber. Womöglich ist das mit den dreihundert Euro erfunden, um das Opfer in einem schlechten Licht darzustellen. Die Kriminaltechnik hat in der Ferienwohnung lediglich knapp fünfzig Euro in bar gefunden.«

»Claire könnte es bereits ausgegeben haben, mal sehen, was der Zeugenaufruf in der Presse bringt. Aber du hast recht«, stimmte ihm Frederike zu. »Wenn wir annehmen müssen, dass sich Claire prostituiert hat, dann hilft das Dahlberg natürlich. Sein Anwalt kann sich zu Recht auf eine gewisse Dunkelziffer möglicher Freier und Zuhälter berufen, die ebenfalls ein Mordmotiv haben könnten.«

»Wer leiht denn einem One-Night-Stand dreihundert

Euro?«, spekulierte Julian weiter. »Das ist doch völlig absurd.«

»Nicht, wenn für dich dreihundert Euro nur Peanuts sind und dein Wunsch, mit einer hübschen Frau an deiner Seite angeben zu können, unermesslich groß ist.«

»Du glaubst ihm die Story?«, hakte Julian nach.

»Ich schließe zumindest nicht aus, dass es ansatzweise so lief«, antwortete Frederike, die heute selbst fuhr und vorsichtig die Spur wechselte. »Wenn ihm Claire wirklich erzählt hat, sie wäre ein Model aus Paris mit reichen Eltern, dann haben wir ein Mordopfer, das es mit der Wahrheit nicht sonderlich genau nahm und sich offenbar nach einem Leben im Luxus sehnte und dazu braucht man Geld.«

»Und wenn Dahlberg diese Geschichte ebenfalls erfunden hat?«, hielt Julian dagegen.

»Dann hat er mehr Fantasie, als ich ihm zugetraut hätte, und das macht ihn wiederum zu einem ausgezeichneten Verdächtigen.«

»Bis auf die Tatsache, dass er sein gebrauchtes Kondom vergessen hat«, widersprach ihr der Kollege.

»Was womöglich Absicht war, um noch glaubhafter zu wirken. Wir müssen natürlich das Laborergebnis abwarten. Sollte Claire Weber wirklich als Prostituierte gearbeitet haben, dann hat sie den Mülleimer vielleicht regelmäßig geleert und besagtes Kondom stammt gar nicht von Dahlberg, sondern von einem Besucher in der Mordnacht, der dann auch der Täter sein könnte.«

Die Hauptkommissarin konzentrierte sich wieder auf die Straße. Sie fuhr an mehreren Hochhäusern vorbei und erreichte kurz darauf das Gebäude, in dem die Tante von Claire Weber wohnte.

Es handelte sich um ein vierstöckiges Haus, das über eine breite Front verfügte und etliche Wohnungen beherbergte.

Als sie die Klingel betätigten, wurde ihnen umgehend geöffnet. Über die Gegensprechanlage erfuhren sie das Stockwerk, einen Aufzug gab es nicht.

Auf dem Weg in die dritte Etage schlugen ihnen verschiedene Gerüche entgegen. Während im ersten Stock der Duft eines Essigreinigers überwog, folgte im zweiten der von scharf angebratenen Zwiebeln, während der dritte den Ausdünstungen eines nassen Hundes vorbehalten war.

In dem langen Flur gab es mehrere Türen, von denen sich nun eine öffnete. Ein Gesicht tauchte in dem Spalt auf und blickte verbissen zu den Beamten.

»Kommen Sie rein, bevor jemand mitbekommt, dass Sie da sind.«

Aus den Akten wussten Sie, dass Regina Weber fünfundsechzig Jahre alt war und damit acht Jahre älter als der Vater von Claire. Allerdings sah die Frau eher wie fünfundsiebzig aus, was vermutlich an den stahlgrauen Haaren und der runzligen Haut lag.

Frederike fragte sich, ob der verbissene Gesichtsausdruck von Regina Weber auf deren Trauer und Wut über den Verlust eines geliebten Menschen zurückzuführen war oder ob sie grundsätzlich wenig Gelegenheit zum Lachen hatte.

»Los doch«, wiederholte die Frau ihre Aufforderung hektisch und scheuchte die Beamten in die Wohnung.

Dort schob sie sie weiter in ein Wohnzimmer und bat sie, Platz zu nehmen.

Alles in dem Raum war sauber, wirkte fast schon steril und auch die schwere, dunkle Schrankwand trug nicht zur Gemütlichkeit bei. Die Hauptkommissarin konnte langsam erahnen, warum sich Claire für ihren Aufenthalt in Deutschland ein Ferienappartement gemietet hatte.

Regina Weber saß kerzengerade auf ihrem Stuhl und verzog missbilligend die Mundwinkel. Sie wartete nicht auf eine Frage der Beamten, sondern erklärte: »Es hat ja so kommen müssen.«

»Sie waren nicht überrascht vom Mord an Ihrer Nichte?«, wagte Julian einen Vorstoß.

»Leichtsinnigen Menschen geschehen schlimme Dinge. Ihnen werde ich das ja wohl kaum erklären müssen. Sie brauchen bloß die Zeitung aufzuschlagen, auch wenn da längst nicht alles drin steht.« Gereizt fügte sie noch hinzu: »Wie gesagt, Sie werden das ja selbst am besten wissen.«

»Wir kennen die Aussage Ihres Bruders und Ihrer Schwägerin. Demnach wollte Claire Ihnen nicht zur Last fallen.«

Es folgte ein verächtliches »Pah!«, was dazu führte, dass die Hauptkommissarin um Aufklärung bat.

»Eine Idiotie, diese Heirat mit Estelle. Aber mein Bruder hatte immer schon ein Faible für Frankreich. Hat sich Hals über Kopf in Claires Mutter verliebt, sie geheiratet und ist mit ihr nach Lyon gezogen. Aber was will man da machen? Kurz darauf kam das Kind.« Sie warf die Arme in die Höhe. »Herr im Himmel, was für ein Theater. Als meine Mutter mit uns schwanger war, hat kein Hahn danach gekräht, wie es ihr ging. Aber bei Estelle war das ein richtiger Affenzirkus. Und als die Kleine dann da war, wurde es noch schlimmer. Die haben das Kind total verwöhnt, was auch immer Claire wollte, bekam sie. Sie war der Lebensinhalt ihrer Eltern … auf mich hat nie jemand gehört«, fügte sie zornig an und plötzlich liefen ihr Tränen über das zerfurchte Gesicht. »Die hätten nur auf mich hören müssen, dann wäre das nicht passiert«, schluchzte sie und mit einem Mal verschwand die Härte aus ihren Zügen und wich tief empfundener Trauer.

Frederike wartete geduldig, bis sich die Frau beruhigt hatte, sagte dann behutsam: »Ihr Verlust tut uns sehr leid.«

Ein lautes Schluchzen folgte als Antwort. »Ich kann es meinem Bruder nicht verdenken, dass er so weich war, was Claire anging. Sie konnte einen leicht um den Finger wickeln, aber Estelle hätte als Mutter gegensteuern müssen.«

»Wann haben Sie Claire zuletzt gesehen?«

»Als sie hier ankam. Eigentlich hätte sie bei mir wohnen können, ich hatte das Zimmer schon gerichtet, da sagt sie mir, dass sie in der Innenstadt eine Ferienwohnung gemietet hat. Natürlich hat mein Bruder das bezahlt. Angeblich, weil sie dann alles schneller erreichen und mich nicht stören würde.« Regina schüttelte den Kopf. »Sie hat sich lediglich meiner Aufsicht entziehen wollen. Das habe ich meinem Bruder auch gesagt, aber der meinte bloß, dass sie alt genug sei, das selbst zu entscheiden. Was sollte ich daraufhin erwidern? Vermutlich hat Estelle gegen mich gearbeitet«, ließ Regina erneut kein gutes Haar an ihrer französischen Schwägerin.

»Wie war Claire, als sie bei Ihnen war?«

»Vergnügt wie immer hat mir versprochen, am nächsten Sonntag vorbeizukommen …« Wieder folgte ein Schluchzen. »Ich hätte sie besuchen müssen, vielleicht wäre es dann nicht passiert.«

Was sollte die Hauptkommissarin darauf erwidern? Der Schmerz der Frau ging tief, auch wenn sie zunächst geradezu emotionslos gewirkt hatte. Vermutlich hatte sich Claire Weber sehr bewusst dazu entschlossen, die Klubs aufzusuchen und das Partyleben zu genießen. Unwahrscheinlich, dass die Tante das hätte verhindern können, deshalb ließ sie den letzten Satz der Frau unkommentiert und fragte stattdessen: »Hat Ihnen Claire irgendetwas erzählt? Über was haben Sie mit ihr gesprochen? Ich bitte Sie, sich das letzte Treffen ins Gedächtnis zu rufen, alles könnte wichtig sein.«

»Na ja«, meinte die Tante verlegen, »sie hat nicht viel gesagt. Ich glaube, ich war vor allem diejenige, die sprach. Ich versuchte, ihr dieses Ferienappartement auszureden und habe sie auf die Gefahren in Großstädten aufmerksam gemacht.«

»Und wie hat sie darauf reagiert?«

»Sie hat gelacht, das war typisch Claire. Sie meinte, Lyon sei schließlich auch kein Dorf und da hätte sie sich bisher gut behauptet. Es war aber auch schwer, diesem Mädchen etwas abzuschlagen«, setzte Regina nach und tupfte sich die erneuten Tränen ab.

»Würde es Sie wundern, wenn Claire anderen Menschen nicht die Wahrheit über die eigene Herkunft erzählt hätte?«, tastete sich Frederike weiter voran. Sie wollte nicht sofort von Lügen sprechen, sondern zunächst die Reaktion der Tante abwarten.

Interessanterweise zeigte die sich nicht erstaunt.

Müde schüttelte sie den Kopf. »Dieses Mädchen«, sagte sie traurig. »Als Kind hat sie eine Zeitlang jedes Jahr einen Teil der Sommerferien bei mir verbracht. Das hörte dann auf, als sie ein Teenager wurde. Da war die alte Tante natürlich zu langweilig.« Sie seufzte, »Aber davor war sie regelmäßig bei mir. Nach einem dieser Aufenthalte sprach mich eine der Mütter aus dem Haus an. Claire hatte mit deren Kindern gespielt. Sie offenbarte mir, dass meine Nichte regelrechte Räuberpistolen zum Besten gegeben hätte.«

»Und das waren Geschichten welcher Art?«, wollte die Beamtin wissen.

Regina Weber machte eine wegwerfende Handbewegung. »Sie sei eine *Prinzessin* und ihre Eltern reich, solche Dinge. Ich habe die Frau beruhigt und ihr gesagt, dass sich Claire schwertut, alles richtig zu übersetzen, schließlich sei sie Französin. Ich behauptete, das sei ein Missverständnis. Natürlich habe ich meinen Bruder darauf angesprochen, aber der sah sich dadurch nicht alarmiert. Claire sei eben ein Kind mit viel Fantasie. Ich hatte keinerlei Einfluss.«

»Würde Sie auch heute noch Dinge erfinden?«, wagte sich die Hauptkommissarin weiter vor.

»Ich bezweifle, dass Claire mir oder ihren Eltern gegenüber immer ehrlich war, wenn Sie das meinen. Wissen Sie«, fügte sie resigniert an, »wenn man einem Kind dauernd einredet, es sei etwas Besonderes, dann glaubt es das auch irgendwann. Das Kind wird älter und eines Tages findet es, dass es viel zu besonders ist für das einfache Leben, das ihm die Eltern bieten können.«

»Ihre Nichte war unzufrieden?«, hakte die Hauptkommissarin nach.

»Sie war fordernd«, antwortete Regina.

»Haben ihr die Eltern den Lebensunterhalt finanziert?«, fragte die Beamtin weiter.

»Ja, Claire hat das Abitur bestanden und danach angeblich auf einen Studienplatz gewartet.«

»Sie sagen angeblich«, fasste Frederike nach.

»Ich gehe davon aus, dass sie sich auf die faule Haut gelegt hat. Für irgendwelche Aushilfsjobs war sie sich zu schade und mein Bruder zu weichherzig, ihr den Geldhahn zuzudrehen. Irgendwann muss es ihm doch zu viel geworden sein, denn er hat sie zum Studium gedrängt. Er hat von einer Anwältin oder Ärztin geträumt, am Ende hat Claire ihn davon überzeugt, dass ein Auslandssemester für den Beginn das Richtige wäre. Ich denke, dass sie dadurch der elterlichen Kontrolle entgehen wollte. Deshalb war sie auch nicht begeistert, als mein Bruder auf Freiburg bestand, da ich hier ein Auge auf sie haben könnte.«

Sie senkte den Kopf, sich erneut bewusst werdend, dass sie nicht in der Lage gewesen war, die Nichte zu beschützen.

Nur mit größter Anstrengung gelang es ihr, die Tränen zurückzuhalten. »Verstehen Sie mich nicht falsch, Claire war bezaubernd, man hat sie einfach lieben müssen, aber ein Engel war sie deshalb noch lange nicht.«

Später auf der Rückfahrt bemerkte Julian: »Die Aussage der Tante lässt die Geschichte von Oliver Dahlberg glaubhaft erscheinen. Das Opfer neigte schon früher dazu, den Menschen Märchen über die eigene Vergangenheit aufzutischen und wir haben klar herausgehört, dass sie den bescheidenen Verhältnissen, aus denen sie kam, nicht viel abgewinnen konnte. Die Eltern hatten nur begrenzte Mittel, aber das Töchterchen hohe Ansprüche. Ihre Kleider, die Kosmetik, die wir sichergestellt haben, waren keine billigen Produkte. Das lässt es sehr wahrscheinlich werden, dass sie sich Menschen mit Geld gesucht und die ausgenutzt hat.«

»Oder sie hat sich von Menschen beeinflussen lassen, die ihr den Weg zu Geld ebneten, zum Beispiel weil sie ihr einen Job als Drogenkurier oder Prostituierte angeboten haben«, ergänzte die Hauptkommissarin.

»Was uns wieder zu Silvio Leco führt, der sich selbst als Alpharüde in einem Wolfsrudel sieht. Der Typ ist doch ein echter Spinner.«

»Und eitel«, bemerkte Frederike. »Eitle Männer umgeben sich gerne mit jungen, attraktiven Frauen. Und Claire hat vielleicht nach genau so jemandem Ausschau gehalten. Gegen Leco ist Oliver Dahlberg ein kleiner Fisch. Vielleicht kommen wir weiter, wenn wir wissen, wer Claire Weber wirklich war: ein Engel oder eher das Gegenteil.«

10

In der Dienststelle angekommen verkündete ihr Kollege Dietmar: »Wir wissen jetzt, warum wir die dreihundert Euro beim Opfer nicht gefunden haben.«

Frederike forderte ihn mit einem ungeduldigen »Und?« auf weiterzusprechen.

»Nach dem Presseaufruf haben sich eine Frisörmeisterin und eine Kosmetikerin gemeldet. Bei der einen hat sie sich für knapp hundertfünfzig Euro, bei der anderen für achtzig Euro verschönern lassen, cash bezahlt. Das geschah an dem Vormittag, nachdem sie mit Dahlberg Sex hatte, der Rest der Summe könnte somit für Essen und Trinken ausgegeben worden sein. Die Franzosen konnten uns bereits einen Auszug ihres Bankkontos schicken. Einzige Einnahmen sind großzügige Überweisungen der Eltern. Laut dem Auszug hat sie in den letzten Tagen keine Bargeldabhebung unternommen. Die Geschichte mit den dreihundert Euro von Dahlberg könnte also stimmen. Zumindest, dass er ihr das Geld ausgehändigt hat, unter was für Bedingungen auch immer.«

»Sie hat sich jedenfalls Feinde gemacht«, brachte die Hauptkommissarin grimmig hervor.

»Noch können wir nicht sagen, ob sie aus persönlichen Gründen getötet wurde«, warf Julian ein. »Sie war auffallend hübsch und zog sicher die Blicke auf sich. Vielleicht ist Claire nur ein Zufallsopfer.«

»Möglich ist natürlich alles, aber mein Instinkt sagt mir, dass Claire ihren Mörder kannte. Vielleicht noch nicht lange, aber das war kein Überfall. Es wurde nicht eingebrochen.«

»Man kann Menschen leicht dazu bewegen, die Tür zu öffnen«, und da er wusste, welcher Einwand gleich kommen würde, sagte Julian schnell: »Auch mitten in der Nacht. Es genügt oftmals, zu behaupten, von der Polizei zu sein.«

»Wir behalten das im Hinterkopf«, gab die Hauptkommissarin nach. »Aber weiter bringt uns diese Theorie im Moment auch nicht.«

* * *

Silvio Leco klingelte ungeduldig bei Belinda Ketterer. Es dauerte eine Weile, bis ihre Stimme durch die Sprechanlage erklang.

»Wer ist da?«, fragte sie gereizt.

»Ich natürlich, wer denn sonst«, blökte Leco in das Mikrofon.

»Wieso benutzt du denn nicht deinen Schlüssel?«, sprach sie nun mit sanfter Stimme.

»Weil ich ihn vergessen habe, was denkst du denn«, gab er ungehalten Antwort.

»Ich dachte schon, das ist jemand von der Hausverwaltung«, erwiderte Belinda, »deshalb war ich so unfreundlich, ich wusste ja, dass du kommst, daher wollte ich jeden anderen gleich abwimmeln …«

»Mon Dieu, Belinda! Öffne diese verfluchte Tür oder sollen wir uns die nächste Stunde über die Sprechanlage unterhalten?«

»Entschuldigung, ich dachte nur …«

»Belinda«, zischte er erneut und endlich erklang der erlösende Ton des Summers.

»Dusslige Kuh«, brummte Leco beim Eintreten und es war ihm gleichgültig, dass Belinda das eventuell hören konnte.

»Verdammt«, fluchte die und eilte zur Wohnungstür. Sie hatte sich so auf das Treffen gefreut und liebevoll sich und das Schlafzimmer vorbereitet und jetzt war alles verdorben.

Wie gewöhnlich verzieh sie ihm die Beschimpfung und setzte ein strahlendes Lächeln auf, als er eintrat.

Zärtlich fiel sie ihm um den Hals und schmiegte sich an ihn.

Silvio tätschelte kurz ihren Hintern und meckerte: »Wieso ist es hier denn so dunkel?«

»Ich wollte eine romantische Atmosphäre schaffen.«

»Vielleicht würde sich ein Maulwurf in dieser Höhle wohlfühlen«, schnauzte er und betrachtete dann ihr sexy Outfit.

Belinda hatte sich eine Korsage sowie Netzstrümpfe mit Strapsen besorgt. Über dem hauchdünnen

Arrangement trug sie einen durchsichtigen, schwarzen Spitzenkimono.

»Netter Aufzug«, sagte er dann wenigstens anerkennend und sie war erleichtert.

Ihre Sorge, er könne sie nicht mehr attraktiv finden, war also vorerst unbegründet. Und ja, es stimmte, sie hatte die Wohnung regelrecht abgedunkelt, aber nur, um im weichen Schein der künstlichen Beleuchtung jünger auszusehen. Wenigstens hatte er das nicht durchschaut, denn das wäre ihr peinlich gewesen.

»Willst du noch etwas trinken?«, fragte sie unterwürfig, aber Silvio schüttelte den Kopf, zog sie plötzlich an sich und küsste sie leidenschaftlich auf den Mund.

Sie mochte es, wenn er so fordernd, so bestimmend war. Genoss es, wie er sich regelrecht auf sie stürzte, sie sich nahm. Auch wenn es ihm so vorkam, als würde er sie beherrschen, war es doch genau umgekehrt. Sie steuerte seine Begierde, sein Verlangen und sie war es auch, die ihm Befriedigung verschaffte. Für diese kurze Zeitspanne, da brauchte er sie wesentlich mehr als sie ihn, da gehörte er ihr.

Sie lagen auf dem Bett und Silvio war auch heute grob. Wenn es dann allerdings vorbei war, dann drückte er seinen Körper an den ihren, fast hilflos und verloren. Diese wenigen Minuten besaß sie ihn mit Haut und Haaren und diese wenigen Minuten waren es auch, warum er bisher immer wieder zu ihr zurückgekehrt war. Wie gewöhnlich richtete er sich auch heute abrupt auf. Der Zauber war vorbei, Silvio Leco war wieder kalt und selbstbewusst, so wie man ihn kannte. Die Kleidung, die er sich nun überstreifte, glich Belindas Meinung nach einer Panzerung, die verbarg, dass er auch eine verletzliche Seite hatte. Zumindest redete sie sich das seit Jahren schon ein, vermutlich der Grund, warum sie ihn nicht verließ.

»Sollen wir später etwas Essen gehen?«, fragte sie in der Hoffnung, sie würden den Rest des Tages zusammen verbringen.

»In Betzenhausen eröffnet heute Abend ein neues Lokal, da muss ich mich sehen lassen«, gab er Antwort.

»Wunderbar, wir waren schon so lange nicht mehr zusammen aus«, rief Belinda begeistert.

»Nicht heute«, erwiderte er nüchtern. »Ich werde mit Anuschka dort hingehen, das Essen wird geschäftlich sein.«

»Oh, Anuschka«, konnte sich Belinda einen sarkastischen Ton nicht verkneifen. »Dann störe ich natürlich. Vielleicht sollte sich deine Tochter endlich einen Mann suchen, dann bräuchte sie nicht ständig mit Papa ausgehen.«

»Sei nicht albern«, reagierte Silvio sofort gereizt. »Anuschka soll schließlich einmal meine Geschäfte übernehmen, da sind solche Termine eben nötig.«

»Ich könnte euch begleiten«, schlug Belinda lauernd vor.

»Das möchte ich aber nicht«, antwortete Silvio unfreundlich.

»Möchtest *du* das nicht oder ist Anuschka dagegen?«, stichelte Belinda weiter.

»Hör auf damit, du tust Anuschka unrecht.«

»Unrecht?« Belinda brauste auf. »Sie ist der Grund, warum wir in getrennten Häusern leben.«

»Was für ein Unsinn«, hielt Silvio dagegen.

»Sie hat mich nicht in der Villa haben wollen«, blieb Belinda stur.

»Das Mädchen war damals neun und traumatisiert wegen des Todes ihrer Mutter. Wie oft müssen wir diese Diskussion noch führen?«

»Das Mädchen«, zischte Belinda, »hat seine Mutter nicht einmal gekannt. Sie starb bei der Geburt. Nach neun Jahren hätte das Trauma längst überwunden sein müssen. Anuschka hat nur so getan, als ob es ihr um das Andenken der Mutter ging. In Wirklichkeit war sie eifersüchtig und hat dich manipuliert.«

»Pass auf, was du sagst«, erwiderte Silvio plötzlich mit eisiger Stimme. »Du redest immerhin von meiner Tochter. Anuschka genießt mein vollstes Vertrauen. Sie ist mein eigen Fleisch und Blut und mir näher als irgendwer sonst.«

Er wirkte bedrohlich, als er Belinda nun anstarrte, und sie bereute bereits, dass sie sich hatte hinreißen lassen.

»Es tut mir leid«, sagte sie schnell, »ich hätte das nicht sagen dürfen. Ich weiß, wie viel dir deine *Tochter* bedeutet.« – und doch konnte sie nicht verhindern, das Wort Tochter besonders zu betonen, so als wollte sie noch »im Gegensatz zu deinem Sohn und mir« anhängen.

Silvio erwiderte steif: »Ja, das tut sie. Also stell dich nicht zwischen uns.«

»Natürlich nicht«, hauchte sie und versuchte zu lächeln. »Ich kann uns eine Kleinigkeit zum Essen richten«, wollte sie das Thema wechseln.

»Danke, aber mir ist der Appetit vergangen, und«, sein Blick fiel auf eine der ausgestopften Ratten, die Belinda selbst präpariert hatte, »und dieser verschrumpelte Mist macht es nicht besser. Ich dachte, wir waren uns einig, dass du das Zeug nicht aufstellst, wenn ich da bin.« Er ging zur Tür und sagte unfreundlich, während er die Wohnung verließ: »Ich melde mich, wenn mir der Sinn danach steht.«

Belinda begann zu weinen und schluchzte schließlich: »Es wird schlimmer mit ihm. Früher hätte er mich zumindest getröstet, Verständnis gezeigt. Aber wie er Anuschka in Schutz genommen hat, das ist kein gutes Zeichen.«

Sie trat vor die Ratte. Die Holzwolle, die sie in den toten Körper gestopft hatte, um ihm nach dem Ausweiden Stabilität zu geben, konnte die ursprüngliche Körperform des Tieres nicht nachbilden. Zudem hatte sich die Haut mit der Zeit zusammengezogen. Das Ergebnis ließ sich daher keinesfalls mit den Arbeiten eines Fachmanns vergleichen. Belinda hatte sich das Präparieren selbst beigebracht und störte sich nicht daran, dass die von ihr ausgestopften Tiere meist ein unwirkliches Aussehen annahmen. Ihr gefiel es sogar, wirkten sie durch das gelegentliche Verändern der Form doch so, als wären sie noch lebendig. Zumal sie ihnen hübsche Kleider anzog, die diesen Makel verbergen konnten. Da ihr die Kenntnisse fehlten, kam es manchmal auch vor, dass ein unangenehmer Geruch von den Exemplaren ausging, dafür benutzte Belinda dann ein teures Parfüm.

»Mein armer Schatz«, wandte sie sich an die Ratte, die

ein rosa Nachthemd und eine kleine rosafarbene Schlafmütze trug. »Silvio ist ein dummer Mann. Er sieht nicht die Wahrheit und er vertraut den falschen Frauen.« Sie streichelte über das harte Fell. »Was hast du gesagt?«, reagierte sie, als hätte ihr das ausgestopfte Tier geantwortet.

»Nein, ich werde ihn nicht verlieren, ich werde einen Weg finden, damit er bei mir bleibt. Und wer weiß«, fügte sie nun fröhlich an, »vielleicht ziehen du, deine Geschwister und ich doch noch in die Villa.«

11

Als Oberkommissar Julian Meister am Abend seine Wohnung betrat, freute er sich auf Karsten, die Dusche, ein gemütliches Abendessen und die Couch. Er hatte eine Nachricht geschickt, dass er heute pünktlich Feierabend machen würde und normalerweise bereitete Karsten dann etwas vor. Es war schon eigenartig. Julian hätte sich so ein Leben früher niemals vorstellen können, aber mittlerweile käme für ihn kaum etwas anderes infrage. Natürlich war das auch Karstens Verdienst gewesen, der ihnen ein gemütliches Zuhause geschaffen und Julian erst einmal gezeigt hatte, was es bedeutete, als Paar zu leben.

Um so enttäuschter war er, als ihm kein leckerer Essensduft entgegenschlug. Karsten kochte leidenschaftlich gerne und nutzte normalerweise jede Gelegenheit, ein neues Rezept auszuprobieren.

»Karsten?«, rief Julian und dachte, sein Ehemann hätte womöglich irgendwo einen Tisch reserviert. Ihm war zwar gerade nicht nach Ausgehen, aber Karsten zuliebe würde er sicher nicht ablehnen. »Karsten«, wiederholte er sein Rufen, erhielt aber keine Antwort.

Ein wenig frustriert ging er in die Küche. Alles sah noch so aus wie am Morgen. Offenbar war sein Mann noch nicht von der Arbeit zurückgekehrt.

Zur Sicherheit checkte er sein Smartphone. Bis vor Kurzem sendeten sie sich täglich mehrere kleine Nachrichten am Tag, aber momentan zeigte sich Karsten, was das anging, eher zurückhaltend.

»Wo bist du?«, schrieb Julian und hängte ein rotes Herz an, damit seine Frage nicht vorwurfsvoll klang.

Die Antwort blieb aus und Julian murmelte: »Dann fange ich mit der Dusche an.«

Im Bad roch er das süße Parfüm, das sein Ehemann immer verwendete und er wunderte sich, dass es seit dem Morgen nicht verflogen war. Eigentlich war der Duft so intensiv, als wäre es eben erst verwendet worden. Auch wenn er versuchte, dem Drang zu widerstehen, begann er den Deckel des Wäschebehälters zu öffnen. Dort entdeckte er das Hemd, das Karsten am Morgen getragen hatte. Alles klar, sein Mann war zwischenzeitlich zu Hause gewesen, um sich umzuziehen. Als würde ihn jemand anschieben, bewegte er sich automatisch Richtung Kleiderschrank. Schön geordnet, hingen dort Hemden und Shirts, Jacketts und Westen. Julian hätte natürlich nicht sagen können, welches Oberteil aus Karstens Garderobe fehlte. Allerdings konnte er gezielt nach dem Polohemd suchen, das sich sein Ehemann erst vor kurzem gekauft hatte. Julian erinnerte sich zurück …

»Du bist schon da?«, hatte ihn Karsten begrüßt, als er damals die Wohnung betreten hatte. Er hatte nervös gewirkt, aufgeregt und Julian hatte gefragt, was denn los sei.

»Ach«, war Karstens Antwort gewesen. »Ich habe so einen neuen Kunden, das ist furchtbar anstrengend, deshalb muss ich auch einige Überstunden machen.«

Julians Blick fiel auf die Tüte in Karstens Hand.

Der grinste verlegen und sagte, wie nebenbei: »Ich musste mir etwas gegen den Stress kaufen. Vermutlich werde ich es nie tragen.«

»Zeig doch mal«, drängte Julian.

»Ist nichts besonders«, wiegelte Karsten ab, der normalerweise immer Freude daran hatte, neue Klamotten vorzuführen.

Schließlich packte er es doch aus und Julian betrachtete überrascht das gelbgrüne Shirt; Farben, die sich Karsten im Normalfall nicht kaufte.

»Zieh es an«, forderte er seinen Partner auf, um dann festzustellen, wie gut Karsten das Kleidungsstück stand.

»Sieht toll aus, mal etwas anderes«, versuchte er ein Kompliment.

»Ja«, hatte Karsten verhalten geantwortet und es wieder ausgezogen. »Aber wie gesagt, das war ein Belohnungskauf, womöglich werde ich mich niemals trauen, es anzuziehen.«

Julian hatte daraufhin vorgeschlagen, demnächst Essen zu gehen und das neue Shirt auszuführen, aber Karsten war ganz gegen seine Gewohnheit nur mäßig begeistert gewesen.

»Wo ist dieses verdammte Shirt«, fluchte Julian, als er jetzt die Kleiderstangen durchforstete. Er konnte es nicht finden.

Gerade, als er seine Suche aufgab, meldete sich Karsten mit einer Nachricht. »Komme später, habe noch ein Geschäftsessen.«

»Warst du zwischenzeitlich zu Hause?«, sendete Julian zurück.

»Musste mich umziehen, Hemd verschwitzt.« Dem Satz war ein Emoji mit Schweißtropfen angefügt.

Julian sendete einen Gruß zum Abschied und atmete geräuschvoll aus. Was war nur los, warum empfand er plötzlich solches Misstrauen? Verärgert fluchend stapfte er ins Bad, riss erneut den Deckel vom Wäschebehälter auf und zog Karstens Hemd vom Morgen heraus. Wie ein Jagdhund, der die Fährte aufnehmen wollte, schnupperte er daran.

»Nichts«, zischte er wütend, wiederholte die Prozedur noch zwei Mal und ließ dabei keine Stelle aus. »Nichts, kein Fleck, kein Schweiß, kein Geruch. Was läuft hier?« Die Hand bereits am Handy, um Karsten diese Frage zu stellen, begann er plötzlich zu zittern.

Was, wenn er eine Antwort provozierte, die er gar nicht hören wollte? Mit einem Mal schnürte sich Julians Brustkorb zusammen, fast war es, als würde er keine Luft bekommen. Er rutschte an der Wand herunter, saß auf dem gefliesten Boden, das Hemd seines Ehemannes in der Hand und Tränen in den Augen. Wusste er es nicht schon längst? Alle Anzeichen sprachen dafür. Die Termine, die Karsten verpasste, die Ausreden, Vertröstungen, die wenigen zärtlichen Berührungen, ganz zu schweigen von der fehlenden Intimität im Schlafzimmer. Von Karsten kam nichts mehr, keine Vorschläge für einen Urlaub, keine neuen Ideen für die Einrichtung oder der Wunsch, ein Restaurant zu besuchen.

Kurz war Julian versucht, Frederike anzurufen. Dann unterdrückte er diesen Impuls.

Er wusste sowieso, was sie sagen würde. »Stell ihn zur Rede, such das Gespräch. Du musst die Wahrheit herausfinden.«

Das funktionierte bei der Aufklärung eines Verbrechens, aber in einer Beziehung war das etwas anderes. Nein, er würde Frederike nicht anrufen, denn er wollte nicht mit der Wahrheit konfrontiert werden, sondern hatte nur den Wunsch, dass in seiner Ehe alles wieder so wie früher werden würde. Vielleicht brauchte Karsten einfach ein wenig Zeit? Ihm jetzt eine Szene zu machen, würde ihn nur noch weiter wegtreiben. Und wenn er jemand anderen hatte? Julian schluckte schwer. Dann war es zumindest nichts Ernstes, sonst hätte Karsten bereits das Gespräch gesucht. Vielleicht war es klüger, die Dinge einfach laufen zu lassen, bis sich alles von alleine erledigte. Julian hatte katastrophale Arbeitszeiten, natürlich war das für Karsten nicht leicht. Plötzlich richtete sich Julian auf. Wieso sollte es überhaupt einen anderen Mann in Karstens Leben geben. Alles, was er sich da zusammenreimte, beruhte auf Indizien, subjektiven Empfindungen und Hirngespinsten. Warum sollte Karsten lügen? Dafür gab es überhaupt keinen Beweis.

Julian stand auf und warf das Hemd wütend zurück in den Behälter. Es reichte, solche Gedanken mussten aufhören, schließlich wollte er nicht als hysterischer eifersüchtiger Ehemann enden. Karsten war einfach nur gestresst und hatte viel um die Ohren. Gewöhnlich war ein Geschäftsessen eben auch nur ein Geschäftsessen.

* * *

Der Anruf ging bei Julian gegen sieben Uhr morgens ein. Leichenfund im Teninger Unterwald. Karsten neben ihm stöhnte genervt. Er war am Vortag erst spät nach Hause gekommen, hatte sich sofort ins Bett gelegt und keine zwei Worte mehr mit Julian gewechselt.

Auch jetzt brummte er nur: »Mach das Licht aus.« Kein »Pass auf dich auf!« oder »Soll ich dir einen Kaffee machen?«.

Julian versuchte, jedweden negativen Gedanken bezüglich seiner Beziehung zu verdrängen und beeilte sich mit dem Anziehen. Vor dem Haus wartete Frederike auf ihn.

»Können wir?«, fragte sie besorgt, als sie seine verschlafene Miene sah.

»Klar«, antwortete er und gähnte. »Bin erst spät ins Bett gekommen.«

»Kein Wunder, Karsten wird froh sein, wenn du mal zu Hause bist, da verquatscht man sich schnell.«

»Genau«, zwang sich Julian zu einem Lächeln und wechselte das Thema: »Was ist mit der Leiche im Teninger Unterwald?«

»Forstarbeiter haben sie entdeckt. Wieder übel zugerichtet, entnommene Organe. Deshalb hat man uns verständigt, sieht nach dem gleichen Täter wie bei Claire Weber aus«, erwiderte Frederike ernst.

»Müssen wir mit einem Serienmörder rechnen?«, fragte Julian angespannt.

»Ich hoffe nicht, allerdings könnte uns ein weiteres Opfer auch weitere Hinweise liefern. Wir werden sehen, wie sich das noch entwickelt.«

* * *

Als die Beamten eintrafen, hatten die Kollegen von der Gerichtsmedizin und der Kriminaltechnik bereits ihre Arbeiten aufgenommen. Die Streifenbeamten hatten nach dem Fund durch die Forstmitarbeiter bei der Leiche ausgeharrt und das Gelände weiträumig abgesperrt.

Um keine Spuren zu zerstören, näherten sich die Hauptkommissarin und ihr Kollege dem Tatort gewohnt aufmerksam und vorsichtig.

Einer der Kriminaltechniker begrüßte sie und erklärte nüchtern: »Harter Boden, viel Laub. Wird schwierig, da etwas zu finden. Wir haben etwa zwanzig Meter vom Opfer entfernt Blut entdeckt. Außerdem ein Büschel Haare und Schleifspuren, die bis zu dem endgültigen Fundort führen. Leider keine brauchbaren Schuhabdrücke. Sieht zumindest so aus, als hätte die Frau den Täter ein ganzes Stück freiwillig begleitet oder sich ohne Gegenwehr tragen lassen.

Mit gemischten Gefühlen bahnte sich Frederike nun den Weg zur Leiche.

Obwohl die Erinnerung an Claire Webers Überreste noch sehr frisch war, traf Frederike der Anblick der Toten unvorbereitet. Es war etwas anderes, wenn ein Körper im Freien gelegen hatte, vor allem im Sommer.

Der Gerichtsmediziner sah der Hauptkommissarin an, was sie dachte und bemerkte: »Die Natur hat bereits mit ihrer Arbeit begonnen. Lange liegt sie jedenfalls noch nicht hier, ich schätze etwa einen Tag. Wäre gut, wenn Sie herausfinden, wann man sie zuletzt gesehen hat, um es besser eingrenzen zu können.«

Frederike wusste genau, was er damit meinte und wünschte sich, ihr würde nicht jede Kleinigkeit auffallen. Wie zum Beispiel die Käfer, die sich am Fleisch der Toten bedienten, genauso wie es zuvor wilde Tiere getan hatten. Das Blut schien die Insekten, insbesondere die Schmeißfliegen anzuziehen und die Wärme hatte den Beginn des Verwesungsprozesses beschleunigt. Fast wirkte es, als würden der Wald und seine Bewohner alles daran setzen, die Leiche und jegliche Spuren des Mordes schnellstmöglich verschwinden zu lassen.

»Er hat sie wieder ausgeweidet«, bemerkte Julian überflüssigerweise, sein Blick wanderte zum Gerichtsmediziner.

»Könnte ebenfalls ein Obstmesser gewesen sein«, reagierte der. »Die Schnitte deuten darauf hin. Nach der ersten Inaugenscheinnahme würde ich sagen, dass es bis auf die Schläge auf den Kopf kaum Abweichungen zum Mord an Claire Weber gibt.«

»Und sie ist angezogen«, warf Frederike nachdenklich ein.

»Man hat auch sie mit Chlorbleiche übergossen, aber

vielleicht finden wir dennoch genug Material für eine umfassende Analyse«, ergänzte der Arzt.

»Besitzt sie einen Ausweis?«, fragte Frederike tonlos und ließ den Blick auf die Tote gerichtet. Mit tiefem Bedauern betrachtete sie die auf dem Körper verteilten Gedärme, die einen geflochtenen Kranz zu bilden schienen. Diesen Vergleich zu ziehen, machte es für die Hauptkommissarin einen Hauch leichter. Der Tierfraß im Gesicht entstellte die Tote zusätzlich und die getrübten offenstehenden Augen des Opfers glichen denen einer Blinden.

Es war schwer, sich vorzustellen, dass die Frau noch bis vor kurzem gelebt hatte.

»Wer ist sie?«, fragte Frederike gefasst.

»Wir fanden keinen Hinweis auf ihre Identität, auch keine Handtasche oder Ähnliches. Aber«, warf der Gerichtsmediziner ein, »im Kragen ihrer Bluse befindet sich das Herstellerschild. Die Buchstaben deuten für mich auf eine osteuropäische Sprache hin. Ich denke, das lässt sich leicht herausfinden.«

»Wieder jemand aus einem anderen Land«, bemerkte Julian, »das untermauert unsere Theorie von den Drogenkurieren. Vielleicht wirbt Leco junge Frauen an, um seine Ware europaweit zu transportieren. Und dann tötet er sie, anstatt zu bezahlen.«

»Sie ist nicht nackt«, fügte Frederike an.

»Damit können wir in ihrem Fall einen sexuellen Hintergrund ausschließen«, folgerte Julian aus ihrer Bemerkung.

»Ausschließen will ich an der Stelle eigentlich noch

nichts. Was, wenn sie als Prostituierte arbeiten sollte und sich geweigert hat? Dennoch«, Frederike blickte ein letztes Mal auf die Überreste, »dennoch ist das ein äußerst krankes Töten«, leise ergänzte sie noch, »das Töten einer Bestie.«

12

Am Abend im Fitnessclub

Die letzten Sportler gingen gerade, als Anuschka Leco das Fitnessstudio von Oliver Dahlberg betrat. Die Mitarbeiterin am Empfang wollte schon den freundlichen, aber bestimmten Hinweis geben, dass man gleich schließen würde, als sie Anuschka erkannte. So reduzierte sich ihr Kommentar auf ein höfliches »Der Chef ist im Büro«.

Dahlberg wirkte wenig begeistert, als Anuschka ohne Anklopfen sein Büro betrat. »Was willst du?«, blaffte er reichlich genervt.

»Nach dir sehen«, antwortete sie unschuldig.

»Warum? Angst, dass ich aus der Reihe tanze?«, warf er ihr an den Kopf.

»Ganz sicher nicht, denn davon gehe ich bei jemandem, den die Polizei für einen Mörder hält, einfach nicht aus«, antwortete sie schnippisch.

»Was soll der Unsinn, ich habe nichts mit dem Mord zu tun. Sonst hätte man mich wohl schon längst verhaftet.«

Sie zuckte gelangweilt mit den Schultern, sah dabei unverschämt sexy aus. Da sie um ihre Wirkung auf Dahlberg wusste, bereitete es ihr Vergnügen, besonders reizvoll auf dem Stuhl ihm gegenüber Platz zu nehmen und die Beine übereinanderzuschlagen.

»Ihr habt mich ans Messer geliefert«, schnauzte er aufgebracht. »Ihr habt dafür gesorgt, dass die Polizei von meinem Streit mit Claire erfährt. Ist das eure Vorstellung von Loyalität.«

»Hast du etwa erwartet, dass mein Vater das komplette Personal vom Tatischko-Klub dazu überredet, eine Falschaussage zu machen?«

»Warum nicht, die würden doch alle Lügen, wenn es Silvio anordnet.«

Anuschka lachte auf. »Du hast zu viele Filme gesehen. Mein Vater ist ein Geschäftsmann und seine Angestellten sind keine Leibeigenen, die kannst du nicht manipulieren.«

»Ich nehme an, mit der richtigen Menge Bargeld wäre das durchaus möglich.«

»Es steht dir frei, deine Leumundszeugen zu *kaufen*. Achte nur darauf, dass du die Familie Leco nicht in deine Machenschaften hineinziehst«, antwortete ihm Anuschka selbstgefällig.

»Das ist ein Witz, oder?«

»Ich bin nicht hier, um Witze zu machen«, gab sie scharf zurück.

»Warum dann?«, blaffte Dahlberg nicht minder gereizt.

»Ich bin hier, um eine Warnung auszusprechen. Wir legen keinen Wert auf Kontakte, die uns die Polizei ins Haus bringen. Wenn du jemanden umbringst, dann ist das deine Sache. Aber in dem Moment, in dem du uns dadurch Schwierigkeiten bereitest, nehmen wir das sehr ernst.«

»Ich bereite euch Schwierigkeiten?«, fauchte Dahlberg. »Ihr habt mich doch verpfiffen. Wer weiß«, sprach er wütend weiter. »Vielleicht war es einer von euch und ich soll den Sündenbock spielen, aber das könnt ihr vergessen«, schimpfte der Sportstudio-Besitzer.

»Womöglich ist dir der Mord auch entfallen. Wir wissen doch beide, dass du in der Vergangenheit schon Aussetzer hattest.«

»Ich war betrunken«, erwiderte Dahlberg gepresst.

»Du hast eine unserer Kellnerinnen geschlagen und Papa hat das für dich geregelt, ansonsten wärst du im Knast gelandet. Nur wegen uns hat die Frau auf eine Anzeige verzichtet. Papa hat sie großzügig abgefunden und du dankst ihm das heute mit Beschimpfungen. Du sprichst von Loyalität? Mein Vater hat diese alte Geschichte der Polizei gegenüber unerwähnt gelassen.«

Dahlberg wollte etwas erwidern, aber Anuschka erhob zum Zeichen, dass er Schweigen sollte, die Hand. »Der Klub ist für dich vorläufig gestrichen.«

»Ich bin *kein* Mörder«, wehrte sich Dahlberg mühsam.

»Natürlich nicht«, entgegnete Anuschka und lächelte wissend, was ihr Gegenüber weiter in Rage versetzte. »Du bist völlig unschuldig«, fügte sie noch sarkastisch an und verließ das Büro.

Sie konnte hören, wie er irgendetwas gegen die Tür warf, die sie hinter sich geschlossen hatte und dachte amüsiert: *Natürlich bist du unschuldig, wo du doch noch nie deine Hand gegen eine Frau erhoben hast.*

* * *

Das Foto der Toten, das man an die Presse weitergereicht hatte, um die Öffentlichkeit zu bitten, bei der Identifizierung zu helfen, war natürlich nachbearbeitet worden, denn ein Tatortfoto konnte man den Menschen nicht zumuten. Dadurch wirkte es allerdings wie ein Phantombild, was das Erkennen schwieriger machte.

Die Schrift auf dem Etikett der Bluse stellte sich als bulgarisch heraus. Dietmar Klein nahm mit den dortigen Behörden Kontakt auf, allerdings war denen keine vermisste Frau bekannt, auf die die Beschreibung passte.

»Sie kann sich die Bluse auch bei einem Urlaub in Bulgarien gekauft haben oder es war eine Bestellung über das Internet«, hatte Julian daraufhin spekuliert. »Denkbar, dass wir nie herausfinden, wer sie wirklich war. Chlorbleiche, das Verschwindenlassen von persönlichen Gegenständen des Opfers, der Täter ist nicht dumm.«

Erfreulicherweise meldete sich das Labor einen Tag später.

Dietmar Klein, der unter anderem für die Kommunikation zwischen den verschiedenen

Abteilungen zuständig war, übernahm den Besuch bei den Kollegen von der Kriminaltechnik und der Gerichtsmedizin.

»Ich dachte zunächst, sie hat nur Blut an den Händen«, begann der Gerichtsmediziner mit seinen Ausführungen, »schließlich gab es Fesselspuren an ihren Handgelenken. Aber nach der Waschung konnte ich starke rötliche Verfärbungen der Haut feststellen.« Er reichte Dietmar seinen Bericht.

»Farbe? Lack?«, fragte der, bevor er zu lesen begann.

Der Arzt schüttelte den Kopf und antwortete knapp: »Trauben.«

Auf den fragenden Blick des Polizisten hin führte er aus: »Die Frau hat vor kurzem rote Trauben geerntet. Aufgrund der Tatsache, dass es zu diesen Verfärbungen kam, gehe ich sogar davon aus, dass es dabei nicht nur um ein Abzupfen für den Eigenbedarf ging, sondern dass sie bei einer Weinlese geholfen hat.«

»Okay, dann müssen wir jetzt nur alle Winzer im Breisgau und der Ortenau womöglich in der gesamten Region Baden befragen«, gab Klein ein wenig enttäuscht Antwort. »Wie viel Hektar werden jedes Jahr bearbeitet? Fünfzehn-, Sechzehntausend?«

»Nun«, antwortete der Kollege von der Kriminaltechnik, »ich möchte dir natürlich nicht deine Arbeit erklären, aber ich würde mit den Winzern anfangen, die auch noch den *Roten Kardinal* anbauen. Davon wird es in der näheren Umgebung sicher nicht so viele geben.«

»Den Roten Kardinal?«, fragte Dietmar ungläubig und wurde umgehend aufgeklärt.

»Die Tote trug Schuhe mit tiefem Profil, dort fanden wir Reste von Spätburgunder Trauben und vom roten Kardinal. Letzterer ist allerdings keine Rebsorte, sondern eine rote Kartoffel mit dem schönen Namen *Highland Burgundy Red* oder eben auch *Roter Kardinal*. Eine Sorte, die aus Schottland stammt. Ich denke, das grenzt die Suche erheblich ein. Die Frau hatte Reste der Kartoffel an beiden Schuhen. Ich würde sagen, sie hielt sich kurz vor ihrem Tod auf einem landwirtschaftlichen Gelände auf.«

Der Gerichtsmediziner mischte sich ein. »Ihre Hände sehen so aus, als wären sie diese Art von Arbeit gewohnt.«

»Das könnte uns tatsächlich weiterbringen«, erwiderte Dietmar dankbar.

»Du weißt ja, was man über blinde Hühner sagt«, scherzte der Kriminaltechniker, als er sich verabschiedete.

Dietmar Klein kehrte zurück ins Büro. Er hatte schon eine Idee, wie er die Sache angehen würde. Natürlich erfolgte zunächst die einfache Suche im Internet, die ihn allerdings nicht weiterbrachte. Daraufhin setzte er sich mit Weinbau- und Landwirtschaftsverbänden in Verbindung und kreiste immer weiter den Ort ein, an dem sich die Tote aufgehalten haben könnte.

Nach zahlreichen Auswertungen und Telefonaten gähnte Dietmar und erinnerte sich daran, wie es gewesen war, als er noch im Außendienst gearbeitet hatte. Wehmut überkam ihn. Seit seinem Unfall war er hauptsächlich im Innendienst tätig, obwohl er sich nicht beklagen konnte, denn die Arbeit lag ihm. Zudem war er ja nicht komplett an den Schreibtisch gefesselt. Frederike band ihn stets in die Fälle ein und gelegentlich begleitete er die Kollegen bei Befragungen. Außerdem war er sich darüber im Klaren, dass er aufgrund seiner Beinprothese im Ernstfall nicht nur keine Hilfe, sondern auch eine zusätzliche Belastung wäre.

Er verdrängte die Erinnerung an den Unfall und die Schuldgefühle, die ihn seither plagten, weil er im Gegensatz zu der Fahrerin des Wagens überlebt hatte. Stattdessen notierte er sich die Worte: »Winzer, Spätburgunder, Kartoffelanbau« und ging dann sämtliche Informationen durch, die er mühsam zusammengetragen hatte. Am Ende landete er einen Treffer.

Als er kurz darauf die Daten an Frederike übergab, brauchte er weniger als fünf Minuten, um zu erklären, was ihn beinahe einen halben Tag intensive Recherche gekostet hatte.

»Der Hof der Gremmelspachers. Mutter und Sohn, ihr gehört er, Arthur der Sohn ist der offizielle Verwalter«, unterrichtete er die Hauptkommissarin. »Der einzige landwirtschaftliche Betrieb, der nicht weit von der Innenstadt entfernt liegt und sowohl Spätburgunder als auch diese rote Kartoffelsorte anbaut.«

13

Auf dem Hof von Familie Gremmelspacher

Die Kriminalbeamten erreichten den Hof der Gremmelspachers gegen Mittag. Sie hatten bewusst darauf verzichtet, sich anzumelden, um niemanden vorzuwarnen. Wie Dietmar Klein mittlerweile über die Meldestellen der Sozialversicherung in Erfahrung gebracht hatte, war in den letzten Monaten keine weibliche Angestellte dort beschäftigt gewesen. Wenn die Spuren der Trauben und Kartoffeln von deren Feldern stammten, dann entweder, weil das zweite Opfer heimlich dort gewesen war, ihnen als Freundin kostenlos geholfen oder illegal für sie gearbeitet hatte. Vor allem wegen Letzterem schien es ratsam, die Besitzer unvorbereitet zu konfrontieren.

Als sie den Wagen parkten, wirkte das Grundstück verlassen. Um das Wohnhaus mit Scheune lagen Felder. Tiere waren nicht zu sehen, und soweit Dietmar Klein recherchiert hatte, konzentrierten sich die Gremmelspachers vor allem auf den Anbau von Wein, Obst, Gemüse und Getreide.

»Und jetzt?«, fragte der Oberkommissar und ließ seinen Blick über die Umgebung schweifen. »Scheint keiner da zu sein.«

Zwar standen die Fenster am Haus offen, aber auf Frederikes Klingeln reagierte niemand.

»Lass uns rüber zur Scheune gehen, weit können die nicht sein«, schlug die Hauptkommissarin vor und setzte sich in Bewegung. Aber auch die Scheune war bis auf ein paar Hühner und einen heiser krähenden Hahn leer, weshalb sie hinter dem Haus nach Bewohnern Ausschau halten wollten.

Julian Meister sah es als erster. Das Hackbeil schwebte noch für eine Sekunde in der Luft, dann stürzte es sich regelrecht in die Tiefe, und das nächste, was der Oberkommissar registrierte, war ein schrecklicher gurgelnder Laut und spritzendes Blut. Er hatte normalerweise keine Probleme, wenn er mit Wunden und Verletzungen konfrontiert wurde und außerdem schon etliche Opfer von Gewalt gesehen. Und doch erschien es ihm in diesem Moment, als hätte er einem besonders barbarischen Akt beiwohnen müssen. Er war blass und hörte Frederikes Stimme nicht mehr, denn das Rauschen des eigenen Blutes war viel zu laut. Für einen kurzen Augenblick hatte er das Gefühl, in einem schmalen Tunnel gefangen zu sein, in dem es immer heller wurde, dann packte ihn jemand am Arm, verhinderte so die Ohnmacht und im nächsten Augenblick spürte Julian das heftige Klopfen seines Herzens gegen die Brust.

»Alles in Ordnung?«, fragte Frederike besorgt, die immer noch mit festem Griff den Arm des Kollegen umschloss.

»Geht schon«, schnappte der und kam sich plötzlich albern vor.

»Fressen wollt ihr 'se, aber schlachten will 'se keiner«, blökte eine Frau, die etwa in Frederikes Alter war und den beiden nun ein bösartiges Grinsen zuwarf. Dabei hielt sie immer noch das Hackbeil, von dem das Blut tropfte, und störte sich nicht einmal daran, dass sich auch einige rote Tropfen auf ihrem Gesicht verteilt hatten.

Das tote Huhn lag vor ihr und Julian vermied es weder den abgetrennten Kopf noch den enthaupteten Körper des Tieres anzustarren. Im Augenwinkel glaubte er, ein Zucken der Flügel wahrzunehmen und für eine Sekunde musste er gegen den Brechreiz ankämpfen.

»Nehmen Sie bitte das Beil herunter«, war es Frederike, die die Frau mit freundlichem, aber bestimmten Ton ansprach.

»Warum?«, schleuderte ihr die andere entgegen, die sich jetzt mit wulstigen Fingern lose Haarsträhnen hinters Ohr schob. »Mein Grundstück, mein Beil, mein Recht, das Beil zu halten, wann und wo ich will. Wer sind Sie überhaupt?«, gab sie ungeduldig zurück.

»Polizei, wir haben ein paar Fragen«, erwiderte die Hauptkommissarin.

Das Wort Polizei schien die andere nicht sonderlich zu beeindrucken, dennoch legte sie das Beil zur Seite.

Ihre Finger wischte sie sich an der weißen Plastikschürze ab, die sie trug, und kam auf die beiden zu.

»Polizei also«, sagte sie dabei provozierend.

Sie wirkte angriffslustig und Frederike fragte sich, ob sie damit rechnen musste, dass sich die Frau, die etwa die doppelte Breite ihrer eigenen beachtlichen Statur hatte, auf sie stürzen wollte.

Die dicken Finger fuhren erneut durch das dünne, sehr helle Haar, das im Nacken zu einem Knoten zusammengebunden war. Erst als die Frau ein breites Grinsen zeigte, bemerkte die Beamtin die ungewöhnlich langen, gelben Schneidezähne, die krumm über die Unterlippe ragten.

»Fragen haben Sie«, sagte sie nun spöttisch. »Behauptet der alte Huber wieder, dass wir seine Ernte geklaut hätten? Dem können Sie nichts glauben, der hat 'nen Dachschaden.«

»Wir sind von der Mordkommission«, klärte die Hauptkommissarin ihr Gegenüber auf.

»Sagen Sie nicht, dass es seit heute Morgen verboten ist, Hühner zu schlachten.« Sie lachte herzhaft und zeigte noch mehr ungepflegte Zähne, die aus ungesund bräunlichem Zahnfleisch herauswucherten.

»Ich bin mir nicht sicher, ob das Veterinäramt Ihre Methoden billigt«, erwiderte die Hauptkommissarin scharf, »aber wir sind wegen der Morde an zwei Frauen hier. Vielleicht wären Sie so freundlich, uns zu sagen, wer Sie sind.«

Die Frau blieb zwar überheblich, aber war zumindest bereit, sich vorzustellen.

»Maria Gremmelspacher, mein Sohn Arthur und ich

betreiben diesen Hof und mit Mord haben wir nix zu tun.«

»Das beruhigt mich zu hören«, erwiderte Frederike in einem Tonfall, der offenließ, ob das nun ironisch oder ernst gemeint war. »Wir möchten auch mit Ihrem Sohn sprechen«, stellte die Hauptkommissarin klar.

»Der ist noch auf dem Feld, kommt aber sicher gleich, wir essen immer pünktlich.« Und mit einem Brummen fügte sie noch an, »zumindest wenn uns niemand stört.«

»Sehr gut«, antwortete Frederike, überging den vorwurfsvollen Kommentar und fragte: »Wo können wir uns ungestört unterhalten?«

Frau Gremmelspacher zögerte, wollte die Beamten offenbar nicht ins Haus bitten. Augenscheinlich befürchtete sie aber, dass das dann verdächtig wirken könnte und sagte schließlich: »Gehen wir rein, sonst kippt Ihnen Ihr Kollege noch aus den Latschen.« Hämisch ergänzte sie: »Auf jemand von der Mordkommission sollte ein totes Huhn nicht so eine Wirkung haben.«

Auch zu dieser Bemerkung schwieg Frederike, wohl wissend, dass sie es mit einem Menschen zu tun hatte, der sich über Ignoranz mehr ärgerte als über Maßregelung.

Zudem wurde ihre Unterhaltung von dem lauten Knattern eines Traktors unterbrochen. Der Sohn kehrte auf den Hof zurück. Als er sein Gefährt abgestellt hatte, entdeckte er die Mutter und die beiden Besucher. Ein großer schwarzer zotteliger Hund sprang vom Traktor, machte Anstalten, auf die Fremden zuzustürmen, blieb aber wie angewurzelt stehen, als sein Herrchen einen Pfiff von sich gab. Gremmelspacher gab dem Hund ein Zeichen, woraufhin der hinter dem Haus verschwand.

Offenbar hatte der junge Mann das Tier gut erzogen und die Hauptkommissarin beäugte den Sohn der Bäuerin neugierig.

Nach dem Anblick von Frau Gremmelspacher hatte Frederike sich schon gefragt, wie deren Sprössling wohl aussehen würde, aber als sie nun auf ihn traf, hätte sie überraschter nicht sein können.

Arthur war etwa Mitte zwanzig und ausgesprochen attraktiv, um nicht zu sagen hübsch. Außerdem hatte er einen muskulösen Körper. Als er nun auf die Dreiergruppe zutrat, konnte man erkennen, dass er sehr gepflegte Zähne hatte und dass seine Haare, auch wenn gerade verschwitzt, doch regelmäßig von einem Profi geschnitten wurden. Er roch ein wenig nach Schweiß, aber Frederike konnte auch eine leichte Parfümnote wahrnehmen. Sofort kam ihr in den Sinn, dass der Mann gewaschen, gekämmt und mit der richtigen Kleidung in jedem Freiburger Klub willkommen wäre. Definitiv war er ein Typ, der Claire Weber gefallen hätte, kam ihr ein weiterer Gedanke.

»Polizei«, schnarrte seine Mutter, bevor die Beamten sich vorstellen konnten. »Mordkommission«, fuhr die Frau belustigt fort.

»Was ist denn passiert?«, fragte Arthur Gremmelspacher. Er sprach mit breitem Dialekt und wirkte im Gegensatz zu seiner Mutter besorgt.

Mittlerweile waren sie im Haus angekommen und man bat sie, einzutreten. Frederike zog automatisch den Kopf ein, als sie durch die Tür ging, denn die Räume waren nicht besonders hoch. Sie erinnerte sich daran, wie alt das Gebäude vermutlich war und wie klein die

Menschen zu seiner Entstehungszeit gewesen sein mussten. Trotz ausreichender Stehhöhe wirkten die Räume ungemütlich eng. Der dunkle Boden und die altmodische Einrichtung verstärkten diesen Eindruck. Der Geruch von Kohl hing in der Luft und Frederike bereute, die Befragung nicht im Freien vorgenommen zu haben.

Es war Arthur, der sie in die *gute Stube* lotste. Das Fenster stand offen und eine beachtliche Anzahl Obstfliegen kreiste über einer Schale Trauben.

»Möchten Sie etwas trinken?«, fragte Gremmelspacher höflich, woraufhin seine Mutter zischte: »Die Herrschaften werden kaum Zeit dafür haben, die sind im Dienst.«

Frederike fand es interessant zu sehen, wie genervt sich der Sohn daraufhin zeigte, aber noch bevor er etwas erwidern konnte, sagte sie gelassen: »Wir möchten nichts, danke für das Angebot.«

Daraufhin setzten sich alle um einen alten Bauerntisch und Frederike legte das Foto der unbekannten Toten auf den Tisch.

»Kennen Sie diese Frau?«, fragte sie, obwohl das unnötig war. Denn Arthur verriet diesen Umstand durch einen hörbaren Seufzer.

»Ich nehme an, das heißt ja?«, fragte das erste Mal Julian und sah den Jüngeren durchdringend an.

Arthur nickte und blickte zu seiner Mutter. Frederike glaubte, Wut in seinem Gesicht abzulesen.

»Ist das das Mordopfer?«, fragte die nun ohne Mitgefühl.

Frederike bestätigte und hakte nach: »Kennen Sie den Namen der Frau?«

»Ivona«, murmelte Arthur und sah geistesabwesend auf seine Hände. »Sie sagte, sie würde Ivona heißen.«

»Und weiter?«

»Ivona Chergansky oder Cherkansky.«

»Wie standen Sie zu der Frau?«, fasste die Hauptkommissarin nach.

»Eine Freundin«, mischte sich die Mutter ein.

»Und wo wohnte diese Freundin?«

Die Mutter zuckte mit den Schultern. »Irgendwo im Osten.«

»Geht das auch genauer?«, blieb Frederike hartnäckig.

»Bulgarien oder Georgien«

Die Hauptkommissarin hob die Brauen und sah erst den Sohn, dann die Mutter warnend an, bevor sie sagte: »Sie war Ihre Freundin und Sie kennen weder den Nachnamen der Frau noch ihren Wohnort?« Sie wartete nicht auf eine Antwort. »Vielleicht sollte ich Sie dann beide wegen Mordverdacht festnehmen. In der Untersuchungshaft fällt Ihnen womöglich wieder ein, wie Sie wirklich zu der Toten standen.«

»Hören Sie auf, uns zu drohen«, schnauzte Frau Gremmelspacher und zeigte wieder ihr hässliches Gebiss. »Sie befinden sich in meinem Haus und ich muss nicht mit Ihnen reden. Ich kenne meine Rechte.«

»Die werden Sie auch kennen müssen, wenn ich das nächste Mal mit einem Haftbefehl wiederkomme. Denken Sie nicht, dass …«

»Sie hat hier gearbeitet«, mischte sich Arthur ein.

Seine Mutter stieß einen Fluch aus und schimpfte: »Kannst du denn nicht den Mund halten!«

Resigniert sprach Arthur dennoch weiter: »Sie war vor drei Tagen hier, wir hatten einen Engpass, meine Mutter hat sich den Knöchel verstaucht und konnte nicht mit raus. Gleichzeitig fiel eine unserer üblichen Aushilfen ebenfalls aus. Dieses Jahr war alles gleichzeitig reif. Weinlese, Kartoffelernte …« Er wollte weiter ausholen, da unterbrach ihn Frederike.

»Wie kamen Sie auf die Frau?«

»Es gibt bestimmte Örtlichkeiten, Parkplätze in Gewerbegebieten zum Beispiel, da findet man kurzfristig Helfer für alle möglichen Arbeiten«, erklärte Arthur betreten.

»Sie meinen illegale Helfer?«

»Was heißt hier illegal«, schnauzte Frau Gremmelspacher. »Wissen Sie, wie viel Papierkram notwendig ist, um jemanden einen Tag zu beschäftigen, vor allem, wenn er aus dem Ausland stammt? Und dann muss ich noch die Steuer zahlen und Versicherung und der Arbeiter soll ja ebenfalls fürstlich entlohnt werden. Wie soll das so ein kleiner Familienbetrieb wie der unsere finanzieren? Uns hilft keiner, aber alle wollen gefüllte Regale im Supermarkt.«

»Für die Arbeitswelt gelten nun mal bestimmte Regeln«, warf Julian ein.

»Regeln, Regeln, wir halten uns an die Regeln. Erzählen Sie mir nicht, dass das Land untergeht, wenn ich eine Tagesaushilfe nicht angemeldet habe.« Aufgebracht verschränkte sie die Arme vor der Brust.

»Wie ging das vor sich?«, wandte sich Frederike erneut an Arthur.

»Ich habe die bekannten Stellen abgefahren, war schon spät dran. Die meisten werden früh morgens geholt, damit es sich auch rentiert«, gab er nun bereitwillig Auskunft. »Es waren nur noch ein paar Frauen da. Ivona kam an den Wagen und sagte, sie könne auf dem Feld arbeiten, ernten.«

»Was hat sie sonst noch erzählt?«

»Wir haben kein Bewerbungsgespräch geführt«, giftete die Mutter.

»Ich habe ihr gesagt, was ich bezahle und sie war einverstanden.«

»Und am Abend haben Sie sie wieder zurückgefahren?«, wollte Frederike wissen.

»Nein, ich gab ihr das Geld für den Bus.«

»Und danach haben Sie die Frau nie wieder gesehen?«, hakte dic Hauptkommissarin nach.

»Natürlich nicht, warum sollte ich?«, reagierte Arthur perplex und Frederike fragte sich, ob er wirklich so naiv war.

Sie kramte ein weiteres Foto aus der Tasche. Es war schwer zu sagen, ob Claire Webers Gesicht bei der Mutter oder dem Sohn ein Erinnern auslöste.

»Ist Ihnen diese Frau bekannt?«

Die beiden schüttelten den Kopf.

»Sieht gut aus, sicher 'ne Nutte«, blieb Maria Gremmelspacher bei ihrem schnippischen Tonfall.

»Wie kommen Sie darauf?«, fragte Julian interessiert.

»Wenn Sie ermordet wurde, ist das doch naheliegend. Anständige Leute werden nicht ermordet.«

»Da sagt unsere Statistik etwas anderes«, erwiderte Frederike eisig.

»Ja, ja«, blaffte die Bäuerin unbelehrbar.

»Es tut mir leid, dass die Frauen tot sind«, sagte Arthur unvermittelt. »Und es tut mir leid, dass wir die Frau nicht angemeldet haben. Wir zahlen natürlich die Strafe.«

»Das werden wir noch sehen«, blieb die Mutter stur.

»Wir benötigen die Namen und Adressen von allen Mitarbeitern, die an diesem Tag ebenfalls auf dem Hof waren, oder sind Ihnen deren Namen ebenfalls nicht bekannt?«

Arthur widersprach sofort: »Diese Frau war eine Ausnahme, alle anderen sind völlig legal beschäftigt, ich werde Ihnen eine Liste ausdrucken.«

»Wir bräuchten außerdem noch weitere Angaben. Sie fragte nach dem Alibi für den Mord an Claire Weber. Wie zu erwarten gab Arthur an, nachts zu Hause gewesen zu sein und seine Mutter rief sofort: »Das kann ich bestätigen.« Auch für den Mord am zweiten Opfer stellte Frederike die Frage, allerdings war die geschätzte Spanne des möglichen Todeszeitpunkts größer, was es erschwerte, jemanden wegen eines fehlenden Alibis zu überführen. Erneut gab Gremmelspacher an, auf dem Hof gewesen zu sein und wieder bestätigte das seine Mutter. Außerdem nannte ihnen Arthur ohne Zögern die Plätze, an denen seines Wissens nach illegale Arbeitskräfte zu finden waren.

Als er sie kurz darauf zum Büro begleitete, um Ihnen die Liste seiner Mitarbeiter zu übergeben, bemerkte Frederike verschwörerisch: »Ich nehme an, es war nicht Ihre Idee, die Frau unangemeldet zu beschäftigen.«

»Nein, war es nicht. Aber wenn sich meine Mutter etwas in den Kopf gesetzt hat«, gab er zu.

»Kommen Sie hier eigentlich auch gelegentlich raus?«, fragte Julian nun komplizenhaft. »Ich meine am Wochenende?«

Arthur ging darauf ein, froh, nicht mehr über die Morde sprechen zu müssen. »Manchmal, wenn nicht zu viel zu tun ist«, sagte er und warf Julian einen schüchternen Blick zu.

»Kennen Sie den Tatischko-Klub?«

Arthur nickte eifrig. »Ja, da war ich schon.«

»Auch in jüngster Zeit?«, wollte Julian wissen und Arthurs Gesichtsausdruck änderte sich sofort.

»Sie verhören mich immer noch«, bemerkte er enttäuscht. »Nein, in jüngster Zeit war ich nicht dort«, antwortete er steif und blieb auch bei der Verabschiedung reserviert.

* * *

Maria Gremmelspacher stand im Hof und beobachtete, wie die Polizisten davonfuhren. Sie sah dem Wagen mit grimmiger Miene hinterher, bevor sie sich umständlich ins Haus bewegte und nach Arthur rief.

»In der Küche«, gab der brummend Antwort. Ohne auf sie zu warten, hatte er sich bereits an den Töpfen bedient: Sauerkraut und Schweinebauch mit Kartoffeln.

Nichts davon mochte Arthur wirklich. Er hätte sich einen großen bunten Salat gewünscht, dazu einen Fisch oder Nudeln mit Meeresfrüchten. Aber seine Mutter war für die Küche zuständig und ließ sich nicht dreinreden. Er wiederum konnte kaum wählerisch sein, denn dazu fehlte ihm die Zeit. Die Arbeit auf dem Hof war anstrengend und endete nie.

Er aß hastig wie immer, ohne sich dessen bewusst zu sein.

»Dein Vater hätte sich geschämt«, schnauzte ihn seine Mutter an, als sie die Küche betrat.

»Warum?«, gab Arthur gereizt zurück, »weil du zu geizig warst, eine Aushilfe anzumelden und wir deshalb die Polizei im Haus hatten?«

Maria knallte das Erstbeste, das sie fand, in diesem Fall den Kochlöffel, auf die Tischplatte. Der hölzerne Küchenhelfer zersprang in zwei Teile. »Wie kannst du es wagen, so mit mir zu sprechen«, fuhr sie ihren Sohn an.

Arthur sah nicht auf, sondern stopfte sich eine Kartoffel in den Mund und brachte ein undeutliches: »Ich sage nur die Wahrheit«, hervor.

Er bemerkte, dass die Mutter vor Wut kochte und genoss es. Sein Blick fiel auf den kaputten Kochlöffel und sein Magen krampfte sich zusammen, als er sich daran erinnerte, wie oft er als Kind den Zorn seiner Mutter zu spüren bekommen hatte. Heute rührte sie ihn natürlich nicht mehr an, dafür teilte sie jedoch verbal aus.

Was nun folgte, kannte er schon, sie warf ihm seine Unzulänglichkeit vor. »Du bist ein Schwächling und dein Vater hätte sich für dich geschämt. Den Polizisten in den Arsch gekrochen bist du, aber das gefällt dir ja.« Sie sah ihn triumphierend an, wusste, dass sie ihn damit getroffen hatte.

Tatsächlich ließ Arthur seinen Löffel auf den Teller fallen, dabei spritzte Soße auf die Wachstischdecke.

»Im Gegensatz zu dir weiß ich wenigstens, wann Fingerspitzengefühl gefragt ist. Warum die Polizei gegen uns aufbringen? Die interessieren sich wenig für die illegale Beschäftigung, die ermitteln in einem *Mordfall*, falls dir das entgangen ist.«

»Und jetzt hast du Schiss, was?«, schleuderte sie ihm selbstherrlich entgegen. »Kannst froh sein, dass deine alte Mutter bereit ist, für dich zu lügen.«

»Ich habe dich nicht darum gebeten«, presste Arthur zwischen den Zähnen hindurch und erhob sich, sein Teller nur zur Hälfte geleert. Er stand ihr direkt gegenüber, starrte sie hasserfüllt an. »Du hast Blut im Gesicht«, sagte er dennoch mit ruhiger Stimme.

»Na und, Frauen und Blut, das gehört zusammen«, keifte sie belustigt.

»Mama, bitte«, antwortete er angewidert.

»Was ist los? Ist doch alles ganz natürlich, oder?«, fragte sie herausfordernd. »Einmal im Monat, da bluten wir. Die Jungfrauen, die Huren, jede …«

»Es reicht«, fuhr er sie eisig an.

»Ich dachte, nur wegen deines besonderen *Interesses*. Wir hätten Viehzucht betreiben sollen, dann würde es dir heute leichter fallen, die Natur zu verstehen.«

»Lass mich in Ruhe«, schnappte er und wollte sich an ihr vorbei aus der Küche schieben.

»Ich lasse dich in Ruhe, wann ich es will«. Sie ließ sich

das letzte Wort nicht nehmen. »Immerhin ist das mein Hof.«

Sie konnte nicht hören, was er erwiderte, denn als er einen letzten unflätigen Fluch ausstieß, war er schon aus der Haustür in Richtung seines Traktors unterwegs.

Mit einem Mal fühlte sich Arthur erschöpft. Der Gedanke an Ivona stimmte ihn traurig. Sie war eigentlich ganz nett gewesen. Ohne besonderen Elan startete er seinen Traktor. Wie sollte es nur weitergehen? Seine Mutter war erst Anfang fünfzig, sie würde nie vom Hof verschwinden, würde ihn bis zu ihrem letzten Atemzug gängeln. Und doch kam er nicht von ihr los, ließ sich als Komplize für alles mögliche gebrauchen und hatte dabei stets das Gefühl, auf sie angewiesen zu sein. Vielleicht war er das auch, womöglich hatte sie recht. Er hätte selbstbewusster gegenüber den Beamten auftreten müssen. Der Vorwurf, der Vater würde sich für Arthur schämen, schmerzte sehr. Auch das wusste seine Mutter ganz genau. Das Schlimmste daran war, dass sie damit wohl Recht hatte.

14

Nachdem den ganzen Tag über Befragungen durchgeführt worden waren, brachte Dietmar Klein seine Kollegen am Abend auf den neusten Stand. »Wir haben mit allen Mitarbeitern von Arthur Gremmelspacher gesprochen«, sagte er erleichtert. »Daher wissen wir jetzt auch, dass das zweite Opfer Ivona Chergansky heißt. Mehr hat sie allerdings nicht von sich erzählt. Vermutlich hat sie niemandem getraut. Aber mit dem Namen gelingt es vielleicht, über die ausländischen Behörden mehr zu erfahren. Außerdem konnte ich mit einem Kollegen vom Zoll sprechen, der für die Bekämpfung von Schwarzarbeit zuständig ist. Er bestätigt, was euch Arthur Gremmelspacher erzählt hat. Immer wieder entstehen solche illegalen *Rekrutierungsorte,* an denen sich Menschen meist ohne Aufenthalts- und oder Arbeitserlaubnis anbieten. Angeheuert werden sie dann von Leuten wie Gremmelspacher, manchmal für wenige Stunden, gelegentlich auch für länger. Die Bezahlung ist schlecht, genauso wie die Arbeitsbedingungen.«

»Erinnert an amerikanische Filme«, warf Julian ein, »dort sieht man öfter solche Szenen. Ein reicher Baulöwe heuert Mexikaner zu einem Hungerlohn an. Die wiederum stehen an irgendeiner Straßenecke und warten auf ihre Chance, einen Job abzubekommen.«

»Schwarzarbeit ist in jedem Land ein großes Thema. Du wirst immer irgendwen finden, der die Not eines anderen ausnutzt. Und die Arbeitskräfte erhoffen sich ein bisschen Geld für ein besseres Leben.«

»Warum hebeln die Kollegen das nicht aus?«, fragte Frederike interessiert.

»Diese Sammelpunkte wechseln ständig. Und um etwas unternehmen zu können, muss man diejenigen schon in flagranti erwischen. Mehr Erfolg hat der Zoll, wenn er den Firmen einen Überraschungsbesuch abstattet, da lässt sich das illegale Arbeitsverhältnis nicht mehr so einfach leugnen. Aber natürlich ist das sehr personalintensiv. Dennoch fahren sie die bekannten Plätze für uns ab und versuchen, jemanden zu finden, der sich an Ivona erinnert, beziehungsweise mit etwas Glück sogar gesehen hat, in welches Auto sie gestiegen ist. Allerdings machen sie uns keine großen Hoffnungen. Sobald jemand die Behörden bemerkt, verschwinden die Menschen.«

»Das heißt, wir wissen nur, dass Ivona Chergansky am Tag vor ihrem Tod für Arthur Gremmelspacher gearbeitet hat«, fasste Frederike zusammen.

»Richtig«, bestätigte Dietmar. »Die anderen Arbeiter auf dem Hof bezeugen, dass sie lediglich an diesem einen Tag dort war.«

»Das schließt allerdings nicht aus, dass Arthur sie am

folgenden Tag ebenfalls abgeholt hat. Nur ist er dann nicht zum Hof, sondern in den Wald gefahren und hat sie ermordet. Da sich der Todeszeitpunkt nicht so genau bestimmen lässt wie bei Claire Weber, gibt es da einige Spielarten. Womöglich hat er sie auch eingeladen, auf dem Hof zu übernachten. Irgendwann zwischen Mitternacht und frühem Morgen fährt er mit ihr dann in den Wald und tötet sie. Die Mutter lügt natürlich für ihren Sohn.«

»Die anderen Arbeiter wissen nicht, wann Ivona den Hof verließ, nehmen jedoch an, dass sie noch ins Büro ging, um den Lohn abzuholen. Der Busfahrer konnte sich leider nicht an die Frau erinnern«, ging Dietmar darauf ein. »Was zwar nichts heißen muss, Gremmelspacher aber auch nicht gerade entlastet. Außerdem gibt es Lücken in seinem Alibi. Den folgenden Morgen hat er angeblich auf einem seiner Felder gearbeitet, während die anderen in den Weinbergen waren. Sich davonzuschleichen, wäre für ihn leicht gewesen. Zumal Angestellte im Normalfall froh sind, wenn sie ihren Chef nicht sehen. Die vermissen jemanden, der Anweisungen verteilt, nicht gerade.«

»Gut zu wissen«, scherzte die Hauptkommissarin, wurde dann aber wieder ernst. »Gremmelspacher hätte es nicht an der Gelegenheit gemangelt. Das Alibi der Mutter könnte man als Gefälligkeitsaussage abtun. Claire Weber käme durchaus als sein erstes Opfer in Betracht. Arthur kennt die Freiburger Klubs.« Sie wandte sich an Dietmar. »Besorge ein Foto des Mannes und schicke einen der Kollegen, um es im Tatischko herumzuzeigen, denkbar, dass ihn jemand erkennt.«

»Trotzdem dürfen wir Silvio Leco und Oliver Dahlberg nicht vergessen«, warf Julian ein, »Dahlberg hätte ebenfalls eine Aushilfe suchen können, zum Beispiel um das Sportstudio zu putzen. Er heuert Ivona an und als sie erst einmal in seinem Auto sitzt, da überkommt ihn die Mordlust. Claire Weber hat ihm nicht gereicht, er musste erneut töten und Ivona war ein leichtes Opfer.«

»Bisher können wir das nicht ausschließen«, bestätigte die Hauptkommissarin. »Und Silvio Leco bleibt ebenfalls auf der Verdächtigenliste. Vielleicht hat er Ivona als Drogenkurierin, Prostituierte oder in seinem Klub beschäftigt. Es ist zumindest nicht ausgeschlossen, dass es zu einem wie auch immer gearteten Kontakt kam. Was noch?«, fragte die Hauptkommissarin und sah ihren Kollegen erwartungsvoll an.

»Das Kondom in Claire Webers Wohnung stammte von Oliver Dahlberg, die Analyse liegt vor.«

»Wenig überraschend«, warf Julian ein. »Die Drogen in Claires Blut könnten ebenfalls von ihm stammen, oder von Leco. Dennoch spricht nichts dagegen, dass auch Arthur Gremmelspacher dafür infrage kommt. Warum soll er nicht wissen, wo man illegale Substanzen erwerben kann.«

»Versucht, Leco und Dahlberg nach ihren Alibis für den zweiten Mord zu fragen.« Sie sah Dietmars zweifelnden Gesichtsausdruck und grinste. »Ich weiß, kein Richter wird uns einen Haftbefehl geben, nur weil ein Verdächtiger uns für einen längeren Zeitraum kein lückenloses Alibi liefern kann. Ich möchte lediglich, dass beide wissen, dass sie nicht vom Haken sind. Machen wir die Herren ein wenig nervös.«

Damit stand sie auf, ging zur Tafel und griff nach dem Stift. »Wir müssen herausfinden, woher Claire Weber die

Drogen hatte«, sagte sie, während sie eine entsprechende Notiz auf der Tafel hinterließ. »Außerdem sollten wir uns noch einmal mit dem Barkeeper, diesem Alexander Läufer aus dem Klub unterhalten.« Sie drehte sich zu Julian. »Das übernimmst du. Aber nicht offiziell. Gehe morgen Abend in den Klub, bestell dir einen Drink und fühle dem Mann ein wenig auf den Zahn. Wenn unsere Vermutung stimmt, dann hat er an dem Abend, als Claire dort war, etwas bemerkt. Sag ihm ruhig, dass es eine weitere Leiche gegeben hat, appelliere an sein Gewissen.«

Julian seufzte und meckerte »Ich hatte morgen Abend etwas vor.«

»Verschiebe es«, tat Frederike seinen Einwand ab und erklärte: »Außerdem interessiert mich Leco und seine Geliebte.« Dieses Mal wanderte ihr Blick zu Dietmar.

Der antwortete prompt: »Du hast morgen in Mulhouse einen Termin mit einem französischen Kollegen, der bestens mit dem Fall Leco vertraut ist.«

15

Am nächsten Morgen machte sich Frederike auf den Weg nach Frankreich. Dieses Mal begleitete sie Dietmar Klein, weil der, im Gegensatz zu Oberkommissar Meister, etwas Französisch sprach. Die Fahrt verbrachten sie meist schweigend, weil sich die Hauptkommissarin auf den dichten Verkehr konzentrieren musste. Auch die Straßen von Mulhouse waren eine Herausforderung und Frederike parkte schließlich erleichtert den Wagen, als sie den Treffpunkt erreichten.

Im Gebäude erwartete man sie schon. Capitaine Pierre Malon war ein Mittvierziger mit dichtem Haar und wie Frederike fand, beeindruckenden blauen Augen. Außerdem legte er augenscheinlich sehr viel Wert auf sein Äußeres, denn er trug einen nach der neusten Mode geschnittenen hellgrauen Anzug und eine golden glitzernde Armbanduhr ums Handgelenk. Vielleicht war sein Outfit jedoch auch nur eine Höflichkeit gegenüber seinen deutschen Gästen. Er begrüßte sie strahlend und zur Erleichterung der Hauptkommissarin sprach er ein fast perfektes Deutsch mit wohlklingendem, französischen Akzent.

Malon führte sie durch kaum enden wollende Gänge, bis sie irgendwann ein Besprechungszimmer erreichten, dessen Wände mit Notizen und Bildern regelrecht gepflastert waren.

»Bitte schön«, sagte er mit einem Lächeln und einer ausladenden Handbewegung, »das ist die Welt von Silvio Leco.«

»Meine Güte«, stieß Frederike überwältigt aus und sah sich um. Die aufgelisteten Namen und Fotografien sagten ihr natürlich nichts, aber die Arbeit, die hinter dem Zusammentragen all dieser Informationen steckte, die konnte sie einschätzen.

»Wie lange beschäftigen Sie sich schon mit diesem Fall?«, fragte sie anerkennend.

»Jahre. Unsere Einheit ist ausschließlich für organisierte Kriminalität, insbesondere Lecos Netzwerk, zuständig. Es ist eines der einflussreichsten in der Drogenszene. Allerdings«, er zuckte bedauernd mit den Schultern, »ist er quasi unantastbar. Wenn wir seine Gefolgsleute festnehmen, dann sind morgen andere nachgerückt. Eine gelungene Razzia beeinflusst seine Geschäfte kaum, denn die logistische Organisation von Lecos Angestellten ist ausgezeichnet.«

»Und keiner ist bereit, gegen ihn auszusagen?«, hakte die Hauptkommissarin verblüfft nach.

Malon lehnte sich lässig auf seinem Sitz zurück. »Sie haben eine falsche Vorstellung von Silvio Leco. Der Mann ist zwar ein Drogendealer, sieht und verhält sich aber dabei als Geschäftsmann. Das erschwert es ungemein, seiner habhaft zu werden.«

»Die Menschen haben Angst vor ihm«, vermutete Dietmar Klein, »deshalb wird auch niemand gegen ihn aussagen.«

»Es ist schlimmer«, widersprach der Franzose.

»Was ist schlimmer als Angst?«, fragte die Hauptkommissarin erstaunt.

»Sympathie«, antwortete Pierre Malon resigniert. »Die Menschen, die für ihn arbeiten, mögen Leco. Er ist, wie gesagt, Geschäftsmann. Er droht seinen Angestellten nicht, er motiviert sie. Vor allem mit Geld, aber auch mit dem Gefühl, zu einer großen Familie zu gehören.«

»Keine Konkurrenz, die ihn aus dem Weg räumen möchte?«, wollte Dietmar wissen.

»Er ist Geschäftsmann, er einigt sich. Wir befinden uns hier im Dreiländereck. Deutschland, Frankreich, die Schweiz«, holte Malon weiter aus. »Da bekommt jeder etwas vom Kuchen ab.«

»Keine Gewalt?«, fragte Frederike ungläubig.

»Oh, natürlich, aber nicht gegen die eigenen Leute, zumindest nicht oft. Leco ist ausgesprochen clever.«

Frederike hatte dem französischen Kollegen bereits die Akte über die beiden Morde zukommen lassen, deshalb fragte sie jetzt: »Sie trauen ihm also nicht zu, mein Täter zu sein?«

Malon runzelte die Stirn. »Verstehen Sie mich nicht falsch, ich traue Leco alles zu, aber ich bezweifle, dass er es so getan hätte. Zumindest nicht, wenn es ums Geschäft ging.« Er schnappte sich eine Mappe und begutachtete noch einmal das Material, das ihm die deutsche Beamtin geschickt hatte.

»Sie nehmen an, die Opfer haben für Leco Drogen im Körper geschmuggelt. Also als *Bodypacker* oder *-stuffer.*« Er benutzte interessanterweise die englischen Begriffe für diese Art des Transports.

»Wir dachten, das wäre eine Möglichkeit«, bestätigte die Hauptkommissarin.

»Wenn er die Frauen hätte töten wollen, dann wären ihre Leichen sicherlich nicht aufgetaucht, nicht so. Das erste Opfer lag in der Wohnung?«, fragte Malon zur Sicherheit noch einmal nach.

Die deutschen Beamten nickten.

»Das hätte er nicht riskiert. Leco hat die Mittel und die Möglichkeiten, Leichen verschwinden zu lassen, und er hat dafür Leute.«

»Was können Sie uns noch über ihn sagen?«, wollte Frederike wissen, »Wie tickt der Mann?«

»Ich habe befürchtet, dass Sie mir diese Frage stellen. Wenn Sie Leco verstehen möchten, dann sollten Sie seine Geschichte kennen.« Pierre Malon stand auf und sagte freundlich: »Kommen Sie, wir machen einen kleinen Ausflug.«

Bislang hatte Frederike die Fahrt durch die Stadt genossen. Mulhouse war beeindruckend. »Ist er hier aufgewachsen?«, fragte sie den französischen Kollegen.

»Nicht in diesem Teil der Stadt«, sagte der und deutete in Richtung mehrerer Hochhäuser. »Er lebte lange in einem Vorort, wir sind gleich da.«

Als sie ihr Ziel erreichten, hatte Frederike das Gefühl, in eine andere Welt einzutauchen.

»Willkommen in Lecos Universum«, bemerkte Malon bitter.

Frederike verstand. Sie fuhren durch Straßen, in denen sich der Müll häufte, gewaltige Gebäude mit hässlichen Außenfassaden die Sicht versperrten und sich Jugendliche mit misstrauischem Blick nach ihnen umdrehten.

»Übel«, bemerkte Dietmar, als er an einem auf dem Bürgersteig liegenden Müllsack eine Ratte entdeckte.

»Was sind das für Zahlen an den Wänden?«, fragte Frederike interessiert. »Sieht aus wie eine Speisekarte.« Ihr waren die in Kolonnen geschriebenen Euro-Beträge und dahinterstehenden Grammangaben aufgefallen.

»Gut erkannt«, erwiderte Malon sarkastisch. »Das sind die Drogenpreise, die Dealer informieren so die Kunden.«

Malon war etwas langsamer gefahren und schon kam ein Junge, der eben noch lässig an der Mauer gelehnt hatte, auf sie zu.

Er warf einen kritischen Blick in den Wagen, drehte sich dann schnell um, und verschwand.

»Das ist einer der Verkäufer. Die haben ein gutes Gespür für die Polizei. Ich nehme an, dass er weiß, dass wir keine Interessenten sind und jetzt seine Kollegen informiert«, erklärte Malon trocken und beschleunigte den Wagen.

»Das war ein Kind, zehn, höchstens zwölf Jahre alt«, entgegnete Frederike zweifelnd.

»Und damit strafunmündig«, erwiderte Malon hart.

»Das ist nicht Ihr Ernst. Leco lässt Kinder für sich arbeiten? Und die Eltern sehen zu? Was ist mit der Schule?«

»Glauben Sie, mir gefällt das?«, entgegnete Malon. Sie hatten das Viertel verlassen und er steuerte den Wagen auf den Parkplatz eines Lokals. Sein Ton war schärfer, als er eigentlich beabsichtigt hatte und Frederike kam sich dämlich vor.

»Ich wollte keine Kritik üben, es tut mir leid. Mir erscheint das nur so unwirklich«, entschuldigte sie sich.

»Nehmen wir einen Kaffee«, antwortete der Franzose und stieg aus.

Bis sie ihre Bestellung aufgeben konnten, herrschte ein unangenehmes Schweigen.

Dann jedoch begann Malon zu sprechen: »Ich kann verstehen, dass sie schockiert sind.«

»Nein, das ist nicht das richtige Wort«, widersprach die Hauptkommissarin schnell. »Sie haben die Bilder von meinen Tatorten gesehen, ich bin einiges gewohnt. Abgesehen davon, ist es ja auch nicht so, dass mir die Problematik mit minderjährigen Straftätern nicht bekannt wäre. Aber wenn man die Dinge dann live erlebt, ist es etwas anderes, es macht einen …«

Sie suchte nach dem richtigen Ausdruck und Dietmar Klein ergänzte: »Fassungslos.«

Malon nickte. »Fassungslos ja, da gibt es nichts zu beschönigen. Natürlich versuchen wir, dagegenzuhalten, aber es ist schwierig. Diese Jugendlichen, noch Kinder, verdienen im Monat mehrere tausend Euro mit dem Drogenverkauf. Da lässt sich keiner mehr überreden, die Schule zu besuchen und einen Abschluss zu machen.

Wenn die Eltern keinen Einfluss nehmen, sogar noch davon profitieren, sind uns mehr oder weniger die Hände gebunden. Leco ist hier aufgewachsen, hat Freunde, die für ihn arbeiten, denen er vertraut und umgekehrt. Um die Einwohner bei Laune zu halten, finanziert er irgendwelche Feste im Viertel und greift ein, wenn es zu Ausschreitungen kommt. Das hat sich schleichend entwickelt und ist nur schwer wieder in den Griff zu bekommen. Die Anwohner arrangieren sich mit der Situation, was bleibt ihnen übrig. Wer nicht für Leco arbeitet, schätzt es, dass er für Ordnung sorgt.«

»Lässt er sich denn dort überhaupt noch blicken?«, wollte die Hauptkommissarin wissen.

»Selten«, gab der Franzose Auskunft. »Er verbreitet Gerüchte. Es soll so aussehen, als müsste er sich vor der Polizei verstecken, und dass das der Grund für seine Abwesenheit sei.«

»Aber das entspricht nicht der Wahrheit«, warf Frederike ein.

»Nein, wir haben nichts gegen ihn in der Hand, weshalb er sich verfolgt fühlen müsste. Aber diese Lüge bringt ihm natürlich mehr Sympathie, als zu erklären: Ich kann mir etwas Besseres leisten. Meine Kinder bekommen eine erstklassige Ausbildung, besuchen die teuersten Schulen, weg von der Straße und haben mit euch nichts gemein. Leco hat sich sogar ein anderes Land ausgesucht, so muss er nicht damit rechnen, dass ihm tagtäglich Leute aus seiner Vergangenheit über den Weg laufen. In Freiburg spielt er den reichen Geschäftsmann, in Frankreich den Rebell, der den Armen hilft. Merde.«

»Ich habe mit unseren zuständigen Stellen

gesprochen«, erklärte Dietmar Klein, »bisher konnte man ihm auch in Deutschland nichts nachweisen.«

»Natürlich nicht«, erwiderte Pierre Malon, »das ist Lecos Arbeitsweise. Immer weit weg vom eigentlichen Verbrechen. Deshalb halte ich ihn auch nicht für den Mörder der beiden Frauen.«

Frederikes Gesichtsausdruck ließ den Franzosen fragen: »Sie sehen das anders?«

»Ich habe mit ihm gesprochen und er war sehr bemüht. Ich gebe Ihnen recht, er weiß, wie er Menschen manipulieren kann und doch strahlt er eine gewisse Gewalttätigkeit aus. Deshalb überlege ich, ob er die Morde vielleicht begangen hat, sie aber nichts mit seinem Geschäft zu tun hatten.«

»Du denkst an ein persönliches Motiv«, spekulierte Dietmar.

»Vielleicht eine Besessenheit, Machthunger. Etwas, das entstanden ist, nachdem er sich für unantastbar hielt.« Sie sah ihren französischen Kollegen an.

»Ich bin kein Psychologe«, sagte der müde.

»Aber Sie haben den Mann studiert, kennen ihn«, hielt sie dagegen.

Malon orderte eine neue Runde Kaffee und Frederike, die das koffeinhaltige Getränk normalerweise in großen Mengen konsumierte, befürchtete, nie wieder schlafen zu können, so stark war der kleine Espresso, den man hier ausschenkte.

»Leco ist relativ beständig, das heißt, er ist auch diszipliniert.«

»Was natürlich bedeuten könnte, dass es ihm auf Dauer schwerfällt, sich zusammenzureißen. Womöglich braucht er ein Ventil«, entgegnete die Hauptkommissarin. »Erzählen Sie mir von seiner Familie, seiner Geliebten«, bat sie gespannt.

»Die Ehefrau starb bei der Geburt der Zwillinge. Die Tochter ist sein Liebling und wird uns in der Zukunft sicher Probleme bereiten. Es heißt, dass sie *Papas Geschäfte* eines Tages fortführen soll. Sie ist mindestens genauso clever wie Leco, nur vermutlich noch gewissenloser.«

»Was ist mit dem Sohn? Wäre es nicht normal, dass er die Nachfolge antritt oder liegt Leco etwas an Gleichberechtigung.«

Malon grinste. »Das sicher nicht, aber ihm liegt etwas am Erfolg. Anuschka Leco ist, wie gesagt, genauso geschäftstüchtig wie der Vater, während der Sohn ihr nicht das Wasser reichen kann.«

»Woran liegt es?«, fragte Dietmar dieses Mal nach.

»Es gibt Gerüchte, dass er zu weich wäre, dass er eigentlich ein anderes Leben bevorzugen würde, er aber dem Vater zuliebe bleibt. Andere wiederum behaupten, Bernard wäre nicht weich, sondern unberechenbar und deshalb für das Geschäft ungeeignet. In den Internaten, in denen er war, ist er im Gegensatz zu seiner Schwester nicht besonders aufgefallen. Überall die Beste, Sportauszeichnungen, Einserschülerin. Bernard schwamm irgendwo in der Mitte mit und hatte eine Freistellung für jegliche Form der Leibesertüchtigung.«

»Warum das? Ist er krank?«, fasste Frederike sofort nach.

»Keine Ahnung«, gab Malon ehrlich zu. »Das Internat war eine private Einrichtung, wenn die Eltern bezahlen, erhalten sie dafür die Leistung, die sie fordern. Die Leco-

Kinder hatten Einzelzimmer und suchten sich ihre Aktivitäten aus. Vielleicht war Bernard zu faul, um am Sport teilzunehmen. Womöglich hielt man ihn absichtlich von dort fern, um ihm die Enttäuschung zu ersparen, nicht der Beste zu sein, vielleicht hatte er aber auch irgendein Leiden.«

»Und die Geliebte?«, fragte Frederike neugierig.

»Leco hat sie an der Côte d'Azur kennengelernt. Belinda Ketterer, eine Deutsche, verbrachte dort ihren Urlaub. Seither sind sie zusammen. Sie wohnt nicht bei ihm, er hat ihr eine Wohnung finanziert. Ich dachte immer, er würde sie eines Tages heiraten oder sie verlassen, aber es gab keine Veränderung. Jedoch eine Schwangerschaft und eine Fehlgeburt, liegt einige Jahre zurück.«

»Ein weiterer Erbe wäre für Anuschka und Bernard sicher kein Grund zur Freude gewesen, oder?«, überlegte Frederike laut.

»Ganz sicher nicht«, bestätigte Malon. »Bei uns auf dem Revier gibt es Kollegen, die davon überzeugt sind, dass Anuschka bei der Fehlgeburt die Finger im Spiel hatte. Wir haben versucht, an die Geliebte heranzukommen, darauf gehofft, dass sie gesprächig wäre, aber sie ist Leco anscheinend treu ergeben.«

16

Etwa zur gleichen Zeit in der Wohnung von Belinda Ketterer

Das Eichhörnchen hatte sie am Morgen im Park gefunden. Verstohlen war ihr Blick in alle Richtungen gewandert, bevor sie es schnell in das Küchentuch gewickelt hatte, das sie für solche Fälle immer in ihrer Handtasche trug.

Jetzt lag es vor ihr auf dem Tisch und Belinda musste sich zunächst überwinden, dem toten Tier den Bauch aufzuschlitzen. Vermutlich hatte das Eichhörnchen schon eine Weile im Freien gelegen; der strenge Geruch, der von ihm ausging, ließ daran keinen Zweifel. Belinda schüttete eine großzügige Menge Parfüm über das Fell. Sofort vermischte sich das intensive süßliche Aroma des Duftwassers mit dem Gestank der Fäulnis. Die daraus entstehende Verbindung hätte bei den meisten Menschen einen Würgereiz verursacht, nicht so bei Belinda.

Sie flüsterte: »Siehst du, mein Schatz, es wird uns gelingen, deinen Tod zu verhindern. Wir halten den Zerfall auf, damit du ewig bei mir sein kannst.«

Mit einem Seufzer ließ sie das Skalpell in den kleinen Tierkörper gleiten. Sie hatte unfassbar viel Material über das Präparieren von Tieren gelesen, sich Videos im Internet angesehen, aber sie wollte es den anderen nicht einfach nachmachen. Ihre Präparate sollten besonders sein. Belinda suchte keine Perfektion durch das Verwenden von Dermoplastiken oder ein aufwendiges Aufbereiten des Fells. Ihr ging es darum, etwas Einzigartiges zu erschaffen.

Dennoch pulte sie zunächst sorgsam die Innereien aus dem Tierkörper und versuchte, Fleisch und Sehnen zu entfernen. Blut und Eingeweide glitten durch ihre behandschuhten Finger. Winzige Organe, fast nicht zu definieren – und dann traf sie wieder einmal die Erinnerung: ihr Besuch in Silvios Villa, der Sturz. Sie war sich sicher gewesen, dass sie ein Hindernis auf der Treppe zu Fall gebracht hatte, aber dafür gab es keine Beweise und man sagte ihr, dass sie sich das nur eingebildet hätte.

»Du bist gestürzt, meine Liebe.« Silvio hatte an ihrem Krankenbett gesessen. »Der Arzt geht von einem leichten Schwindelanfall aus.«

»Ich bin gestürzt«, antwortete sie tonlos, klammerte sich an Silvios Hand, als wäre sie immer noch im freien Fall. »Ich bin über irgendetwas gestolpert«, sprach sie müde weiter, man hatte ihr Beruhigungsmittel gegeben, die sie schläfrig machten.

»Da war nichts«, versicherte ihr Silvio und küsste sie auf die Stirn.

»Das Baby«, stöhnte sie verzweifelt, erinnerte sich an das Gefühl, etwas zwischen den Beinen zu spüren, Blut, warmes Blut und das winzige Etwas, das ihr ganzes Glück hätte werden können.

»Du hast das Kind verloren«, sagte Silvio leise und tapfer und es war das einzige Mal, dass sie in seinen Augen Tränen sehen konnte. Er trauerte, aber er war auch maßlos enttäuscht, enttäuscht von ihr.

»Mein Baby«, weinte sie und er küsste sie sanft aufs Haar.

Dann trat plötzlich Anuschka ins Zimmer; gerade erst dreizehn Jahre alt und schon eine Schönheit. Ihre Hand berührte Belindas Arm und mit einem traurigen Gesichtsausdruck sagte das Mädchen: »Es tut mir so unendlich leid.«

Wohlwollend lächelte Silvio daraufhin in die Richtung seiner Tochter.

»Ich bin so traurig«, fügte Anuschka an und tatsächlich vergoss sie ein paar Tränen.

In dem Moment hatte sich Belinda umsorgt gefühlt, unglücklich, aber zumindest wohl behütet. Sie war eingeschlafen und Silvio und seine Tochter hatten das Krankenzimmer verlassen.

Zunächst hatte sich alles gut entwickelt, Silvio besuchte sie, aber der erhoffte Vorschlag, in die Villa umzuziehen, blieb aus. Irgendwann später dann die schlechte Nachricht: Vermutlich würde sie keine weitere Schwangerschaft erleben. Und so war es dann auch gewesen.

An dem Tag, als sie der Arzt darüber informierte, fand sie das tote Kätzchen am See. Sie hatte sich an einen ruhigen Ort zurückgezogen, um den Schock zu überwinden. Das leblose Tier hatte sie auf eine merkwürdige Art berührt. Es war ein so trauriger Anblick, beinahe unerträglich. Automatisch dachte sie an den präparierten Wolf in Silvios Büro und plötzlich hatte sie das unbändige Bedürfnis, den Tod aufzuhalten. Die Präparation des Kätzchens misslang ihr, die Verwesung hatte längst eingesetzt und Belindas Unkenntnis, was das Haltbarmachen von Körpern anging, zwang sie schließlich dazu, das Tier im Wald zu beerdigen. Silvio gegenüber hatte sie das nie erwähnt. Erst als es ihr gelang, halbwegs ansehnliche Objekte zu erschaffen, war sie bereit gewesen, ihn zu informieren. Er verstand es, wie zu erwarten war, nicht.

»Das ist ekelhaft!«, rief er angewidert. »Wenn du ein Hobby suchst, dann spiele Tennis.«

»Es entspannt mich«, hielt sie dagegen. »Und du hast ja auch deinen Wolf.«

»Mein Wolf ist ein majestätisches Tier, von einem echten Profi präpariert. Was ich hier sehe, sind von Ungeziefer versiffte, stinkende Ratten. Missgeburten, die man verbrennen sollte.« Eisig hatte er noch angefügt: »Wenn ich mich künftig in dein Bett legen soll, dann sorge dafür, dass ich dieses Gruselkabinett nicht zu Gesicht bekomme.«

Seine Worte hatten Belinda verletzt, aber sie war bereit gewesen, sich ihm zu fügen. Erst in letzter Zeit stellte sie sich die Frage, ob er sie wirklich glücklich machte. War sie zu schnell mit zu vielem einverstanden gewesen?

Als sie das Eichhörnchen nun mit Holzwolle

ausstopfte, arbeitete sie unkonzentriert, was eigentlich nicht ihre Art war. Vermutlich lag das daran, dass ihre Gedanken um Anuschka kreisten. Die dreizehnjährige Anuschka und das Hindernis auf der Treppe. An dem Tag hatte Silvio seinen Kindern von der Schwangerschaft erzählt …

Nein, ermahnte sich Belinda, solche Gedanken führten zu nichts.

Sie betrachtete ihre Arbeit. Die Augen mussten noch ersetzt werden. »Wie wäre es mit blauen Glasaugen«, wandte sie sich gut gelaunt an das seltsam verformte Tier, das nur noch wenig gemein hatte mit einem Eichhörnchen und liebevoll fügte sie noch an: »Freust du dich schon auf deine neue Familie?«

* * *

Zurück in Freiburg packte Frederike die *Präsente* aus, die sie von Captaine Pierre Malon erhalten hatte.

Zum Abschied war ihr von ihm ein Datenstick mit den Worten »Das ist die Aussage von Claire Webers bester Freundin. Die Kollegen in Lyon haben die junge Dame mit Koks erwischt, was sie gesprächiger gemacht hat. Ich weiß nicht, ob es weiterhilft, aber sicherlich ist es interessant. Eine Übersetzung habe ich ihnen ausgedruckt«, überreicht worden.

Frederike hatte das schriftliche Protokoll bereits überflogen, wollte sich dennoch das Videomaterial dazu ansehen.

Während Dietmar den Computer startete, widmete sich die Hauptkommissarin dem anderen Geschenk.

Malon hatte es mit einem Zwinkern überreicht und gesagt: »Nach einem langen Tag unerfreulicher Tatsachen ist das meine Geheimwaffe gegen Frust. Nennt sich *Millefeuille,* was so viel wie *tausend Blatt* heißt, und sich auf den Blätterteig bezieht.«

Der kleine Karton mit dem Schlupf enthielt ein rechteckiges Küchlein, das aus mehreren Schichten sahniger Vanillecreme und Blätterteigplatten bestand, Zuckerguss und Schokolade verzierten die Leckerei.

»Meine Güte«, witzelte Julian, als er das süße Stück sah, »das hat doch sicher eine Million Kalorien.«

Frederike ließ sich nicht beirren, biss herzhaft hinein, nur um festzustellen, dass links und rechts die Creme herausquoll, über ihre Finger tropfte und die Blätterteigschichten verrutschten.

»Unmöglich zu essen«, kommentierte sie den missglückten Versuch der Nahrungsaufnahme, »aber«, fuhr sie voller Begeisterung fort, »aber die Franzosen wissen, was gegen Frust hilft.«

»Es geht los«, unterbrach Dietmar den kulinarischen Ausflug seiner Kollegin und nach wenigen Sekunden erkannte man eine junge Frau im Verhörraum. Sie sah ausgesprochen hübsch aus, glich Claire Weber sogar ein wenig. Vermutlich hatten sich die Freundinnen bewusst oder unbewusst für die gleiche Haarfarbe und Frisur entschieden. Die Frau auf dem Schirm, die laut Protokoll Sandrine Dupont hieß, hatte allerdings nicht ganz so feine Gesichtszüge wie Claire. Sie begann zu sprechen und

Dietmar las den anderen parallel dazu die Übersetzung vor, die sie von Malon erhalten hatten.

»Ich war völlig fertig, wegen der Sache mit Claire«, entschuldigte sich Sandrine für das Kokain, das man bei ihr gefunden hatte. »Ich brauchte etwas, um wieder gut drauf zu kommen. Mann, Claire war meine beste Freundin. Sie ist tot, ermordet.«

»Wo haben Sie die Drogen gekauft?«, fragte die Beamtin und erhielt eine patzige Antwort.

»Weiß ich doch nicht mehr, wen interessiert das schon.«

»Uns interessiert das«, blieb die französische Polizistin unnachgiebig. »Also, woher stammt das Zeug?«

»Ein Typ auf der Straße. Er hat mich gefragt, ob ich etwas kaufen will, ich habe zugestimmt und das war's.«

»Wie sah der Mann aus?«, fasste die Polizistin nach.

Sandrine zuckte gelangweilt die Schultern. »Keine Ahnung, groß, Jogginganzug, Kapuzenshirt.«

»Und wo war das?«

Sandrine nannte ein Lyonnaiser Stadtviertel, das bekannt für derartige Drogengeschäfte war.

Aufgrund von Sandrines unkooperativer Art erwiderte die Beamtin: »Das wird eine Anzeige geben. Bei der Menge wird man Ihnen Rauschgifthandel unterstellen.«

Das erste Mal seit der Vernehmung schien die junge Französin nervös zu werden. »Was?«, fragte sie ungläubig. »Ich handle doch nicht damit, das war für mich. Der Typ hat mir ein günstiges Angebot gemacht, wenn ich mehr kaufe, sinkt der Preis. Das ist doch nicht ungewöhnlich, jeder nutzt solche Rabatte.«

»Sie haben aber nicht Kartoffeln eingekauft oder Zahnpasta. Bei illegalen Substanzen gilt die Formel ›nimm drei, zahl zwei‹ nicht. Wir reden hier über eine Straftat.«

Sandrine wurde panisch rief: »Ich kann doch nicht ins Gefängnis. Das war lediglich, weil es mir wegen Claire so schlecht ging. Das war Medizin.«

»Gehen Sie das nächste Mal in die Apotheke. Ihr Fall wandert zum Richter.« Die Polizistin erhob sich.

»Halt«, schrie die junge Frau außer sich. »Warten Sie«, fügte sie freundlicher an, als ihr Gegenüber stehenblieb. »Was, wenn ich etwas über Claire weiß. Man hat mich wegen ihr befragt. Ihre Kollegen wollten wissen, ob es etwas gab, das Claire hätte in Schwierigkeiten bringen können.«

Die Beamtin nahm erneut Platz.

»Ich sagte, ich wüsste nichts, aber eigentlich wäre da doch etwas.«

Sie sah erwartungsvoll zu der Beamtin, die antwortete gelassen: »Und?«

»Na ja, ich dachte, wenn ich vielleicht helfe bei Claire, dann vergessen wir diese dumme Geschichte mit dem Koks.«

Weder die Kollegin auf der französischen Seite noch das Team in Freiburg reagierte auf Sandrines Vorschlag hin überrascht. Sie hatten sich alle längst daran gewöhnt, dass sich das Unrechtsbewusstsein der Menschen, selbst nachdem man sie bei einer Straftat erwischt hatte, in Grenzen hielt.

Daher klärte man Sandrine zwar darüber auf, dass sie als Zeugin in einer Mordermittlung nichts hätte verheimlichen dürfen, aber an ihrem gelangweilten

Gesichtsausdruck konnte man ablesen, dass sie kaum gewillt und vermutlich auch unfähig war zu begreifen.

Dietmar spulte ein wenig vor und stoppte an der Stelle, an der Sandrine von Claire berichtete.

»Wir hatten so ein Spiel«, sagte sie und biss sich auf die Lippen. »Sie finden das jetzt vermutlich wieder ganz furchtbar.«

Sie erhielt keine Antwort von der Beamtin und fuhr fort. »Wenn uns ein Typ gefiel und er sah nach Kohle aus, dann haben wir uns an ihn rangemacht und wenn es sich ergab, ihm ein bisschen Geld abgeluchst.«

»Wie?«, wollte die Polizistin wissen.

»Einfach gefragt«, antwortete Sandrine schnippisch.

»Ohne Gegenleistung?«, fasste die Beamtin nach.

»Wir haben mit den Typen rumgemacht und dann irgendeine Geschichte erfunden, warum wir kurzfristig Geld bräuchten. Der Witz war, es nicht mehr zurückzugeben.«

»Das dachte ich mir schon«, erklärte die Beamtin und fasste zusammen: »Sie hatten Sex mit den Männern und haben sich anschließend dafür bezahlen lassen. Wir sprechen also über Prostitution.«

»Ich nicht«, wehrte sich Sandrine, »ich hab nur mal mit denen rumgeknutscht oder so, aber Claire, die hat es durchgezogen und so eine Menge Kohle gemacht.«

»Für was hat sie das Geld gebraucht?«

»Echt jetzt?«, zeigte sich Sandrine verständnislos. »Wissen Sie, was der ganze Scheiß kostet, den man so braucht? Klamotten, Make-up, Friseur. Wie soll man denn gut aussehen, wenn man kein Geld hat. Und wie soll man denn sonst an Geld kommen?«

»Arbeiten?«, erwiderte die Beamtin zynisch.

»Mein Gott, da verdient man doch nix. Ich bin doch nicht blöd und verschwende mein Leben mit Arbeit …«

Dietmar Klein stoppte an der Stelle und Frederike nickte. »Ich denke, wir haben genug gehört. Oliver Dahlberg hat die Wahrheit gesagt, was die dreihundert Euro anging. Claire Weber hat ihn abgezockt.«

»Er könnte sie also aus Wut getötet haben oder sie hat die gleiche Nummer mit jemand anderem durchgezogen und der ist ausgeflippt. Einmal mit dem Morden begonnen, kam ihm ein weiteres Opfer gelegen. Der Mord an Claire Weber könnte bei dem Täter etwas in Gang gesetzt haben«, spekulierte Julian.

»Wenn das so ist, dann müssen wir uns auf weitere Opfer gefasst machen«, warf Frederike angespannt ein und sah sehnsüchtig zu der leeren Kuchenschachtel. Vermutlich würde sie für diesen Fall noch eine Menge Süßigkciten benötigen.

17

Als Julian den Tatischko-Klub betrat, herrschte dort bereits buntes Treiben. Er hatte das gehofft, denn nur so konnte er in der Gästemasse unentdeckt bleiben. Der Barkeeper würde ihm sicher nichts erzählen, wenn die Augen der anderen Klubmitarbeiter auf ihn gerichtet wären. Aber da sich die Gäste bereits auf der Tanzfläche und um die Theken drängten, erkannte niemand den Oberkommissar. Die Stimmung war gut, die Leute vergnügt und die Musik gefiel Julian. Er würde, wenn der Fall gelöst wäre, vielleicht auch mit Karsten einmal hierherkommen.

Lässig schlängelte er sich durch die Gruppen junger Leute und steuerte auf die Bar zu. Er beobachtete die Barkeeper und als er einen freien Hocker im Abschnitt von Alexander Läufer entdeckte, schnappte er ihn einer Blondine auf extravaganten Highheels direkt vor der Nase weg.

Sie zog eine Schnute und jammerte in kindlichem Ton: »Meine Füße bringen mich um«, dabei schenkte sie ihm einen verführerischen Augenaufschlag, mit dem sie an seine Ritterlichkeit appellieren wollte.

»Du solltest dir orthopädische Einlagen kaufen, das hilft«, fertigte er sie kurzerhand ab und drehte sich von ihr weg.

Sie fluchte hinter seinem Rücken und er verstand ein unschmeichelhaftes Schimpfwort, ignorierte die Frau jedoch und hoffte, dass sie verschwinden würde.

Geduldig wartete er, bis man ihn fragte, was er trinken wolle.

Der Oberkommissar hatte die Straßenbahn genommen und um den Anschein zu erwecken, er sei nicht in offizieller Mission unterwegs, beherzigte er Frederikes Ratschlag und bestellte sich einen Cocktail.

Zunächst schien Alexander Läufer ihn nicht zu erkennen. Julian bezahlte und gab ein Trinkgeld, dann zog er genüsslich an dem Strohhalm und musste zugeben, dass der Tatischko-Spezial es in sich hatte.

Der Oberkommissar wollte gerade unverbindlich ein Gespräch beginnen, da änderte sich die Musik. Die Rhythmen verdichteten sich, bevor heroische Klänge folgten, modern gemixt, aber dennoch ähnlich einem Triumphmarsch. Die Anwesenden drehten sich um und Stammgäste legten eine wissende Miene auf.

Julian ergriff die Gelegenheit und sprach Alexander Läufer an, der gerade die Theke mit einem Lappen reinigte. »Was passiert denn jetzt?«

Läufer grinste, lehnte sich zu ihm und hatte Mühe, die Musik zu übertönen, als er amüsiert erwiderte: »Einzug der *Königin*«, und augenzwinkernd ergänzte er: »Die Tochter des Chefs.«

Mehr brauchte er nicht sagen, denn Julian sah es nun selbst. Der Spot eines Scheinwerfers richtete sich auf einen neuen Gast, eine Frau. »Wow«, kam ihm spontan über die Lippen, »das nenne ich einen Auftritt.«

Der Oberkommissar bedauerte, dass Frederike das nicht sehen konnte, denn eine Beschreibung würde der Inszenierung sicherlich nicht gerecht werden. Anuschka Leco trug ein silbernes glitzerndes Kleid, das gerade lang genug war, um nicht ordinär zu wirken, aber kurz genug, um ihre atemberaubenden langen schlanken Beine zu zeigen. Alles an ihr hätte man ausschließlich mit Superlativen beschreiben können: Haare, Augen, Wangenknochen, Busen. Eine echte Schönheit, auch wenn sie die Aura einer Eisprinzessin hatte. Alle Blicke waren auf sie gerichtet, und der DJ machte einen flotten Spruch zu ihrer Begrüßung. Sie tat gekonnt so, als wäre ihr die Aufmerksamkeit peinlich. Der Zauber hielt an, bis sich Anuschka die Treppe nach oben Richtung Julian bewegte und in einer Nische, nicht weit von ihm entfernt, mit ihrem Gefolge Platz nahm.

Jetzt erst fiel Julian der gut aussehende Mann an Anuschkas Seite auf. Er hatte eine Vermutung und wandte sich erneut an Läufer.

»Ihr Bruder, Bernard. Also wenn du dein Glück versuchen willst, Kumpel, Anuschka ist noch nicht in festen Händen.«

Julian grinste, winkte ab und bemerkte, dass ihn der Barkeeper nun genauer fixierte; offenbar schien er sich zu fragen, wo er den Mann schon einmal gesehen hatte.

»Ich kenne dich, oder?«, fragte er direkt.

Anuschkas Erscheinen hielt die Menschen immer

noch in ihrem Bann und so blieben die Bestellungen vorübergehend aus.

Wenn Julian von dem Mann etwas erfahren wollte, dann half ab jetzt nur Ehrlichkeit, deshalb bat er den Barkeeper, etwas näherzukommen und sagte, gerade so laut wie nötig: »Ich war bei den Befragungen dabei.«

»Polizei, natürlich«, zischte Läufer und sah sich automatisch um. »Was wollen Sie hier«, wechselte er vom Du ins Sie. »Weiß Leco, dass Sie da sind?«

»Ich bin privat hier.« Julian sah Läufers zweifelnde Miene und ergänzte: »Mehr oder weniger.«

»Verdammt, was soll das? Ich habe hier einen guten Job, ich werde mir das nicht versauen.«

»Ich weiß, dass Sie uns etwas verheimlicht haben. Sie konnten an dem Abend, als Claire Weber hier war, etwas beobachten.«

Läufer presste die Kiefer aufeinander. Ein Stück weiter rief jemand nach ihm, es war die Blondine von eben, die offenbar nun auch einen freien Hocker ergattert hatte. Sie warf Julian einen finsteren Blick zu, da er den Barkeeper aufhielt.

Bevor der sich umdrehte, rief Julian: »Wir haben eine weitere Tote.«

Läufer reagierte mit einem Kopfschütteln und eilte zu der Blonden.

Der Oberkommissar würde erst einmal abwarten, dem anderen Zeit lassen und solange die Geschwister Leco beobachten.

Es war ein beeindruckendes Schauspiel und der Begriff *Hof halten* kam ihm in den Sinn. Denn nichts anderes tat Anuschka. Sie war umringt von jungen

Männern und Frauen, die ihr offenbar völlig ergeben waren. Jemand kam auf sie zu, beugte sich zu ihr, schnappte sich ihre Hand und drückte einen Kuss darauf. Der Kerl war betrunken, schien eine Wette mit seinen Kumpels am Laufen zu haben, denn die grölten nach der Aktion begeistert und klatschten.

Julian beobachtete, wie sich Anuschkas Gesicht verzog. Jedoch nahm sie die Szene nicht mit Humor, sondern schien vielmehr verärgert. Dann ging alles sehr schnell. Julian nahm noch wahr, wie Bernard etwas zu seiner Schwester sagte, es wirkte beschwichtigend. Dennoch gab sie einem ihrer Begleiter mit einem einfachen Kopfnicken ein Zeichen. Der mutige Handküsser von eben hatte sich noch nicht einmal zu voller Größe aufgerichtet, da traf ihn ein schneller Faustschlag mitten ins Gesicht. Es folgte ein zweiter und Julian wollte instinktiv aufspringen und eingreifen. In dem Moment spürte er Druck auf seinem Arm. Läufer hielt ihn für einen Moment fest und als er den Barkeeper ansah, schüttelte der warnend den Kopf. »Ist gleich vorbei«, flüsterte er und ließ Julian los.

Tatsächlich sah der Oberkommissar jetzt, wie man den Verletzten samt seiner Freunde der Tür verwies und eine Sekunde später schien es, als hätte es den Vorfall niemals gegeben.

Anuschka unterhielt sich gut gelaunt, während sie an einem Champagnerglas nippte. Die anderen lachten vergnügt und prosteten sich zu. Allerdings entging Julian nicht, wie Bernard aufstand und in Richtung der Büros verschwand.

»Passiert das öfter?«, wandte sich Julian an Läufer,

nachdem der ein Tablett Cocktails über die Theke an die Kellnerin weitergereicht hatte.

»Das hängt von Anuschkas Laune ab«, sagte der Barkeeper, bemüht desinteressiert zu klingen. Allerdings konnte Julian eine Spur Unmut heraushören.

»Wieso sagen Sie mir nicht, was Sie wissen? Sie mögen die Lecos doch gar nicht.«

Wieder wanderte Läufers Blick durch die Runde, um abzuchecken, ob man ihn beobachtete.

»Ich werde sehr gut bezahlt«, gab er Antwort.

Im nächsten Augenblick tauchte Bernard wieder auf. Selbst im flackernden kreisenden Licht der Scheinwerfer konnte man erkennen, dass er wütend war. Er ließ sich neben Anuschka mit bockiger Miene auf das Polster fallen und schnappte sich die Champagnerflasche, aus der er jetzt einen großen Schluck nahm. Anuschka tätschelte ihm das Knie, als wollte sie ihr Schoßhündchen beschwichtigen, und wandte sich wieder den anderen zu.

Läufer beugte sich zu Julian und murmelte: »Der Alte macht den Kleinen ständig fertig. Ziemlich ungerecht«

Julian fragte sich, ob das Bernard zu einem möglichen Zeugen gegen seinen Vater Silvio machte, verwarf diesen Gedanken dann aber.

»Sie haben Mitleid mit dem Sohn Ihres Arbeitgebers?«, fragte der Oberkommissar stattdessen.

»Ich kann mich in ihn reinversetzen«, plauderte Läufer ohne Scheu, »ich habe selbst so einen Vater. Mein älterer Bruder ist Ingenieur, reich, verheiratet und hat bereits einen Erben gezeugt. Ich bin Schulabbrecher, Barkeeper und sexuell unentschlossen. Was denken Sie, wie unsere Familienfeste verlaufen?«

Er eilte wieder davon, um eine Bestellung aufzunehmen. Julian lächelte verständnisvoll und dachte bei sich: *Wo Familie, da Probleme.*

Mittlerweile vermutete er, dass der Barkeeper ihm im Laufe des Abends noch mehr anvertrauen würde, schien es doch so, als wäre das Eis zwischen ihnen gebrochen.

Julian würde jedoch zunächst eine Runde durch den Klub drehen, um nicht aufzufallen und dann wieder an die Bar zurückkehren.

Aufmerksam durchquerte er die verschiedenen Bereiche des Tatischkos und als er gerade von der Toilette kam, da sah er es: ein gelbgrünes Poloshirt. War das etwa *Karsten*? Die Statur, die Haarfarbe, der Gang, alles stimmte.

Julian folgte dem Mann, womöglich hatte es sich kurzfristig ergeben, dass sich Karsten mit ein paar Freunden verabredet hatte. Er wusste ja nicht, dass Julian quasi undercover im Tatischko tätig war. Karsten hatte zwar gesagt, dass er zu Hause blieben und früh ins Bett gehen wolle, aber sie waren ja schließlich frei, sich spontan umzuentscheiden.

Julian folgte dem gelbgrünen Shirt und wusste längst, dass es tatsächlich Karsten war, der sich sehr gezielt durch die Menschenmenge bewegte. Endlich erreichte er eine Sitzgruppe, weit entfernt von der Bar. Er war nicht allein, ein Mann wartete bereits auf ihn, vielleicht ein Arbeitskollege.

Alles ganz harmlos, redete sich Julian gut zu, obwohl er eigentlich in dem Moment schon ahnte, was gleich passieren würde.

* * *

Auf dem Hof von Maria Gremmelspacher und ihrem Sohn Arthur

Arthur Gremmelspacher stand freudig vor dem Spiegel. Sein Hund beobachtete ihn und schien unzufrieden mit Arthurs Plänen, noch einmal den Hof zu verlassen.

»Ich bin bald wieder da«, sagte der Fünfundzwanzigjährige deshalb zu dem Tier und beugte sich hinunter, um das zottelige Fell zu streicheln. »Das nächste Mal nehme ich dich mit, versprochen.«

Ein undefinierbares Jaulen war zu hören und es klang wie Protest.

Arthur lächelte gutmütig und betrachtete sich ein letztes Mal. Er hatte sich in Schale geworfen, geduscht und jeden Krümel unter den Fingernägeln entfernt, um nicht ungepflegt zu wirken. Nur die rauen Handflächen, die von der harten körperlichen Arbeit herrührten, konnte er nicht verbergen.

»Ich nehme nicht an, dass du zu *ihr* willst?«, wandte er sich an den Vierbeiner, der daraufhin keine Anstalten machte, sich zu bewegen. »Pass auf, dass sie nicht in meinen Sachen schnüffelt«, sagte er gutmütig zu dem Tier und fragte sich wieder einmal, warum er nicht einfach ging. Aber wohin sollte er? Er hatte keinen Job, keine Wohnung und keine großen Ersparnisse. Mit Mühe und Not bekam er einen Lohn und das auch nur, weil der Steuerberater darauf bestanden hatte. Ansonsten wanderte alles, was der Hof abwarf, direkt auf das Konto seiner Mutter. Noch einmal benutzte er das teure Aftershave, dann verabschiedete er sich von seinem Hund.

Als Arthur die Diele erreichte, rief er mehr höflichkeitshalber: »Mama ich gehe, wir sehen uns morgen.«

Wie ein geölter Blitz kam daraufhin Maria Gremmelspacher aus dem Wohnzimmer geschossen.

»Was heißt, du gehst?« Sie erblickte ihn und verzog genervt das Gesicht. »So, so, der Herr will Party machen.«

»Der Herr ist fünfundzwanzig«, erwiderte Arthur ohne Wut. »Der Herr macht, was er will.«

»Ich weiß doch genau, was du tust«, schnauzte sie, wütend über seine Antwort. Ihr dicker Zeigefinger deutete in seine Richtung, so, als ob sie ihn damit aufspießen wollte, während sie blökte: »Du bist ein *Hinterlader*, ein ekelhafter Hinterlader, dein Vater würde sich zu Tode schämen.«

Wortlos verließ Arthur daraufhin das Haus.

Sie wiederholte ihre Worte noch einige Male. Selbst durch die geschlossene Tür konnte er die schrillen, wüsten Beschimpfungen vernehmen.

Im Wagen gelang es ihm nicht sofort, den Schlüssel ins Zündschloss zu stecken, so sehr zitterten seine Hände. Es war nicht das erste Mal, dass sie ihm so zugesetzt hatte, aber heute fühlte er sich besonders einsam – einsam und voller Hass.

* * *

Obwohl es Julian ahnte, obwohl er es schon seit Längerem vermutete, traf ihn die Bestätigung seiner Befürchtungen wie ein kraftvoll geschwungener Holzhammer. Es zu sehen, ließ den Oberkommissar erstarren. Karsten wandte sich dem Fremden zu und sah ihm zärtlich in die Augen, dann folgte der Kuss, leidenschaftlich, intensiv und weit entfernt von einer kumpelhaften Umarmung.

Ohne es verhindern zu können, traten Julian Tränen in die Augen. Er wusste, wie sich eine Schussverletzung anfühlte, aber das war bei weitem schlimmer. Sein Herz zerbrach und er glaubte, er könne es spüren. Die Luft blieb ihm weg und doch folgte keine erlösende Ohnmacht. Jemand rempelte ihn an, er blieb unbeweglich stehen, starrte immer noch auf die beiden Männer, die sich erneut innig küssten und alles um sich herum vergessen hatten.

Ja, vergessen, dachte Julian und konnte nicht vermeiden, dass die Tränen über sein Gesicht liefen; so war es, Karsten hatte ihn vergessen.

Hätte man Julian im Vorfeld gefragt, wie er in so einer Situation reagieren würde, hätte er vermutlich gesagt: »Karsten zur Rede stellen und den anderen verprügeln«, aber jetzt war er zu nichts fähig.

Vielleicht hielt ihn auch der Gedanke, Karsten dann für immer zu verlieren, davon ab, einzugreifen. Doch bevor sich Julian zurückziehen konnte, traf ihn Karstens Blick. Für einen Augenblick war nun auch dessen Miene versteinert, dann jedoch wandte er sich an seine

Begleitung, flüsterte dem Fremden etwas zu, das diesen offenbar schockierte. Jedenfalls stand der schnell auf und verschwand in die entgegengesetzte Richtung zum Ausgang.

Karsten trat auf Julian zu und herrschte: »Was machst du hier?«

»Was ich hier mache?«, erwiderte Julian krächzend. Es war laut und sie mussten schreien.

»Es tut mir leid, dass du es auf diese Weise erfährst«, sagte Karsten ohne wirkliches Bedauern.

»Dass ich *was* erfahre«, erwiderte Julian und wischte sich die Tränen aus dem Gesicht.

»Tu nicht so, als würde es dich überraschen. Du weißt doch, wie es bei uns in der letzten Zeit lief«, sagte Karsten ungeduldig.

»Ich war glücklich«, hauchte Julian.

»Wir reden morgen, ich melde mich bei dir«, sagte Karsten, ohne weiter darauf einzugehen.

»Lass uns jetzt reden, lass uns nach Hause gehen«, bat Julian.

»Ich werde ausziehen. Ich möchte die Scheidung«, antwortete sein Mann jedoch entschlossen. »Es tut mir leid«, sagte er noch einmal und ging dann ohne ein weiteres Wort davon.

Um Julian begannen alle zu grölen und zu tanzen, offenbar spielte der DJ gerade einen Ohrwurm, die Stimmung war fantastisch, jeder hatte Spaß. Wohingegen sich Julian in einem schrecklichen Alptraum gefangen fühlte. Warum weckte ihn denn niemand auf?

Das war's, dachte er, *einfach so, eine Beziehung, eine Ehe vorbei. Keine zweite Chance, kein wir bekommen das wieder hin?*

Ohne sich darüber bewusst zu sein, setzte er sich in Bewegung. Als er die Bar erreichte, fand sich nur ein leerer Platz direkt neben der Blondine, die mittlerweile ihre Schuhe in den Händen hielt.

»Du schon wieder«, schnappte sie genervt.

»Verpiss dich doch, wenn es dir nicht passt«, fuhr er sie an.

Alexander Läufer bekam das mit und mischte sich ein.

»He, mein Freund, ganz cool.« Er gab der Frau mit einem Kopfnicken zu verstehen, besser zu gehen, während er ihr gleichzeitig einen Cocktail vor die Nase stellte und sagte: »Der geht aufs Haus.« Angesicht der horrenden Getränkepreise vergaß sie Julians Beleidigung und zog ab.

»Was ist denn in Sie gefahren?«, fragte Läufer und warf einen misstrauischen Blick in Julians Richtung.

»Noch ein Tatischko-Spezial und einen doppelten Whiskey«, schnauzte der genervt.

»Wie Sie meinen«, erwiderte Läufer und schob kurz drauf die gewünschten Getränke vor seinen Gast.

Julian trank schnell und dennoch hatte er das Gefühl, nichts zu spüren. Er orderte mehrmals nach, bis sich Alexander Läufer über die Theke lehnte.

Seine Lippen waren dicht an dem Ohr des Oberkommissars, als er zischte: »Was auch immer Sie hier gerade abziehen, hören Sie auf damit. Wenn Sie meinen Kollegen auffallen und erkannt werden, wird man mir

Fragen stellen. Sie packen jetzt besser zusammen und verschwinden.«

Julian schwieg, rührte sich nicht von der Stelle.

»Also schön, ich werde Ihnen sagen, was ich weiß, aber nur, wenn Sie dann sofort verschwinden. Ich kann keinen Ärger gebrauchen.«

Obwohl Julian nicht den geringsten Ehrgeiz verspürte, seine Ermittlungen weiterzuführen, besaß er dennoch genug Disziplin, um zu erkennen, dass er auf das Angebot reagieren musste.

»Okay«, sagte er endlich mit schwerer Zunge. »Abgemacht, sagen Sie mir, was Sie wissen und ich bin anschließend weg.«

Läufer zögerte kurz, hielt aber Wort und flüsterte: »Bernard kam an dem Abend aus dem Büro seines Vaters, ging auf die Frau, diese Claire Weber zu und hat mit ihr gesprochen.«

»Über was?«, fragte Julian um Konzentration bemüht.

»Keine Ahnung, ich konnte nichts hören, außerdem habe ich gearbeitet.«

»War es ein Streit oder eine nette Unterhaltung?«, ließ Julian nicht locker.

»Woher soll ich das wissen? Vielleicht hat er ihr nur etwas ausgerichtet, vielleicht nach der Uhrzeit gefragt. Er stand nicht lange bei ihr.«

»Keine Einladung zu einem Drink?«

Läufer schüttelte den Kopf, wiederholte: »Er kam aus dem Büro seines Vaters, ging auf die Frau zu, sprach kurz mit ihr und verschwand wieder, mehr weiß ich nicht.«

»War das vor oder nachdem die Frau Streit mit Oliver Dahlberg hatte?«, hakte Julian nach.

»Es war danach und jetzt hauen Sie ab. Übrigens«, setzte er noch zornig nach: »Sollten Sie oder Ihre Kollegen auf die Idee kommen, mich da hineinzuziehen, werde ich bereitwillig aussagen, was Sie hier für eine schräge Nummer abgezogen haben und dass Sie besoffen waren.«

»Keine Sorge«, schnauzte ihn Julian an, »Sie können sich weiterhin aus allem raushalten und Ihren Job behalten.«

Damit stand er abrupt auf und versuchte, mit so viel Würde wie möglich davonzumarschieren. Die vielen Menschen im Klub verhinderten, dass er ins Schwanken geriet und so erreichte er den Ausgang, ohne jemandem unangenehm aufzufallen.

Vor der Tür hatte sich eine lange Schlange gebildet; zahlreiche Menschen, die unbedingt hineinwollten. Daher achtete niemand auf den unsicher gehenden Mann, der den Ausgang benutzte.

Als Julian an der frischen Luft war und einen tiefen Atemzug nahm, war das, als hätte er einen weiteren doppelten Whiskey heruntergekippt. Schwankend ging er ein Stück weiter und lehnte sich an die Hauswand. Für einen kurzen Moment wurde ihm schwindlig, dann fühlte er wieder den Schmerz, sah vor seinem geistigen Auge Karsten, wie er den anderen Mann küsste und wünschte sich mehr Alkohol, um endlich seinen Kummer zu vergessen.

»Herr Meister?«, sprach ihn unvermittelt jemand an.

»Ja«, erwiderte er mit schwerer Zunge und blickte in das Gesicht eines jungen Mannes, ein durchaus hübsches Gesicht, das ihm bekannt vorkam.

»Ich bin es«, sagte der andere und mit einer gewissen Enttäuschung folgten die Worte: »Arthur, Arthur Gremmelspacher.«

Julian stieß übertrieben geräuschvoll die Luft aus und murmelte: »Auch das noch.«

Gremmelspacher roch die Alkoholfahne seines Gegenübers und fragte höflich: »Geht es Ihnen nicht gut? Mein Auto steht direkt um die Ecke, ich kann Sie nach Hause fahren.«

»Warum sollten Sie das tun?«, schnauzte Julian, der selbst nicht wusste, warum er sich so aggressiv verhielt.

»Weil Sie offenbar angetrunken sind und Hilfe brauchen«, erwiderte Arthur harmlos.

»Brauch keine Hilfe und bin auch nicht angetrunken«, schnauzte Julian und stieß sich von der Wand ab, hatte allerdings Schwierigkeiten, das Gleichgewicht zu halten.

»Wenn ich Sie nicht fahren soll, dann lassen Sie mich Ihnen wenigstens ein Taxi rufen.«

»Sind Sie gegenüber allen betrunkenen Fremden so hilfsbereit?«, erwiderte Julian nun in sarkastischem Tonfall.

»Wenn ich weiß, dass sie harmlose Polizisten sind, dann schon«, erwiderte Arthur amüsiert. »Außerdem versuche ich lediglich, meiner Bürgerpflicht nachzukommen.«

In dem Augenblick fuhr ein Einsatzwagen der Polizei an ihnen vorbei und Julian war gerade noch fähig zu erfassen, dass es besser war, auf schnellstem Weg nach Hause zu gehen.

»Wo steht nochmal Ihr Auto?«, sagte er daher und

erhob keine Einwände, als ihn sein Begleiter auf dem Weg dorthin vorsichtig stützte.

Die Fahrt verschlief Julian, die Drinks hatten es in sich gehabt und begannen nun richtig zu wirken. Lediglich im Halbschlaf bekam der Oberkommissar noch mit, wie ihm Arthur half, die Treppen zur Wohnung zu erklimmen, und dann aufschloss.

Irgendwann spürte Julian Lippen auf seinem Mund, stöhnte und flüsterte glücklich: »Karsten, du bist zurückgekommen«, danach verschwammen die Bilder vor seinen Augen.

18

Etwa eine Stunde später

Letitia Scherer sah das Licht, es flackerte, schien zu tanzen und die Bewegungen einer sich aufrichtenden Schlange nachzuahmen. Sie blinzelte, der Wimpernschlag kostete sie unendlich viel Kraft. Ihr Blick war weiter auf das Licht gerichtet, auf die sich windende gelbe Schlange, die plötzlich nicht mehr alleine war. Überall breitete sich die Helligkeit aus und schlagartig umgab Letitia eine unerträgliche Hitze.

»Ich habe Feierabend«, hatte sie gesagt und statt zu gehen, bot man ihr eine verlockende Summe Geld.

»Ich brauche nur ein paar Antworten«, versprach man ihr und hatte das Angebot damit noch verlockender gemacht.

Letitia röchelte, der Geschmack in ihrem Mund war ungewohnt, aber nicht unbekannt. Sie erinnerte sich an die Schläge, damals, als sie sich geweigert hatte, auf der Straße zu arbeiten. Das lag nun lange zurück und doch war es der gleiche Geschmack gewesen, als ihre Lippe aufgeplatzt war und sie mit der Zunge das Blut abgeleckt hatte. Auch heute schmeckte sie das Blut. Völlig ruhig dachte Letitia: *So schließt sich der Kreis*.

Der Blutgeschmack hatte sie in das Leben als Prostituierte eingeführt und war nun auch ihr Gefährte, als es zu Ende ging.

»Du bezahlst mich fürs Reden?«, hatte sie geantwortet und die Tür des Wohnwagens freigegeben.

»Für was denn sonst«, wurde mit Abscheu erwidert, während missbilligende Blicke über die benutzten Laken auf dem Bett des Caravans gewandert waren.

Letitia wusste selbst, dass es in ihrer Behausung alles andere als reinlich war. Zigarettenkippen in den Aschenbechern, hinter einem speckigen Vorhang stapelte sich Geschirr in der winzigen Spüle und Schimmel wucherte in den Ecken und unter dem abgeschabten Teppich am Boden. Aber ihr fehlte die Kraft, daran etwas zu ändern. Verabschiedete sich einer ihrer Freier, trank sie oder schluckte Tabletten, bis der nächste an ihre Tür klopfte. Wenn der Letzte verschwunden war, trank sie noch mehr, um einzuschlafen und zu vergessen. Sie verdiente in ihrem Alter nicht mehr genug, um wählerisch sein zu können. Zu ihr kamen die, die eine schnelle Nummer suchten, nicht viel Geld hatten und keinen Wert auf Hygiene legten. Wenigstens konnte sie mit dem schummrigen Licht im Wohnwagen einiges kaschieren. Dabei ging es ihr mehr darum, die unrasierten Gesichter ihrer Kunden ansehnlicher erschienen zu lassen, als um das Aufpeppen des eigenen Erscheinungsbilds. Denn Letitia pflegte, auch wenn sie sich um den Wohnwagen wenig kümmerte, zumindest ihr Äußeres. Sie ging regelmäßig ins Solarium und mit Make-up gelang es ihr, die Tränensäcke und geschwollenen Lider zu verdecken und die zahlreichen Falten etwas abzumildern.

Wie ich jetzt wohl aussehe, fragte sie sich, während die tanzenden Lichter sie bereits eingeschlossen hatten.

Die eben gefühlte Hitze war verschwunden. Letitia fror und sehnte sich nach einer Decke. Allerdings gelang es ihr nicht, sich zu bewegen. Außerdem hatte sie fürchterliche Angst, noch einmal zu blinzeln, weil sie befürchtete, die Augen dann nie wieder öffnen zu können.

»Und über was möchtest du reden?«, hatte sie gefragt, und vorgeschlagen, eine Flasche Champagner zu öffnen. »Kostet aber fünfzig Euro extra«, hatte sie geschäftstüchtig erklärt.

»Von mir aus«, stimmte ihr später Gast zu und sie war hinter den Vorhang geschlüpft, um den billigen Discounter-Sekt aus dem Kühlschrank zu holen. Er war lauwarm, sprudelte aber dennoch in den Plastikbechern. Sie trank einen großen Schluck und setzte sich aufs Bett. Weil sie dachte, man würde das von ihr erwarten, öffnete sie den Bademantel und ließ ihr Gegenüber einen Blick auf ihren halbnackten Körper werfen, auch wenn sie es für unwahrscheinlich hielt, dass sexuelles Interesse bestand. Sie hatte das immer schon gut einschätzen können und deshalb zumindest früher die besten Kunden gehabt. Die, die sich nicht trauten zu sagen, was sie wollten, waren die Dankbarsten. Die gaben gerne ein paar Extrascheine. Männer, Frauen, Pärchen, sie hatte alle möglichen Konstellationen bedient, warum sich also nicht für einen Plausch bezahlen lassen.

Sie schenkte sich Sekt nach und wartete ab.

»Machst du das schon lange?«, fragte man sie und es war kein unbeholfener Versuch, ein Gespräch zu beginnen, sondern echtes Interesse.

»Schon sehr lange«, antwortete sie gedehnt und grinste. »Du willst etwas über mein Leben wissen?«

Das Nicken ließ sie weitersprechen.

»Planst du etwa selbst eine Karriere im ältesten Gewerbe der Welt?«, warf sie amüsiert ein.

Der finstere Blick ließ sie schnell ergänzen: »Oder geht es um eine Recherche?« Sie leerte ihren Becher und sagte schließlich: »Bist nicht der erste Mensch, der mich für Forschungszwecke benutzt. Ich hatte schon Journalisten, eine Buchautorin und jede Menge Sozialarbeiter, die alle Fragen nach dem Warum und Wieso stellten.«

»Mir ist das Warum und Wieso scheißegal«, kam eine harte Erwiderung, »Ich will lediglich wissen, ob du das Dunkle siehst, das jemand im Herzen trägt?«

Gedanklich rollte Letitia mit den Augen. Solche Gespräche kannte sie schon. Sie seufzte. »Ich verstehe euch nicht«, antwortete sie geduldig. »Ihr meint, ihr hättet irgendeinen Schaden, weil ihr auf Sex steht. Die einen wünschen sich, dass man ihnen den Arsch versohlt, Schmerzen zufügt, die anderen geilen sich auf, wenn sie zuschauen dürfen, während ich es einem Freier besorge, die sind sogar bereit, dafür zu bezahlen. Wo, verdammt noch mal ist da denn das Problem? Und warum muss immer alles gleich mit Sünde und dunkler Seele zu tun haben? Glaube mir, die, die zu mir kommen, haben keine dunklen Seelen, die sind nur einsam. Ich lebe nicht vom

Sex, sondern von der Einsamkeit der Menschen. Sex lässt die Einsamkeit für einen Moment verschwinden. Und mit mir ist es einfacher als mit einem Ehepartner, der womöglich gar nicht bereit ist, gewisse Dinge zu tun.«

»Erstaunlich philosophisch«, wurde Letitia geantwortet.

»Nicht wahr«, erwiderte die etwas schnippisch. »Auch unsereins macht sich so seine Gedanken. Und wenn ich dich hier so sehe, dann sehe ich ebenfalls viel Einsamkeit. Was ist los mit dir? Unerwiderte Liebe, schräge Wünsche? Gruppensex, gleichgeschlechtlich oder eher unerfüllte Gewaltphantasien?« Sie lachte. »Siehst nicht aus, als wäre dein Leben besonders kompliziert.« Sie grinste, »oder denkst du wirklich, dass du eine kranke Seele besitzt?« Sie lachte über ihre Worte, sagte nun mit schaurigem Unterton: »Womöglich vom Hass befleckt?« Es sollte ein Scherz sein, aber die Miene ihres Gegenübers blieb ernst.

»Schon möglich«, änderte sich der Ton.

In diesem Moment fühlte sich Letitia das erste Mal unwohl. Sie stand mit ihrem Wohnwagen allein auf dem Parkplatz. Alle paar Tage fuhr sie mit ihm woanders hin, um den Behörden zu entwischen. Ihre Stammfreier wussten, wo man sie finden konnte, aber ansonsten kam niemand hier vorbei.

»Du siehst nicht so aus«, sagte sie daher freundlich.

»Wie sehe ich denn aus?«, folgte gereizt eine Gegenfrage.

Ab da schien jedes Wort aus Letitias Mund eine Provokation zu sein und sie bekam immer mehr Zweifel daran, dass es jemals um ein Gespräch gegangen war.

Sämtliche ihrer Versuche, beschwichtigend auf ihren

letzten zahlenden Gast einzuwirken, scheiterten – und ganz unvermittelt geschah es dann. Die Sektflasche wurde mit roher Gewalt in Letitias Gesicht geschlagen. Sie hörte das Krachen des Nasenbeins, spürte sofort das Anschwellen ihrer Oberlippe und schrie um Hilfe. Das jedoch stachelte ihr Gegenüber regelrecht an. Die Flasche zerbarst auf ihrem Schädel. Einer der Splitter geriet in Letitias rechtes Auge, verletzte die Hornhaut und setzte sich wie eine Zecke im weichen Augapfel fest.

Der abgebrochene Flaschenhals bohrte sich zuerst in ihre Schulter, dann in die Brust. Anschließend benutzte man die scharfe Waffe wie einen Hammer und schlug wieder und wieder auf Laetitia ein. Schnell blieben die Abwehrbewegungen ihrer Hände aus, Unterarme und Finger waren blutig zerschnitten, der Schädel gebrochen. Die dann folgenden Einstiche der kleinen, scharfen Klinge erlebte Letitia beinahe wie in einem Dämmerschlaf. Sie spürte das Zerren und Ziehen, Hände, die ihre Haut auseinanderrissen. Aber es war nicht Schmerz, der diese Ausschlachtung begleitete, sondern Angst, Angst vor dem Ende.

Kurz darauf hatte sie das Licht gesehen.

Jetzt schien es wieder ein Stück nähergerückt, so als wolle es sich langsam an sie herantasten, erst einmal überprüfen, ob es sich denn lohnen würde, Letitias Nähe zu suchen. Es ahmte nun auch nicht mehr die Bewegungen einer Schlange nach, sondern eher die einer großen gelben Welle. Das Schauspiel gab Letitia für einen kurzen Moment Hoffnung, denn wo Licht war, verdrängte es die Dunkelheit, aber dann konnte sie sich doch nicht mehr gegen das Unvermeidliche wehren. Ihre Augenlider waren unerträglich schwer, sie würde sie jetzt schließen, auch in dem Wissen, dass sie danach nie wieder das Licht sehen konnte.

Letitia starb, bevor sie die Flammen erreichten. Ansonsten hätte sie auch noch die Qualen erdulden müssen, wenn das Feuer ihren aufgeschlitzten Körper vertilgt, das Gewebe zu schwarzen Klumpen verbrannt und die Flüssigkeiten in ihrem Leib mit einem Zischen verdampft hätte.

19

Eine vorbeifahrende Taxifahrerin hatte die ersten Flammen bemerkt und sofort Meldung gemacht. Dennoch brannte der Wohnwagen bereits lichterloh, als die Einsatzkräfte ankamen.

Ein Minibagger half, die Seitenwände des Caravans zu entfernen, um gegebenenfalls eingeschlossene Menschen schnellstmöglich zu befreien. Allerdings kam für Letitia Scherer jede Hilfe zu spät; die Männer und Frauen der Feuerwehr konnten nur noch den verkohlten Leichnam bergen. Auch wenn viele Spuren verwischt waren, erkannte der Gerichtsmediziner an den Überresten die typischen Merkmale von Fremdeinwirkung. Außerdem deuteten die teilweise verbrannten Teile des Dünndarms, die man neben der Leiche fand, darauf hin, dass der Mörder von Claire Weber und Ivona Cherganski ein drittes Mal zugeschlagen hatte.

. . .

Frederike Zimmer traf im Morgengrauen ein. Wenige Minuten später erreichte auch Dietmar Klein den Tatort. Die Löschspuren waren unübersehbar und der Gerichtsmediziner stellte sofort klar: »Machen Sie sich keine großen Hoffnungen, was die Spurenlage angeht. Das Feuer hat fast alles zerstört, den Rest hat das Wasser erledigt.«

»Handelt es sich denn sicher um ein weiteres Mordopfer?«, wollte Dietmar Klein wissen.

Der Arzt ließ sie nähertreten und öffnete den Leichensack.

»Oh Gott«, stieß Dietmar geschockt hervor, als er das verkohlte Gesicht sah. Es schien ihn anzugrinsen, denn die Lippen über den Zahnreihen hatten sich durch die Hitze zusammengezogen und gaben so den Blick auf das Gebiss frei.

»Betrachten Sie den Schädel«, sagte der Mediziner und behutsam drehte er den Kopf des Opfers. Unter den spärlichen Resten blond gefärbten Haars sah man die Frakturen. »Das war kein Unfall. Und bevor Sie fragen, warum ich annehme, dass das ihr Mörder war …« Ohne weitere Warnung öffnete er den Sack nun komplett und das im diffusen Licht schwarzgraue Gewebe, das noch an den Knochen klebte, schien einzig dem Zweck zu dienen, das Skelett irgendwie zusammenzuhalten.

Der Mediziner dozierte über Schnittkanten, Einstichwinkel und innere Verletzungen und relativierte schließlich die eigenen Ausführungen mit den Worten: »Natürlich werden wir das genaue Ergebnis erst nach der Autopsie vorliegen haben. Todeszeitpunkt vermutlich so gegen drei Uhr morgens, um diese Zeit wurde auch das

Feuer gemeldet. So gesehen können wir uns glücklich schätzen. Wäre sie eine Stunde später gefunden worden, hätten die Flammen von ihr kaum noch etwas übrig gelassen.«

Frederike wandte sich schließlich an einen der Streifenkollegen. »Wisst ihr schon, wer die Frau war?«

»Eine Prostituierte, jeder nannte sie die *Wohnwagen-Trixi*, eben ihr Spitzname. Sie hieß Letitia Scherer, einundvierzig Jahre alt, aktenkundig. Übrigens steht dort ihr Auto, wir haben die Zulassung überprüft.« Der Kollege deutete auf einen verbeulten Kleinwagen und kratzte sich dann nachdenklich am Kopf. »Ich hätte ja gesagt, das war einer ihrer Freier«, er schien Frederike anzumerken, dass die sich für seine Schlussfolgerung interessierte und sprach weiter: »Die Wohnwagen-Trixi übernahm nicht gerade die angenehmsten Kunden. In ihrem Alter bekam sie nur noch die ab, die in den Bordellen Hausverbot hatten.«

»Gab es in der Vergangenheit mit einem Ärger?«, hakte die Hauptkommissarin nach.

»Nein. Es schien immer so, als hätte sie die Kerle im Griff, zumindest bis heute Nacht.«

Frederike nickte und murmelte: »Ja, bis heute Nacht.«

* * *

Oberkommissar Julian Meister kam nur mühsam zu sich. Sein Kopf schmerzte und die Augen reagierten extrem empfindlich auf das wenige Tageslicht, das zwischen den Vorhängen durchschien. Ein unerträgliches Geräusch ließ ihn stöhnen, bis er realisierte, dass es sich um den Klingelton seines Diensthandys handelte.

»Verdammt«, fluchte er und hatte das Gefühl, dass allein das vorsichtige Öffnen seines Kiefers seinen Schädel zum Platzen bringen würde. Mühsam sagte er: »Hallo« und klang dabei wie ein Schwerverletzter.

»Sorry«, antwortete Dietmar Klein gut gelaunt und Julian fragte sich, ob der Mann immer schon eine so schrille Stimme besessen hatte. »Tut mir leid, ich weiß, du bist erst für den Nachmittag eingeteilt, aber wir haben einen neuen Mord. Die Chefin will wissen, was du gestern Nacht herausgefunden hast, mach dich also gleich auf den Weg.«

»Ja«, hauchte Julian und legte auf.

Er brauchte ungefähr fünf Minuten, um eine gerade Sitzposition einnehmen zu können, dann wurde ihm schlecht. So schnell er konnte, stürzte er ins Bad und übergab sich. Die Toilettenschüssel umklammernd saß er eine Weile auf dem Boden und ließ die Erinnerung an den Vorabend auf sich niederprasseln – wie Prügel einer Überzahl Gegner.

Karsten, alle seine Gedanken kreisten um Karsten und das Ende ihrer Ehe, ihrer Beziehung, ihrer Liebe. Er weinte.

Erst später unter der eiskalten Dusche kehrte auch der Rest der Nacht zurück. Der Auftritt der Leco-Geschwister und schließlich die Aussage von Alexander Läufer dem Barkeeper. Wenigstens hatte er etwas herausgefunden.

Er stand immer noch unter der Dusche, als ihm plötzlich einfiel, wie er nach Hause gekommen war:

Arthur Gremmelspacher. Trotz des kalten Wassers spürte Julian Hitze aufsteigen und unbewusst hielt er sich eine Hand vor den Mund. Um Gottes willen, was war letzte Nacht noch passiert? Er drehte die Dusche ab, schnappte sich, immer noch wacklig auf den Beinen, ein Handtuch und eilte zurück ins Schlafzimmer, um nach verräterischen Spuren zu suchen. Was war hier geschehen? Er hob die Bettdecken an, wühlte im Mülleimer. Kein gebrauchtes Kondom zu finden konnte heißen, dass nichts passiert war oder aber, dass doch etwas passiert war, jedoch ohne Schutz.

Zurück im Bad überprüfte er die Handtücher, aber auch die gaben ihm keinen Aufschluss. Er hatte nicht nackt im Bett gelegen, das war doch ein gutes Zeichen. Oder hatte er sich die Unterhose wieder angezogen, nachdem er Sex mit einem Zeugen und möglichen Verdächtigen gehabt hatte? Wäre das der Fall gewesen, dann hätte er gestern Nacht mehr verloren als nur Karsten.

Das Handy klingelte erneut, wieder Dietmar: »Wann können wir denn mit dir rechnen?«, fragte der nun diplomatisch, damit es nicht allzu drängelnd klang.

»Bin so gut wie da«, log Julian und legte auf. »Ich habe keine Ahnung«, sagte er zu sich selbst, »was ich jetzt tun soll.«

* * *

Julian erreichte erst eine halbe Stunde später seine Kollegen.

Frederike empfing ihn mit einem kritischen Blick und den Worten: »Was ist denn mit dir passiert?«

»Nachtschicht und irgendwer hat mich wegen einer neuen Leiche aus dem Bett geklingelt«, gab er genervt Antwort.

Die Hauptkommissarin hob die Augenbrauen, sie ahnte, dass etwas nicht stimmte, beließ es aber zunächst dabei und setzte Julian ins Bild, bevor sie fragte: »Hast du gestern noch etwas von dem Barkeeper erfahren?«

Der Oberkommissar erzählte von Anuschkas Auftritt und von Bernard Leco, der offenbar mit Claire Weber gesprochen hatte.

»Der steht nicht so gut mit seinem Vater«, ergänzte Julian noch.

»Wir werden mit ihm sprechen müssen«, entgegnete die Hauptkommissarin, »das liefert uns einen Vorwand, Familie Leco in ihrem trauten Heim aufzusuchen.«

»Die werden uns ohne Termin nicht hineinlassen«, warf Dietmar ein.

»Wir versuchen es trotzdem, warten wir damit, bis der alte Leco aus dem Haus ist. Einer der Kollegen soll kurzfristig die Villa überwachen und uns dann Bescheid geben.« Sie sah zu Dietmar und fragte gereizt: »Sag nicht, dass wir dafür einen richterlichen Beschluss benötigen?«

Er winkte ab. »Nicht bei der kurzen Zeitspanne.«

»Gut«, reagierte Frederike zufrieden, »und bis der Alte aus dem Haus ist, überprüfen wir die Alibis von Gremmelspacher und Dahlberg. Ich werde ...«

Julian unterbrach sie. Die ganze Tragik des gestrigen Abends wurde ihm erneut bewusst und er sagte: »Ich muss vorher mit dir reden.«

Dietmar, der ein feines Gespür dafür hatte, wann er störte, zog sich automatisch zurück.

Frederike, in Gedanken bereits bei den Vernehmungen, fragte ungeduldig: »Was ist denn?«

»Karsten will sich scheiden lassen«, platzte er heraus und als er es nun aussprach, da traf ihn der Schock darüber erneut.

Tränen füllten seine Augen und Frederike lotste den Kollegen schnell zum Auto. Über die Schulter rief sie Dietmar zu: »Wir sehen uns in der Dienststelle.«

Frederike griff sich die Autoschlüssel, ließ Julian auf dem Beifahrersitz Platz nehmen und startete den Motor. »Wir gehen frühstücken«, sagte sie und schob ihm ihre Handtasche auf den Schoß. »Im Seitenfach sind Taschentücher.«

Kurz darauf saßen sie in einer der Freiburger Kneipen in der Nähe des Bahnhofs und bekamen ein Frühstück für Nachtschwärmer.

»Ich denke, das hilft auch gegen deinen Kater«, sagte sie mit ein wenig Missbilligung. »Auch wenn ich es verstehe, wird dir Alkohol kaum helfen, die Trennung zu verarbeiten.«

»Er macht es leichter«, widersprach Julian müde.

»Sieht nicht so aus, als hätte er es dir leichter gemacht.«

»Karsten war im Tatischko-Klub, zusammen mit seinem Neuen. Ich habe die beiden beim Rumknutschen erwischt«, schniefte der Kollege und die Hauptkommissarin sagte mitfühlend: »Das tut mir aufrichtig leid.«

»Allerdings ist das noch nicht alles«, räumte der

Oberkommissar ein.

Der Kellner brachte die beiden großen Platten, auf denen Rühreier, brutzelnder Speck und kleine Würstchen serviert wurden und von denen ein verführerischer Duft ausging. Dazu gab es frische Brötchen, Schinken, Käse und starken Kaffee.

»Du hast ihm eine Szene gemacht«, vermutete Frederike und verkniff sich, etwas über unauffällige Ermittlungen zu sagen.

»Nein«, widersprach Julian. »Niemand hat etwas von unseren Problemen mitbekommen. Er hat mich gesehen und mir mitgeteilt, dass es aus ist. Es war so, als würde er mir sagen, dass der Müll heruntergetragen werden muss. Es schien ihn völlig kalt zu lassen.«

»So, wie ich Karsten kenne, glaube ich nicht, dass das der Fall ist und jetzt iss«, forderte sie ihn auf.

»Gremmelspacher war dort«, sagte Julian mit trockener Kehle.

Seine Vorgesetzte sah ihn nun mit zusammengekniffenen Augen an. »Was ist passiert?«, fragte sie leise, aber angespannt.

»Ich bin nicht sicher«, und während er betreten auf sein Frühstück blickte, erzählte er Frederike das, an was er sich noch erinnern konnte.

»Herr im Himmel«, kommentierte sie seine Beichte und schüttete eine Tasse heißen Kaffee hinunter, als würde sie einen Verdauungsschnaps trinken.

Erst dann sagte sie, bemüht, nicht laut zu werden. »Bist du denn von allen guten Geistern verlassen. Du lässt dich mit einem Verdächtigen ein, gestattest ihm, in dein

Privatleben einzudringen? Sag mir wenigstens, dass du dich nicht in den Mann verliebt hast.«

Über Julians Gesicht huschte ein finsterer Ausdruck. »Denkst du, dass ich einfach so meine Gefühle für Karsten ausschalten kann? Ich kenne Arthur überhaupt nicht, wir haben einmal mit ihm gesprochen …«

»Arthur?«, fiel ihm Frederike gereizt ins Wort.

»Gremmelspacher«, verbesserte sich Julian verlegen.

»Ich müsste dich eigentlich abziehen«, schnauzte Frederike und stieß ihre Gabel mit solcher Wucht in den Speck, dass zu befürchten war, die Zinken des Bestecks würden sich durch den Teller direkt in die Tischplatte bohren.

Ein flehender Blick ihres Kollegen ließ sie dann etwas weicher sagen: »Du tauschst sofort mit Dietmar den Posten, vorerst Innendienst. Dann werden wir weitersehen. Vor allem interessiert mich jetzt, was Gremmelspacher dazu zu sagen hat.«

* * *

Später legten Hauptkommissarin Zimmer und ihr Kollege Dietmar Klein Arthur Gremmelspacher ein Bild der toten Letitia Scherer vor. Arthur bestritt, sie gekannt zu haben.

Seine Mutter kommentierte den erneuten Mord mit giftigen Blicken und den Worten: »Warum sollte mein Sohn irgendwelche Nutten kennen?«

»Ihr Sohn kannte Ivona Cherganski, damit hat er eine Verbindung zu einem der Opfer, wir prüfen, ob es die auch zu den anderen gibt.«

»Gibt es nicht«, schnauzte Maria Gremmelspacher.

»Womöglich doch«, antwortete Frederike scharf, sah dann zu Arthur und sagte lediglich: »Tatischko-Klub?«

Wieder wollte die Mutter loswettern, da stand Gremmelspacher auf und bat: »Könnten wir das draußen besprechen, meine Mutter regt sich sonst zu sehr auf.«

»Ich rege mich nicht auf, was soll das denn«, blaffte die irritiert, aber ihr Sohn gab Frederike und Dietmar mit einem Handzeichen zu verstehen, ihm zu folgen. Sowohl die Beamten als auch Arthurs Hund reagierten umgehend und verließen gemeinsam das Wohnzimmer.

Erst ein ganzes Stück vom Haus entfernt sagte Gremmelspacher: »Ich war gestern dort, aber nicht drin.«

»Und warum sind Sie nicht hinein?«, fragte die Hauptkommissarin harmlos.

»Ich habe es mir anders überlegt, als ich die lange Schlange davor sah.«

»Wohin sind Sie dann gegangen?«

»Nach Hause«, antwortete er knapp und fügte eisig an: »Und ich habe keine Zeugen.«

»Auch nicht Oberkommissar Julian Meister«, erwiderte Frederike schnippisch.

Arthur lief augenblicklich dunkelrot an und kam ins Stottern. »Er hat es Ihnen gesagt?«, fragte er überrascht.

»Hat er, und jetzt frage ich mich, warum Sie das nicht haben?«

Falls das überhaupt möglich war, wurde Gremmelspacher ohnehin schon tiefrote Gesichtsfarbe noch eine Nuance dunkler. »Ich wollte ihn nicht hineinziehen, er hat schon genug Sorgen wegen seiner Beziehung.«

»Erzählen Sie mir, was gestern Nacht passiert ist?«

Arthur kam der Aufforderung nach und endete mit den Worten: »Ich habe ihm geholfen, ihn ins Bett gebracht und dann bin ich gegangen.«

»Kam es zu sexuellen Handlungen?«, fragte die Polizistin direkt.

»Nein«, wehrte sich Arthur, wurde dann jedoch erneut verlegen und murmelte: »Ein Kuss, das war alles.«

»Wann haben Sie die Wohnung von Julian Meister verlassen?«

»So gegen zwei Uhr und danach bin ich nach Hause.«

Damit hatte er kein Alibi für den Mord am jüngsten Opfer – Frederike fragte sich, warum er nicht einfach behauptet hatte, erst später Julians Wohnung verlassen zu haben. Bedeutete das nun, dass er wirklich unschuldig war, oder spielte er durch seine scheinbare Ehrlichkeit gekonnt den Unschuldigen?

Sie wollte sich verabschieden, da fragte Arthur: »Bekommt Ihr Mitarbeiter nun Ärger?«

Die Frage klang kindlich naiv, aber der Hauptkommissarin entging nicht, dass Arthurs Gesicht Sorge ausdrückte.

»Warum interessiert Sie das?«, konnte sie sich dann nicht zurückhalten.

Sein Gesichtsausdruck wurde hart. Es schien zunächst so, als wolle er nicht antworten, dann jedoch sagte er mit fester Stimme: »Das geht nur mich etwas an.«

Im Wagen war es Dietmar, der halb ernst, halb im Spaß bemerkte: »Da hat Julian mal wieder ein Herz gebrochen.«

»Und einige Regeln im Umgang mit Tatverdächtigen«, brummte Frederike gereizt.

20

Bernard Leco hörte unten in der Eingangshalle seinen Vater, der der Haushälterin Anweisungen gab. Sein Ton war freundlich, aber wie gewöhnlich auch überheblich, zumindest empfand es Bernard so. Bewusst hatte er heute das Frühstück ausfallen lassen. Nach dem gestrigen Gespräch im Klub konnte er nicht noch mehr Streit ertragen.

»Warum gibst du mir nicht mehr Verantwortung? Warum ziehst du mir Anuschka ständig vor?«, hatte er es gewagt, sich gegen den Vater zu stellen.

Sie waren allein im Büro gewesen und Silvio schien seinen Sohn überhaupt nicht ernst zu nehmen. Stattdessen dozierte er wieder über *Wölfe* und ihre *Rangordnung* im Rudel.

»Jeder muss sich seinen Platz erkämpfen, so ist das auch in der Geschäftswelt«, erklärte Silvio seinem Sohn.

»Und was soll ich nun tun?«, fragte Bernard daraufhin genervt. »Anuschka erlegen, sie in tausend Stücke reißen?

Ihr die Kehle durchbeißen, wie es deine verfluchten Wölfe tun würden?«

»Ha!«, hatte Silvio gekünstelt aufgelacht, »das würde ich gerne sehen. Ich bezweifle, dass Anuschkas Kehle die zerfetzte wäre.«

Bernard hatte diese Bemerkung mit einem genervten Kopfschütteln quittiert und dann angefügt: »Denkst du nicht, dass dieses gegeneinander Aufhetzen deiner Kinder dir eines Tages auf die Füße fallen wird?«, und war grußlos gegangen.

Heute Morgen wartete Bernard nun darauf, mit Anuschka alleine zu sein. Er wollte wissen, wie sie das sah. Falls sie dem Vater recht geben würde, dann müsste sich Bernard ein für alle Mal überlegen, ob er seine Zelte in der väterlichen Villa nicht doch abbrechen sollte. Und obwohl Bernard Leco über eigenes Geld verfügte, kamen ihm ähnliche Gedanken wie einen Abend zuvor Arthur Gremmelspacher: *Wohin sollte er gehen?*

Kurz darauf hörte Bernard die Haustür und dann das große Tor zur Straße. Sein Vater hatte die Villa verlassen. Fast fühlte er deshalb körperliche Erleichterung. Im Augenwinkel sah er einen Schatten vorbeihuschen, wusste, dass es Sarah war. Er hatte sich bei ihr für die groben Worte entschuldigt, ihr die Situation erklärt und sie war seither zurückhaltender. Dennoch hatte er den leichten Verdacht, dass sie ihn gelegentlich heimlich beobachtete.

. . .

Sarah Erlenbach erreichte ihr Zimmer und strahlte. Sie zog ihr Handy aus der hinteren Hosentasche und betrachtete das Bild, das sie eben von Bernard gemacht hatte. Er war auf der Treppe gestanden und hatte sie nicht bemerkt. Es war ihr gelungen, sein Konterfei aufzunehmen.

»Sieht er nicht fantastisch aus«, setzte sie einen Text unter das Bild und schickte es ihrer besten Freundin.

»Hat er dich schon geküsst?«, schrieb die zurück.

Da Sarah wusste, wie neidisch ihre Chatpartnerin war, bestätigte sie das und fügte fünf Daumen nach oben und ebenso viele rote Herzen an. »Es war super«, log sie weiter.

»Der ist doch total zu alt«, folgte ein verhaltener Kommentar.

»Er ist total erfahren und total romantisch«, verteidigte Sarah ihren Schwarm.

»Mach doch mal ein Bild von euch beiden«, kam daraufhin eine Bitte, die deutlich machte, dass man Sarahs Ausführungen nicht glaubte und Beweise forderte.

»Klar«, antwortete die und schrieb: »Aber jetzt muss ich Schluss machen, er will mit mir shoppen.«

»Sicher«, schrieb ihr die Freundin zurück, »Mach Bilder von deinen neuen Klamotten.«

Sarah grinste, denn Letzteres war kein Problem, da musste sie sich nur an Anuschkas Kleiderschrank bedienen, wenn die nicht zu Hause war.

Sie hörte die Türklingel und schlich in den Gang. Ihre Mutter war an der Gegensprechanlage und erwiderte ungläubig: »Polizei?«

Was dann gesprochen wurde, konnte die

Siebzehnjährige nicht verstehen, dafür hörte sie ihre Mutter aufgeregt nach Bernard rufen.

»Was soll ich tun?«, fragte sie ihn, »die Polizei möchte mit Ihnen sprechen. Die haben keinen Beschluss oder so. Ich habe mich an das gehalten, was ihr Vater mir eingebläut hat. Normalerweise würde ich die Beamten wegschicken.«

»Aber es betrifft nicht meinen Vater, sondern mich«, fuhr sie Bernard unfreundlich an. »Tut mir leid«, entschuldigte er sich für den Ton und erklärte: »Ich werde meine Angelegenheiten selbst regeln, lassen Sie die Herrschaften eintreten und führen Sie sie in die Bibliothek.«

»Sicher«, entgegnete Frau Erlenbach pflichtschuldig. Sie würde ja später nicht Lecos Zorn zu spüren bekommen.

* * *

Das erste, was Frederike auffiel, als sie Bernard Leco gegenüberstand, war sein gutes Aussehen. Der junge Mann begrüßte sie reserviert, aber höflich, während die Hauptkommissarin vergebens in dessen Zügen eine Ähnlichkeit mit Silvio Leco suchte.

»Setzen Sie sich«, sagte Bernard und nahm selbst Platz.

Lässig schlug er die Beine übereinander und Frederike entging nicht, dass er sozusagen vom Fuß bis zum Scheitel in teure Luxusmarken gehüllt war. Und was seine Uhr anging, so vermutete Frederike, dass er umgerechnet das Jahreseinkommen einer Durchschnittsfamilie am Handgelenk trug.

Im Gegensatz zu seinem Vater sprach er ohne jeden Akzent und bot ihnen Kaffee an.

Frederike stimmte zu. Nicht, weil sie darauf Appetit hatte, sondern um ihren Aufenthalt im Haus in die Länge zu ziehen.

Schnell sah sie sich im Raum um, versuchte, sich einen Eindruck zu verschaffen. Die Bibliothek war jedoch für eine Polizeivisite gut gewählt, denn sie enthielt nichts Persönliches, wirkte vielmehr wie ein Lesesaal in einem öffentlichen Gebäude. Vermutlich lotsten die Lecos alle Besucher, die man für unwürdig hielt, die privaten Räume der Familie zu betreten, dorthin.

»Sie haben Fragen?«, wandte sich Bernard an seine Gäste, nachdem er den Kaffee über eine Sprechanlage in Auftrag gegeben hatte.

»Es geht um die jüngsten Morde«, begann die Hauptkommissarin vage.

Er lächelte müde. »Die Nachrichten sind voll davon, die Bilder der beiden Frauen werden ständig gezeigt. Man hat mir von der Personalbefragung im Klub berichtet.«

»Sie sind also bestens informiert?«, erwiderte Frederike freundlich.

Er nickte. »Das war leider unvermeidbar«, entgegnete er mit einem feinen Lächeln.

»Dann frage ich mich natürlich, warum Sie sich nicht bei uns gemeldet haben. Immerhin hatten Sie mit Claire Weber kurz vor deren Tod Kontakt.«

Bernard verlor für einen Augenblick die Fassung. »Was soll das heißen?«, blaffte er nun weniger freundlich.

»Das heißt, Sie hatten im Klub Kontakt zu Claire Weber und zwar in der Nacht, in der sie starb.«

Bernard entspannte sichtlich. »Ach das«, erwiderte er seufzend. »Ich dachte schon, Sie wollten mir etwas anhängen.«

»Warum sollten wir das tun?«, fragte die Hauptkommissarin verblüfft.

»Um an meinen Vater heranzukommen. Ich kenne solcherlei Tricks, man setzt den Sohn unter Druck, um den Vater aus der Reserve zu locken.«

»Nun«, entgegnete Frederike entwaffnend, »ich versichere ihnen, dass wir nicht mit Tricks, sondern mit Beweisen arbeiten. Also, erklären Sie uns nun, warum wir nichts von Ihrem Gespräch mit Claire Weber erfahren haben?«

»Ganz einfach«, antwortete er kurzerhand, »weil es nichts zu erfahren gab. Ich habe keine drei Worte mit der Frau gewechselt. Glauben Sie, da habe ich irgendetwas aufgeschnappt, das Ihnen bei den Ermittlungen helfen könnte?«

»Warum nicht?«, antwortete ihm die Hauptkommissarin harmlos. »Manchmal sind es Kleinigkeiten, die uns der Wahrheit näherbringen.«

Er lachte auf, bevor er mit einer gefälligen Geste meinte: »Es wäre mir eine Freude, Ihnen irgendeine Kleinigkeit zu servieren, die Ihnen die Arbeit erleichtert, ich kann es aber leider nicht.«

Zwischenzeitlich trat die Haushälterin ein und brachte ein Tablett mit Kaffee. Sie verteilte die Tassen und zog sich dann wortlos zurück.

Frederike hakte erneut nach. »Wären Sie denn so

liebenswürdig, uns zu sagen, welchen Inhalts Ihr Gespräch mit Frau Weber war?«

»Sicher«, antwortete Julian, »ich trat zu ihr, fragte, ob alles in Ordnung sei und sie bestätigte das. Ich hörte ihren französischen Akzent und fragte sie dann auf Französisch, woher sie stammte. Wir plauderten über Lyon und kurz darauf wünschte ich ihr noch einen schönen Abend.«

»Keine Verabredung? Claire Weber war eine schöne Frau in Ihrem Alter.«

»Sie war in erster Linie ein Gast«, erwiderte Bernard genervt. »Ein Gast, der kurz zuvor von einem anderen Gast belästigt wurde. Deshalb habe ich sie angesprochen. Es ging einzig und allein ums Geschäft.«

»Das ist trotzdem sehr aufmerksam von Ihnen«, ließ die Hauptkommissarin nicht locker.

»Der Klub gehört meiner Familie, uns ist natürlich an der Zufriedenhcit unserer Gäste gelegen.«

»Dann sind Sie der offizielle Manager des Tatischko-Klubs?«

Bernard versuchte, sich seinen Unmut nicht anmerken zu lassen, als er lapidar antwortete: »Jeder tut, was er kann, wir sind ein Familienunternehmen, wir haben keine Stellenbeschreibungen.«

Frederike griff das Thema sofort auf und fragte: »Dann kümmern sie sich, wenn Not am Mann ist, also auch ums Personal?«

Bernard konnte jetzt nicht mehr anders, als das zu bejahen, daher erwiderte er: »Wenn es sein muss.«

»Womöglich kannten Sie dann auch das zweite Opfer?« Frederike zog das Foto von Ivona aus der Tasche, das auch in den Medien veröffentlicht worden war. Bevor er antworten konnte, ergänzte sie: »Die Frau nahm jeden Aushilfsjob an, der sich ihr bot. In einem Betrieb wie dem Tatischko wird man sicher ständig auf Aushilfen angewiesen sein. Jemand zum Putzen oder Bedienen zum Beispiel.«

»Tut mir leid«, antwortete Bernard frostig, »aber selbst wenn diese Frau jemals bei uns gearbeitet hätte, habe ich keinerlei Erinnerung an sie.«

Frederike ließ das unkommentiert, zückte dafür das Foto von Letitia Scherer. »Kennen Sie diese Frau?«

»Nein«, erwiderte er kurz angebunden.

Frederike nahm nun ihre Kaffeetasse und nippte vorsichtig daran. Dabei ließ sie sich Zeit, trank in kleinen Schlucken, lobte dazwischen die Zubereitung und stellte das Geschirr erst wieder auf den Beistelltisch, als sie die Ungeduld ihres Gegenübers förmlich spüren konnte.

»Es wird Sie sicher nicht stören, wenn ich Sie um einige Alibis bitte, Sie verstehen«, fügte sie mit einem harmlosen Lächeln an, »Routine.«

Da sich Bernard bisher sehr kooperativ gezeigt hatte, wäre eine Weigerung zu diesem Zeitpunkt natürlich verdächtig gewesen. Das war auch dem Sohn von Silvio Leco klar, der sich entweder aus Leichtsinn oder Überheblichkeit auf das Gespräch ohne Anwalt eingelassen hatte. Deshalb antwortete er um Gelassenheit bemüht: »Natürlich.«

In diesem Moment öffnete sich eine Tür, die zwischen den Bücherregalen versteckt lag, und Anuschka trat ein.

Sie trug ein atemberaubendes Outfit aus wallend roter Seide, dazu kniehohe schwarze Stiefel. Ihre Augen funkelten und Frederike musste zugeben, dass sie selten einen so schönen Menschen gesehen hatte.

»Sind Sie gerade dabei, meinen Bruder zu vernehmen?«, fragte sie aufreizend und ließ sich auf der Armlehne von Bernards Sessel nieder. Dabei schlug sie ihre Beine übereinander und legte beschützend einen Arm um die Schultern ihres Bruders.

»Nun, was auch immer sie versuchen, mein Bruder hat gewiss nichts mit dem Tod dieser unglücklichen Frauen zu tun.«

»Sie wollen meine Alibis«, schob Bernard ein.

»Für wann?«

Frederike, die schon ahnte, was folgen würde, nannte dennoch bereitwillig die entsprechenden Daten.

Wie zu erwarten, antwortete Anuschka für ihren Bruder: »Ich weiß, dass Bernard jeweils zu Hause war. Ich habe einen leichten Schlaf und stehe nachts öfter auf. Es wäre mir aufgefallen, wenn er über Nacht ausgeblieben oder am frühen Morgen unterwegs gewesen wäre.«

Ihre Stimme klang freundlich, aber ihre Blicke sprachen eine deutliche Warnung aus. »Leg dich nicht mit mir an«, schienen sie Frederike vermitteln zu wollen und plötzlich hatte die Hauptkommissarin eine Idee.

Sie betrachtete erneut Anuschka, wie sie gluckenhaft ihren Bruder beschützte, wie sie sich nicht nur bildlich zwischen ihn und die Hauptkommissarin geschoben hatte. Wie viel lag der Frau wirklich an Bernard? Sie erinnerte sich an die Aussage des französischen Kollegen. Die Geliebte von Silvio hatte nie den Zugang zur Villa erhalten. Anuschka war der Liebling des Vaters, bekam vermutlich immer, was sie sich wünschte, war es gewohnt, dass man ihr nachgab. Ging es bei den Morden womöglich um Eifersucht? Hatte Anuschka Angst gehabt, dass sich ihr Bruder Claire Weber annähern würde? Aber was war dann mit den anderen Frauen? Ivona könnte womöglich eine Zeugin gewesen sein – und die Prostituierte?

Die Hauptkommissarin, die Anuschkas Blick standgehalten hatte, fragte nun unvermittelt: »Kannten Sie eine der Frauen?«

»Ich?«, rief Bernards Schwester überrascht und lachte schrill auf. »Behaupten Sie, dass ich nachts losziehe, um Frauen zu töten? In der Zeitung stand, man hätte sie übel zugerichtet«, sie streckte ihre manikürten Finger in die Höhe, bewegte sie schnell hin und her. »Das ist eine Vierhundert-Euro-Maniküre. Denken Sie, ich mache mir die Nägel kaputt, indem ich eine Leiche fleddere?«

Damit stand sie abrupt auf. »Sie haben sicher noch viel zu tun, wir werden Sie nicht länger aufhalten.« Sie drückte auf die Gegensprechanlage und flötete: »Frau Erlenbach, die Polizei möchte gehen, bitte begleiten sie die Beamten direkt zur Tür.« Sie schenkte Dietmar und Frederike noch ein Lächeln, gepaart mit einem wohlwollenden Kopfnicken und überließ sie dann der Obhut von Frau Erlenbach, die augenblicklich erschien.

Die Haushälterin führte sie schweigend zur Tür, dennoch versuchte Frederike, sie in ein Gespräch zu verwickeln. »Es ist sicher viel Arbeit, so ein großes Haus in Schuss zu halten.«

»Einfach ist es nicht«, taute die Hausangestellte etwas auf.

»Bekochen Sie die Familie auch?«, fragte Frederike höflich.

»Sicher, das gehört dazu.«

»Meine Güte und Wäschewaschen ebenfalls?«, hakte die Hauptkommissarin anerkennend nach.

»Auch das«, sagte die andere stolz. »Allerdings sind die Herrschaften sehr einfach. Vieles darf ich direkt in die Reinigung geben und die Kinder«, sie machte eine verschwörerische Miene. »Die werfen schnell mal etwas weg, wenn es aus der Mode ist, oder üble Flecken abbekommen hat. Na ja, ist zwar Verschwendung, aber für mich weniger Arbeit.«

»Und die Sachen kommen ja so schnell aus der Mode«, stimmte Frederike ein.

»Vor allem, wenn es etwas Ausgefallenes ist. Anuschka ist da sehr pingelig. Neulich hat sie ein wunderschönes Kleid in den Müll gestopft. Auf der anderen Seite«, seufzte die Haushälterin, »im Altkleidercontainer macht es auch keinen Sinn, denn wer kann schon so etwas Extravagantes tragen.«

»Manchmal hilft ja auch auslüften«, verbiss sich Frederike in das Thema und Dietmar fragte sich, auf was das hinauslaufen würde.

»Da mische ich mich nicht ein, ich wasche nur, was in den Wäschekörben liegt.«

»Kann ich verstehen. Sie haben ja so schon genug Arbeit«, säuselte die Beamtin.

Eigentlich war Frederike davon ausgegangen, dass Anuschka irgendwann erscheinen und das Gespräch unterbrechen würde, aber es war eine andere junge Frau, die plötzlich hinter ihnen auftauchte und sagte: »Mama, du sollst mit denen nicht reden.« Daraufhin sah die Tochter von Frau Erlenbach die Beamten böse an.

»Oh, Ihre Tochter arbeitet auch für Herrn Leco?«, ließ sich die Hauptkommissarin von der schroffen Art nicht beeindrucken.

Das fast schon hysterische »Nein« der Mutter entging Frederike nicht.

»Natürlich nicht«, milderte Frau Erlenbach ihre Reaktion ab. »Das Kind wird später studieren«, fügte sie erklärend an. »Und meine Tochter hat recht, es wird Zeit, dass Sie gehen.«

»Was sollte das?«, fragte Dietmar im Wagen.

Frederike teilte dem Kollegen ihre Überlegungen bezüglich Anuschka Leco und einer möglichen Tat aus Eifersucht mit und erklärte: »Wenn Bernard oder Anuschka etwas mit den Morden zu tun haben, dann könnten sich Spuren auf deren Kleidung finden, deshalb habe ich nachgehakt. Und jetzt wissen wir, dass wir die vermutlich nie finden würden, weil die Lecos regelmäßig Kleidung im Müll entsorgen. Und da die Haushälterin das auf jeden Fall bestätigen wird, ist das auch nichts, was wir denen als verdächtig auslegen können.«

»Das heißt, wir müssen endlich etwas Handfestes vorweisen, denn nur ein Verdacht wird nicht ausreichen«, folgerte Dietmar mit einem Seufzer.

21

In der Villa drohte die Stimmung zu kippen, Anuschka funkelte ihren Bruder böse an. »Wie kannst du so dumm sein und die Polizei ins Haus lassen?«, fauchte die junge Frau wütend.

»Ich wollte nicht, dass sie denken, ich hätte etwas zu verbergen«, entgegnete Bernard gereizt.

»Jeder hat etwas zu verbergen und du machst da keine Ausnahme, gerade du«, schnauzte sie zurück.

»Was soll das denn nun heißen?«, ließ er sich provozieren.

»Wenn ich eines von Papa gelernt habe, dann, dass man nie freiwillig mit der Polizei spricht. Ich bin jedenfalls gespannt, was er sagt, wenn er davon erfährt, dass du Beamte in die Villa gelassen hast«, blaffte sie ihn an.

»Da musst du nicht warten, bis er nach Hause kommt«, antwortete Bernard wütend. »Das kann ich dir nämlich gleich sagen. Er wird dir über den Kopf streicheln, seinem Engel den Arsch küssen, behaupten, dass du die Situation gerettet hast und mir wieder einmal bescheinigen, dass ich ein Versager bin.« Bernard hob die Hände, eine Geste, die er mit den Worten: »Was soll's«, unterstrich. »Mein Vater hasst mich und das tut er, gleichgültig ob ich die Polizei ins Haus lasse oder auch nicht.«

Anuschkas Gesichtsausdruck änderte sich, sie lächelte jetzt sogar. »Du brauchst ihn nicht, du hast doch mich.«

»Er wird dich zu seiner Nachfolgerin machen«, erwiderte Bernard müde.

»Natürlich wird er das«, stimmte ihm Anuschka sofort zu. »Und das ist auch gut so, ich werde die Dinge in die Hand nehmen, aber es wird für dich immer einen Platz geben.«

»An deiner Seite?«, fragte Bernard nun lauernd. Ihr Zögern ließ ihn weitersprechen: »Oder wie gewöhnlich einen Schritt hinter dir?«

»Wir sind hintereinander geboren. Ich zuerst, aber dicht darauf folgst du. Versuche nicht, gegen die Natur anzukämpfen.«

»Ich kam nur wenige Minuten nach dir zur Welt«, hielt Bernard dagegen.

»Ja, und dabei hast du unsere Mutter getötet. Du, das zweite Kind, das niemand vorhergesehen hat«, erklärte Anuschka unschuldig. »Das wird er dir nie vergeben, deshalb lass es gut sein. Auf Papa zu setzen, ist für dich sinnlos.« Sie stand Bernard gegenüber und legte den Kopf schräg, während sie ihm einen mitleidigen Blick zuwarf. »Ich bin dir nicht böse, dass unsere Mutter wegen dir starb. Ich weiß, dass es nicht deine Schuld war. Du hast dich eben ins Leben gekämpft und ein Kampf fordert immer einen Verlierer.«

»Ich wünschte, ich wäre der Verlierer gewesen«, seufzte Bernard.

»Mein Gott, reiß dich zusammen«, fuhr ihn Anuschka an. »Bekomm endlich dein Leben in den Griff. Vergiss Papa und vor allem sei vorsichtiger mit allem, was du tust. Ich habe nicht vor, mich gegen dich zu stellen, aber wenn du meinst, du musst die Polizei ins Haus holen, um unseren Vater zu provozieren, und damit unser aller Existenz aufs Spiel setzt, dann wirst du mich als Freundin verlieren. Haben wir uns verstanden?«, hakte sie in scharfem Ton nach.

Automatisch nickte Bernard.

»Wunderbar«, reagierte Anuschka daraufhin freundlich. »Dann wird sich auch nichts an deinen Alibis ändern«, sie zwinkerte ihm zu und drehte sich zum Gehen. Bevor sie die Tür erreichte, sagte sie jedoch, ohne ihn anzublicken: »Wäre doch schade, wenn doch noch jemand von uns ins Gefängnis müsste.«

Bernard bemerkte, wie ihn die Drohung seiner Schwester traf. Seine Hände begannen zu zittern und er ließ sich kraftlos in den Sessel fallen. Das Schlimmste war, dass Anuschka wie immer recht hatte. Mit der Polizei zu sprechen, war definitiv ein Fehler gewesen.

Mit einem Mal überkam ihn das Gefühl, völlig allein zu sein. Anuschkas Worte begannen, erst jetzt richtig zu wirken – ähnlich einer Aufputschtablette, die ganz langsam anfing, den Körper hochzufahren. Sein Gehirn arbeitete plötzlich auf Hochtouren. Das war es also, was ihm der Vater vorwarf. Wieso hatte er das nicht längst erkannt? Sein Vater gab ihm die Schuld am Tod der Mutter. Anuschka hatte Recht, dagegen konnte er niemals ankommen. Bernard hatte häufig das Gefühl gehabt, man würde ihn mit Abscheu betrachten, hatte sich das unter anderem mit dem Umstand erklärt, dass er in keiner Hinsicht dem Vergleich mit Anuschka standhalten konnte, aber das war offensichtlich nur die halbe Wahrheit. Er war verflucht, und das bildete er sich nicht ein, denn er konnte es jedes Mal sehen, wenn er in den Spiegel blickte.

Sarah hatte sich die ganze Zeit über versteckt gehalten, sie hatte Anuschka gehört und bemerkte natürlich, als sie nun die Bibliothek betrat, um das Kaffeegeschirr abzuräumen, dass Bernard in keiner guten Verfassung war. Sie sprach ihn nicht an, sondern tat so, als wäre er gar nicht anwesend. Aber sie hatte Pläne und bald schon, das wusste sie, da würde *ihre* Stunde kommen.

22

»Ich will mit der Geliebten sprechen«, sagte Frederike Zimmer entschlossen, nachdem sie den Wagen auf eine der Hauptstraßen gelenkt hatte.

»Die wird uns nicht reinlassen«, hielt Dietmar dagegen, aber seine Kollegin ließ sich nicht so leicht entmutigen.

»Wir versuchen es sofort«, bestimmte sie. »Noch besteht die Chance, dass Silvio Leco nichts von unserem Besuch in der Villa weiß. Sobald seine Kinder ihn jedoch darüber informieren, wird er seine Freunde und Bekannten entsprechend instruieren.«

»Das hat er doch sicher längst getan«, widersprach Dietmar.

»Anzunehmen, aber da Silvio Leco scheinbar ein Mensch ist, der die Gefühle anderer bereitwillig verletzt, lässt sich vielleicht doch ein Weg finden, Belinda Ketterer zum Reden zu bringen. Und das machen wir, bevor er sie an ihre Schweigepflicht erinnert.«

»Ich bin sehr gespannt, wie dir das gelingen wird«,

erwiderte ihr Kollege daraufhin und nahm den Anruf entgegen, der gerade auf Frederikes Handy einging.

»Will sie nicht mehr mit mir sprechen?«, fragte Julian, als er Dietmars Stimme vernahm.

»Sie fährt«, antwortete ihm der Ältere und fügte verständnisvoll an: »Mach dir keinen Kopf, wir hatten alle schon einmal einen schlechten Tag.«

Dass Frederike diese Bemerkung mit einer ärgerlichen Grimasse kommentierte, ließ Dietmar unerwähnt, stattdessen fragte er: »Wie sieht es aus?«

»Oliver Dahlberg hat von seinem Anwalt ausrichten lassen, dass er während des Mordes an Letitia Scherer zu Hause im Bett gelegen hat. Damit fehlt uns sein Alibi, aber auch Beweise für seine Schuld. Und bei euch?«, wollte Julian kleinlaut wissen.

»Alles offen«, setzte ihn Dietmar ins Bild und berichtete ihm von den Besuchen bei Arthur Gremmelspacher und Bernard Leco.

»Dein neuer Bekannter war jedenfalls sehr diskret«, fügte Dietmar noch an, »und er scheint ernsthaftes Interesse zu haben.«

Frederike, die das Gespräch mit kritischer Miene verfolgt hatte, ließ es sich nicht nehmen, sich nun einzumischen. Auch für Julian hörbar sagte sie deshalb: »Ich möchte euch zwei Romantiker nur daran erinnern, dass der *liebe Arthur* immer noch ein Verdächtiger ist.«

Dietmar legte mit einem kurzen Gruß auf und wandte sich an die Kollegin. »Du nimmst Julian das übel, oder?«

»Natürlich tue ich das. Solche Geschichten versauen

einem die Karriere.« Sie glaubte, eine Erklärung anfügen zu müssen und sagte: »Dabei geht es nicht um mich. Ich habe einen breiten Rücken und da mich die Presse schon als Schlachtross der Gerechtigkeit bezeichnet hat, weiß ich, dass meine Tage sowieso gezählt sind.«

Dietmar grinste, er erinnerte sich an die Schlagzeile und den alten Fall.

»Mir geht es um Julian«, sprach sie weiter. »Ich will nicht, dass er sich das Leben verpfuscht.«

»Du bist eine gute Vorgesetzte«, warf Dietmar ein, »und eine gute Freundin«, fügte er noch an. »Wir werden ein Auge auf den Jungen haben.«

Frederike seufzte übertrieben: »Jetzt fühle ich mich erst recht alt.«

Belinda Ketterer war erfreulicherweise zu Hause. Leider musste sich Frederike zunächst den Weg in die Wohnung über die Gegensprechanlage erkämpfen.

»Polizei?«, erwiderte Belinda und sagte prompt: »Ich spreche nicht mit der Polizei, schicken Sie Ihre Vorladungen bitte per Post.«

»Warten Sie«, beeilte sich Frederike, »es geht nicht um Silvio Leco.«

Dietmar warf ihr einen verdutzten Blick zu und sah noch verwunderter drein, als Frederike ergänzte: »Es betrifft Anuschka Leco.«

Belinda schwieg, schien, mit sich zu ringen.

»Es wird niemand erfahren, dass ich bei Ihnen war, mein Besuch ist völlig inoffiziell.«

Es dauerte einen weiteren Augenblick, dann wurde tatsächlich der Summer betätigt und man ließ sie hinein.

Dietmar warf Frederike einen bewundernden Blick zu und deutete mit den Händen geräuschlos Applaus an.

»Geht doch nichts über eine echte Frauenfeindschaft wie offenbar im Fall Belinda und Anuschka«, raunte die ihm zu und stieg mit dem Kollegen die Treppen nach oben.

Belinda Ketterer war immer noch eine schöne Frau, nicht mehr ganz jung und natürlich konnte man ihr Gesicht nicht mit der Perfektion von Anuschkas Zügen vergleichen, dafür hatte es jedoch eine angenehme Sanftheit, die der Tochter von Silvio Leco völlig fehlte.

»Wenn ich bemerke, dass Sie mich reinlegen möchten, dann schmeiße ich Sie sofort raus«, sagte sie statt einer Begrüßung und bat die Beamten einzutreten. »Sie sehen nicht wie Polizisten aus«, ergänzte sie spontan und ließ ihren Blick über die beiden Beamten schweifen, die sie auf der Straße für ein älteres Ehepaar auf Städtetour gehalten hätte. Vermutlich entspannte sie deshalb, denn augenscheinlich traute sie Frederike und Dietmar nicht zu, andere aufs Glatteis führen zu können.

Belinda bot ihnen höflich einen Platz auf einer weißen Ledercouch an. Erst als Frederike diese fast erreicht hatte, entdeckte sie die seltsamen Figuren auf der antiken Kommode.

Automatisch trat sie näher und musste sich sehr beherrschen, um eine Gesichtsentgleisung zu vermeiden. »Sind die ausgestopft?«, fragte sie stattdessen und betrachtete irritiert die drei Ratten, die man auf eine Miniaturplastikcouch gesetzt hatte und die gerade mit einem ebenfalls ausgestopften Eichhörnchen auf dem Sessel gegenüber Kaffeeklatsch hielten. Das Eichhörnchen trug eine Badehaube, die Ratten kleine Zylinder. Einer Eingebung folgend sagte die Hauptkommissarin: »Die sind ja schön.«

»Nicht wahr«, erwiderte Belinda eifrig, »ich mache sie selbst, meine Babys.«

»So lebensecht«, log Frederike mit sanfter Stimme, während Dietmar im Stillen anfügte: *So echt wie letzte Woche überfahren.*

Frederike lobte das Arrangement so glaubhaft, dass Belinda begeistert fragte: »Ich habe noch mehr, wenn Sie sie sehen möchten?«

»Unbedingt«, ging Frederike darauf ein und kurz darauf befand sie sich in einem kleinen Raum ohne Fenster, der vermutlich als Vorratskammer dienen sollte.

Die Wände waren mit entsprechenden Regalen ausgestattet, nur dass sich darauf keine Konserven befanden, sondern weitere ausgestopfte Ratten in albernen Kostümen. Der intensive Parfümduft vermochte es nicht, den muffigen Geruch zu kaschieren, der von den präparierten Tieren ausging. Die Hauptkommissarin musste kein Profi in Sachen Tierpräparation sein, um zu wissen, dass Belinda Ketterer davon keine Ahnung hatte.

»Das ist ja sicher unglaublich viel Arbeit«, fragte sie dennoch interessiert.

Belinda verlor daraufhin jegliche Scheu und erzählte bereitwillig: »Ich habe mich schlau gemacht und dann meinen eigenen Stil gefunden. Ich versuche, ihnen die Möglichkeit zu geben, sich zu entwickeln, verstehen Sie?«

Frederike wollte nicht, dass man sie als Heuchlerin enttarnte, deshalb wog sie ihre Worte sorgfältig ab. »Ich habe kein Auge für Kunst«, sagte sie zunächst entschuldigend, »aber wenn Menschen versuchen, etwas Außergewöhnliches zu schaffen, dann bewundere ich das.«

Belinda wirkte dankbar für den Zuspruch der Fremden, die sie eben erst kennengelernt hatte. Das wiederum sagte Frederike, dass diese Frau vermutlich sehr einsam war und einsame Menschen neigten dazu, gesprächig zu werden, wenn sich ihnen die Gelegenheit bot.

»Aber Sie sind ja nicht deshalb hier«, war es schließlich Belinda, die zurück zum Thema kam. »Kann ich Ihnen vielleicht etwas anbieten?«

Dieses Mal lehnte Frederike ab, weil sie der Frau nicht die Zeit lassen wollte, es sich noch einmal anders zu überlegen.

Als sich die drei nun gegenübersaßen, begann Frederike mit einer kurzen Erklärung. »Sie haben sicher von den Morden gehört und natürlich befürchten wir, dass es weitere Verbrechen dieser Art geben könnte. Nennen Sie es eine Art Vorsichtsmaßnahme. Sagen wir, eine gewisse Person könnte als mögliches Opfer infrage kommen. Natürlich möchten wir niemanden beunruhigen und je nachdem, um wen es sich handelt, ist es auch schwierig, in Kontakt zu treten. Ihnen ist sicher bekannt, dass nicht jeder der Polizei und ihren Absichten vertraut. In gewissen Fällen gehen wir dann einen

Umweg, sprechen nicht sofort das mögliche Opfer an, sondern informieren uns zunächst einmal, ob die Person überhaupt in das Profil passen würde. Dazu wenden wir uns an Bekannte, Freunde, den Arbeitgeber. Natürlich möglichst diskret.«

»Und Sie denken, ich kann Ihnen etwas über Anuschka sagen, damit Sie wissen, ob sie in Gefahr ist.«

»So in der Art«, blieb Frederike vage.

Belinda schien zu zweifeln, dennoch ließ sie sich hinreißen zu antworten. Ihr Ton wurde schroff. »Anuschka und ein Opfer?«, entgegnete sie ungläubig. »Wenn überhaupt, dann ist sie diejenige, die anderen Leid zufügt.«

»Wirklich?«, zeigte sich Frederike naiv. »Man hat mir berichtet, Anuschka wäre ein Engel, deshalb …«

Weiter kam die Hauptkommissarin nicht, denn Belinda verlor die Fassung: »Ein *Engel?*«, kreischte sie aufgebracht. »Anuschka Leco ein Engel?«

Die Beamten machten fragende Gesichter und offenbar hielt Belinda es für notwendig, sie aufzuklären. »Diese Frau ist berechnend und kalt und gewiss *kein* Opfer.«

Plötzlich sprang sie auf und Frederike befürchtete, das Gespräch wäre zu Ende, aber Belinda eilte lediglich zum Schreibtisch, öffnete eine Schublade und wühlte darin herum. Schließlich fündig geworden, kam sie zurück und hielt den Beamten eine Zeichnung vor die Nase.

»Hier sehen Sie. Das hat Ihr mögliches Opfer mit dreizehn Jahren gemalt.«

Frederike las die Bildüberschrift: »Für Belinda zur Erinnerung.«

Die dargestellten Personen waren sehr gut gezeichnet. Die Proportionen stimmten und man konnte sogar Ähnlichkeiten erkennen. Tatsächlich musste Frederike sich eingestehen, dass sie selbst weder mit dreizehn noch heute solch eine Zeichnung abliefern könnte. Wenn das Bild auch nicht unter mangelnden künstlerischen Fähigkeiten litt, so zumindest doch unter dem Feingefühl der Urheberin.

Unter den Personen standen die Namen und so erkannte Frederike Silvio Leco, der auf einem Thron saß und eine Krone trug. Neben ihm stand Anuschka, ebenfalls mit Krone und größer dargestellt als alle anderen Personen auf dem Bild. Dann folgte links Bernard. Sie hatte ihn als haarigen Affen gemalt, der eine bunte Hose trug und einen Luftballon in der Hand hielt. Etwas abseits gab es ein Bett, in dem jemand lag, darunter stand *Belinda* und über dem Bett schwebte ein kleiner, blutüberströmter Engel Richtung Himmel. Ein Name fehlte, aber Frederike dachte an das, was ihr Capitaine Pierre Malon über die Fehlgeburt gesagt hatte, und konnte sich zusammenreimen, um was es da ging.

»Ist das nicht grausam?«, hauchte Belinda. »Natürlich hat sie behauptet, dass sie uns alle zusammen malen wollte, uns als Familie.« Sie riss die Arme in die Höhe. »Silvio vergöttert dieses Miststück«, rutschte es ihr heraus. Ihr Blick traf Frederike: »Sie scheinen mir eine vernünftige Frau, sagen Sie mir, was Sie davon halten. Das hat sie mir in die Klinik gebracht. Einen Tag nach dem Unfall. Ich war damals schwanger und verlor nach einem Treppensturz mein Kind. Ist diese Zeichnung nun ein Geschenk oder eine Drohung?«

Frederike, von der man eine Antwort wollte, zögerte nicht und sagte: »Ich halte es für unangebracht.«

»Danke«, stieß Belinda voller Erleichterung hervor. »Wissen Sie, ich befürchte manchmal, paranoid zu sein, aber in Anuschkas Nähe, da fühle ich mich nie sicher.«

Plötzlich schreckte sie auf. »Das bleibt doch unter uns? Sie haben gesagt, dass wir inoffiziell sprechen.«

»Selbstverständlich«, bestätigte ihr Frederike, »das bleibt unter uns.«

»War es zwischen Ihnen und Anuschka Leco denn immer schon so?«, fragte Dietmar und bemühte sich um einen mitfühlenden Ton.

»Sie hat mir nie eine Chance gelassen.«

»Das kommt vor«, mischte sich Frederike wieder ein. »Eifersucht ist eine starke Motivation, daher wundert es mich, dass die Geschwister so gut miteinander auskommen.«

Belinda zuckte mit den Schultern. »Bernard ist seiner Schwester nicht gewachsen. Sie gibt sich als seine Verbündete aus, in Wirklichkeit benutzt sie ihn, wie sie alle benutzt. Bernard ist anders als Anuschka, aber was hilft das schon, am Ende tut er nur das, was sie ihm sagt.«

Frederike, bemüht, keine Zweifel bei Belinda zu wecken, sagte daraufhin: »Dann machen wir uns um Anuschka Leco sicherlich umsonst sorgen.«

»Zumindest, wenn es der Mörder auf Frauen mit Herz abgesehen hat«, erwiderte Belinda gehässig.

Kurz darauf verabschiedeten sich die Beamten und fuhren nachdenklich zurück zur Dienststelle.

»Denkst du, sie wird Silvio Leco von unserem Besuch erzählen?«, fragte Dietmar.

»Nein, ich gehe davon aus, dass sie längst begriffen hat, dass er blind ist, wenn es um Anuschka geht. Und selbst wenn sie es ihm erzählt, spielt das für uns keine Rolle. Allerdings hoffe ich um Belinda Ketterers Willen, dass sie den Mund hält.«

»Ziemlich abartig mit diesen ausgestopften Viechern«, warf Dietmar ein.

»Und ziemlich symbolträchtig«, ergänzte Frederike, »wenn man bedenkt, dass die Freundin von Silvio Leco verschrumpelte Ratten um sich schart, während er einen meisterhaft präparierten Wolf zur Schau stellt. Ist schon verrückt«, überlegte Frederike laut. »Vermutlich wäre alles anders gekommen, wenn Belinda Ketterer keine Fehlgeburt gehabt, sondern Lecos Kind auf die Welt gebracht hätte.«

23

Am frühen Morgen

Patrizia Hermes fühlte sich sicher. Natürlich war es immer riskant, per Anhalter zu fahren, aber manchmal hatte man eben keine Wahl.

Der Vorschlag, einen kurzen Stopp einzulegen, um eine Zigarette zu rauchen, machte sie daher auch nicht misstrauisch. Der Parkplatz war leer, kurz vor dem Morgengrauen gab es nicht allzu viele Autofahrer, die einen Rastplatz aufsuchten. Sie stieg aus, fand es angenehm, sich die Beine zu vertreten.

Plötzlich war da ein Messer. Eigentlich sah sie es gar nicht, sondern spürte nur die scharfe Klinge, die über ihren Hals gezogen wurde. Ein kurzer, ungekannter Schmerz. Sie hätte angenommen, irgendeine dornige Rosenhecke gestreift zu haben, wäre der Parkplatz nicht völlig frei von Pflanzen und Sträuchern gewesen. Im Licht der Autoscheinwerfer blickte sie ihr Gegenüber irritiert an.

»Was tust du da?«, wollte sie fragen, aber die Worte gingen ihr nicht über die Lippen. Ihr Körper schien ihr nicht mehr zu gehorchen und verlor das Gleichgewicht. Ihre Knie wurden weich, sie sackte in sich zusammen und stürzte zu Boden. Dann begannen, die Bilder vor ihren Augen zu verschwimmen, aber noch war sie bei Bewusstsein.

Dieses Mal registrierte sie das Messer, verfolgte seinen Weg. Erst schwebte es hoch in der Luft, dann stürzte es sich regelrecht auf sie und als man es ihr in die Brust rammen wollte, hob sie automatisch die Arme in die Höhe, versuchte, sich zur Seite zu rollen. Aber das Messer verfehlte sein Ziel nicht und wurde kurz darauf brutal zurückgezogen. Der erste Schock war überwunden und sie wusste plötzlich ganz genau, was hier gerade geschah. Das Adrenalin, das ihr Körper ausschüttete, verlieh ihr ungeahnte Kräfte. Nein, sie wollte nicht sterben, nicht heute, nicht so. Ihre Hände ballten sich zu Fäusten, sie versuchte, um sich zu schlagen, bekam die Kleidung ihres Gegenübers zu fassen und riss daran. Die Schnitte, die ihr dennoch zugefügt wurden, spürte Patrizia nicht, stattdessen versuchte sie, nach allem zu schlagen. Ihre Finger berührten Haut und Haare, ihre Augen, bereits gewöhnt an das Zwielicht aus Morgengrauen und Autoscheinwerfern, erkannten den Wahnsinn in dem fremden Gesicht und ihre Lippen schmeckten das eigene Blut.

Patrizias Gegenwehr wurde jedoch sehr schnell schwächer und als man begann, sie aufzuschlitzen, da konnte sie sich kaum noch bewegen. Weit entfernt hörte sie eine Stimme und hätte nur zu gerne die Augen geschlossen und losgelassen. Allerdings schien ihr irgendetwas zu sagen, dass sie dann nie wieder aufwachen würde. Also kämpfte sie dagegen an, konzentrierte sich auf die Stimme in der Ferne, glaubte, ein »He, was ist hier los?« zu hören, und spürte auf einmal gar nichts mehr. Der Körper, der auf ihr gesessen hatte, war verschwunden, genauso wie das Messer.

Jemand kniete neben ihr. »Um Gottes willen«, vernahm sie ein Flüstern und fragte sich, ob sie bereits auf dem Weg ins Jenseits war.

Wieder fielen ihr die Augen zu. Als sie erneut zu sich kam, hörte sie Sirenen, spürte grobe Finger, die ihre Hand umschlossen und sanft drückten. Man redete auf sie ein, sie vernahm viele Worte, sie klangen beruhigend.

Jetzt fühlte sie erneut den Schmerz. Er war wie ein eisiger Schauer, machte sie noch einmal wach, wach genug, um zu sprechen. Zorn flammte in ihr auf. Sich bewusst werdend, was man ihr angetan hatte, wünschte sie sich Rache. Sie durfte nicht sterben, bevor andere informiert waren. Sie musste sprechen, sie musste unbedingt sprechen: »Ein Tier …« Was in ihrem Kopf so klar formuliert wurde, erreichte das Ohr ihres Retters lediglich als abgehackte Wortfetzen.

»Welches Tier?«, fragte man sie.

»Hund …, mit Fell …, wie … ein Wolf … Fell …«, waren die letzten Worte der Frau, deren Leben gerade erlosch.

* * *

»Sie war zu schwer verletzt, starb, kurz bevor die Sanitäter eintrafen«, unterrichtete Dietmar Klein seine Kollegen.

Man hatte sie am frühen Morgen aus dem Bett geklingelt. Jetzt befanden sie sich auf dem Parkplatz nahe der Autobahn. Ihnen gegenüber lehnte ein LKW-Fahrer an seinem Mehrtonner. Es handelte sich um einen Mann, der gewiss hundertzwanzig Kilo auf die Waage brachte und die Statur eines aufgerichteten Bären hatte, und doch wirkte er in diesem Moment klein und hilflos.

»Ich konnte zuerst nichts erkennen, dachte, da sind Füchse oder so.« Er fuhr sich mit dem Handrücken über den Mund. »Dann hatte ich die beiden kurz im Scheinwerfer.«

»Wer war noch da?«, fragte Frederike behutsam.

»Ich weiß es nicht. Ich sah die beiden nur kurz von hinten, erkannte, dass jemand auf dem Boden lag und ein anderer auf ihm saß. Ich glaube, es war ein Mann, aber sicher bin ich mir nicht. Im ersten Moment nahm ich an, dass ich ein Liebespaar gestört hätte …« Er brach ab.

»Aber Sie waren nicht überzeugt?«, hakte die Hauptkommissarin nach.

Der Mann schüttelte resigniert den Kopf. »Ich bin auf den Parkplatz gefahren und habe mich darauf konzentriert, meinen LKW sicher zu parken. Ich war bereits eine ganze Weile unterwegs, hätte schon früher halten müssen, fand aber keinen freien Platz. Ich war angestrengt und müde. Ich sah die beiden zunächst nur im Augenwinkel, aber ja, irgendetwas hat mich alarmiert. Abgesehen davon sind die Nachrichten voll von schlimmen Dingen, die täglich passieren. Und nachts mitten auf einem Parkplatz da denkt man eben auch an Vergewaltigung und Raub. Ich hätte schneller sein müssen …«, erklärte er verzweifelt. »Aber ich musste doch erst den Truck abstellen.«

»Niemand macht Ihnen einen Vorwurf. Sie taten, was Sie konnten«, widersprach ihm die Hauptkommissarin.

»Sie ist gestorben«, entgegnete der Mann aufgeregt.

»Das hätten Sie nicht verhindern können, aber dafür waren Sie bei ihr, sie war nicht allein«, redete ihm Frederike gut zu, »außerdem haben wir durch Sie womöglich die Chance, den Schuldigen zur Verantwortung zu ziehen.«

Der Mann fluchte laut. »Verdammt, ich habe dieses Dreckschwein nicht richtig gesehen, auch nicht seinen Wagen. Wen ich den in die Finger bekommen hätte …«

Frederike sagte darauf nichts, verstand die Wut nur zu gut. Zudem wollte sie ihm Zeit lassen. Immerhin stand er noch unter Schock, dennoch war es wichtig, dass sie schnellstmöglich eine Aussage von ihm bekamen.

»Sagen Sie uns einfach, was Sie gesehen haben, ganz egal was. Wir werden es dann zusammensetzen«, beruhigte ihn Dietmar.

Der LKW-Fahrer riss sich zusammen, sprach nun mit festerer Stimme: »Ich bin mir ziemlich sicher, dass es ein Mann war, zumindest der Kleidung nach, der trug kein Kleid oder so. Und ich habe nichts gehört, als er weggerannt ist.« Erklärend fügte er an: »Na, wenn das ’ne Frau gewesen wäre, dann hätte ich vielleicht das Klappern von Absätzen gehört.«

Frederike griff ein, befürchtete, dass der Zeuge sich

aufgrund des Wunsches zu helfen in Spekulationen verlor, anstatt einfach Fakten wiederzugeben.

»Schildern Sie nur das, an was Sie sich noch erinnern.«

»Ich rief von weitem: ›He, was ist da los?‹, oder etwas in der Art. Es war noch nicht hell und die Autoscheinwerfer haben mich geblendet. Dann hörte ich den Motor aufheulen.«

»Und den Fahrzeugtyp, die Farbe haben Sie nicht erkannt?«, mischte sich Dietmar ein.

»Ich war auf die Frau konzentriert, die lag leblos auf der Erde, da habe ich nicht weiter auf das Auto dieses Schweins geachtet.«

»Verständlich«, beruhigte ihn Frederike. »Hat die Frau denn noch etwas gesagt?«

»Wirres Zeug«, antwortete er. »Ich habe ihre Hand gehalten und mit ihr gesprochen. In meinem Beruf bekommt man einiges mit.« Aufgrund der fragenden Gesichter fügte er an: »Ich meine Unfälle. Aber das …« Er brach kurz ab, fuhr dann voller Entsetzen fort: »Ihre Gedärme …, sie lagen auf ihr. Es war schrecklich, als hätte man sie aushöhlen wollen.«

Wieder ließen ihm die Beamten Zeit, sich zu sammeln, bevor die Hauptkommissarin bat: »Können Sie sich an diese wirren Dinge, die das Opfer gesagt hat, denn noch erinnern?«

»Es waren im Prinzip immer dieselben Worte. Sie sagte etwas von einem Hund, dessen Fell oder einem Wolf. Vielleicht hat sie ein Haustier?«, mutmaßte der Zeuge. »Ich glaube nicht, dass sie mich überhaupt bemerkt hat. Ich habe sie nach ihrem Namen gefragt, aber sie hat nicht geantwortet.«

Frederike hatte sich bei dem Gespräch mit dem LKW-Fahrer nichts anmerken lassen, aber als sie schließlich mit ihren Kollegen alleine war, sagte sie entschlossen: »Silvio Leco hat einen Wolf auf den Arm tätowiert und das Opfer erwähnt quasi mit dem letzten Atemzug einen Wolf. Claire Weber hat sich kurz vor ihrem Tod in Lecos Klub aufgehalten, die unbekannte Tote nahm jeden Job an, der ihr Geld brachte, womöglich sogar als Drogenkurierin. Und das dritte Opfer war eine Prostituierte. Auf die ein oder andere Art bewegte sich jede der Frauen in Lecos Umfeld. Mir reicht das jetzt an Zufällen. Ich will mit Leco sprechen und zwar umgehend.«

* * *

Etwa zur gleichen Zeit erreichte Arthur Gremmelspacher seinen Hof.

Der gestrige Abend war anders verlaufen als geplant. Sein treuer Vierbeiner hatte die Nacht mit ihm verbracht, denn Arthur hatte es widerstrebt, den Hund bei der Mutter zurückzulassen. Also hatte das Tier geduldig im Auto gewartet und sich mit einer kurzen Gassirunde zwischen Arthurs Besuchen im Tatischko-Klub und der Wohnung seines neuen Bekannten begnügt. Der junge Mann hatte sich hinreißen lassen – auch und vor allem, weil er die Einsamkeit so satt hatte. Eigentlich war dieser Stefan überhaupt nicht sein Typ und im Prinzip war auch klar, dass der von ihm nur eine schnelle Nummer wollte. Aber manchmal war eine schnelle Nummer besser, als alleine zu sein.

Frustriert stellte er den Wagen nun auf dem Hof ab, stieg aber noch nicht aus. Die Nacht war ein Reinfall gewesen. Stefan hatte Angst vor Hunden, also durfte sein Vierbeiner nicht mit in die Wohnung. Der Sex war nur aus einem Grund unvergesslich, und zwar weil er so schrecklich leidenschaftslos war. Die Worte freudloses Abstrampeln waren Arthur dabei durch den Kopf gegangen und er hatte, nachdem Stefan schnarchend neben ihm gelegen hatte, regelrecht die Flucht ergriffen, ohne irgendeine Nachricht zu hinterlassen. Dabei hatte er die ganze Zeit an Oberkommissar Julian Meister gedacht. Anschließend war er herumgefahren, erinnerte sich kaum noch an die letzten Stunden, so tief war er in Gedanken versunken gewesen.

Mit einem Seufzer öffnete er die Wagentür. Sein Hund schnellte in die Höhe und war mit einem Satz im Freien.

»Der Tag gehört dir«, sagte Arthur scherzend zu dem Tier und ließ es seine Runden über den Hof drehen.

Mit gemischten Gefühlen betrat er schließlich das Wohnhaus. Gerade als er die Treppe nach oben steigen wollte, tauchte seine Mutter auf.

»Geht das jetzt jede Nacht so? Und wie siehst du überhaupt aus? Was ist mit deiner Kleidung passiert«, trat sie ihm vorwurfsvoll in den Weg und begutachtete die roten Flecken auf seinem weißen Hemd.

»Ein verschütteter Cocktail«, gab er emotionslos Antwort und wollte sich an ihr vorbeischieben, aber das ließ sie nicht zu.

»Du bist eine Schande, du widerlicher Hinterlader!«, begann sie erneut, ihn zu beschimpfen. Sie ereiferte sich so sehr, dass er bei jedem Wort etwas von ihrem Speichel abbekam.

Automatisch trat er zurück.

Sie deutete die Geste falsch, vermutete, er sei eingeschüchtert und wurde noch gemeiner. »Du bist ein Waschlappen, deshalb interessieren sich die Weiber nicht für dich. Die wissen, dass du einen schlappen Pimmel hast und dich deshalb lieber in den Arsch …«

»Es reicht!«, unterbrach er sie müde, aber vehement. Wieder einmal spürte er unendliche Wut in sich aufsteigen.

»Wann es reicht, das entscheide immer noch ich«, schnauzte sie herrisch. »Mein Haus, mein Hof, mein …«

»Weißt du was«, verlor Arthur plötzlich die Beherrschung. »Verreck in deinem Haus, verreck auf deinem Hof!« Es war das erste Mal, dass er so heftig die Stimme gegen sie erhob, aber er konnte nicht länger an sich halten. »Ja, verrecke hier, mir reicht es! Und ja, vermutlich hätte sich Vater für mich geschämt, aber doch nur, weil er genau so ein Arschloch war wie du.«

Ihre Hand schnellte nach vorne und es folgte eine schallende Ohrfeige. Allerdings wich Arthur dieses Mal nicht zurück, sondern ging direkt auf sie zu, drängte sie gegen die Wand und sah sie durch zusammengekniffene Augen an. »Komm mir *nie* wieder zu nahe«, drohte er und streckte ihr sogar den Zeigefinger entgegen. »Wage es noch einmal, mich anzufassen und ich schwöre, ich drehe dir den Hals um.« Damit ließ er von ihr ab und stapfte hasserfüllt die Stufen nach oben. In Windeseile packte er einige Habseligkeiten zusammen und schnappte sich die Hundedecke. Als er kurz darauf wieder nach unten kam, stand seine Mutter immer noch völlig verdattert an der Wand.

»Ich gehe«, sagte er zornig. »Den Rest meiner Sachen hole ich im Laufe der Woche.«

»Wenn du jetzt gehst, brauchst du nie wieder zurückkommen, dann werde ich dich enterben.«

»Tu das.« Er drehte sich zu ihr, grinste abfällig. »Bitte, tu das, enterbe mich, dann bin ich endlich frei.«

Als die Tür hinter ihm ins Schloss fiel hatte Maria Gremmelspacher das Gefühl, keine Luft mehr zu bekommen; plötzlich stiegen ihr vor Zorn Tränen in die Augen. »Das wirst du bereuen!«, zischte sie, aber das konnte Arthur nicht mehr hören.

24

»Denkst du wirklich, dass es eine gute Idee ist, Silvio Leco auf diese Weise zu überfallen?«, hakte Dietmar Klein nach, als die Hauptkommissarin den Dienstwagen zur Villa lenkte.

»Was sollte ich sonst tun«, reagierte Frederike genervt. »Den Haftbefehl stellt mir zu diesem Zeitpunkt kein Richter aus. Die werden sagen, dass uns die Beweise fehlen.«

»Was ja auch stimmt«, warf der Kollege ein.

»Ich habe das langsam satt«, ereiferte sich die Hauptkommissarin. »Jeder weiß, dass Leco ein Verbrecher ist. Die französischen Behörden sind darüber im Bilde und wir ebenfalls und doch kommt er jedes Mal davon. Beruft sich auch noch frech auf die Rechte, die er ständig mit Füßen tritt.«

»Wenn du jetzt etwas Unüberlegtes tust, spielst du ihm nur in die Hände«, warnte sie Dietmar.

Frederike verzog das Gesicht und ließ ein ungeduldiges Grunzen folgen. »Keine Sorge, ich kann mich beherrschen, er wird von mir höflich und zuvorkommend ins Gefängnis gebracht.«

Dietmar lachte auf. »Wenn das einer schafft, dann du«, fügte er immer noch amüsiert an und fragte schließlich ernst: »Also wie gehen wir vor?«

»Locken wir ihn aus der Reserve«, erwiderte die Hauptkommissarin. »Der Kerl ist auf seine gesellschaftliche Stellung bedacht, vielleicht können wir da ansetzen.«

Allerdings hatte die Haushälterin Gundula Erlenbach nicht die geringste Absicht, die Beamten erneut in die Villa zu lassen.

»Bernard ist nicht da«, sagte sie kurz angebunden und erinnerte sich mit Grausen an den Streit, den es nach dem letzten Besuch der Polizei im Haus gegeben hatte.

Silvio hatte vor Wut geschäumt. Für Anuschka war er natürlich voll des Lobes gewesen, aber an Bernard hatte er sich ausgetobt. Die Beschimpfungen waren überall im Haus zu hören gewesen, auch in der Waschküche, in die sich Gundula anstandshalber zurückgezogen hatte.

»Wir müssen mit Silvio Leco sprechen«, blaffte Frederike. »Es ist dringend. Sagen Sie ihm, dass wir entweder ein Missverständnis aufklären können oder das nächste Mal mit einem Haftbefehl vorbeikommen. Vermutlich wird das dann auch die Presse auf den Plan rufen.« Sie zwinkerte Dietmar zu, bevor sie noch anfügte: »Wird ein ganz schönes Spektakel vor Ihrer Einfahrt geben, ich denke nicht, dass Ihr Arbeitgeber erpicht ist, mit negativen Schlagzeilen in der Zeitung zu stehen.«

»Warten Sie«, erwiderte die Haushälterin daraufhin spitz.

»Nicht schlecht«, lobte derweil Dietmar Klein seine Kollegin, »allerdings könnte man dir das als Drohung auslegen.«

Frederike machte eine unschuldige Miene und erwiderte lapidar: »Ich will dem Mann lediglich Unannehmlichkeiten ersparen.«

Tatsächlich ließ man sie ein. Frau Erlenbach schien genaue Anweisungen erhalten zu haben, denn in knappen Sätzen bat sie die Beamten, in der Bibliothek zu warten.

»Herr Leco wird gleich da sein, bitte gedulden sie sich einen Augenblick.« Damit verschwand sie wieder, ohne Kaffee anzubieten oder die Dauer dieses Augenblicks näher zu definieren.

Nach etwa dreißig Minuten, die Frederike genutzt hatte, sich gründlich, aber erfolglos umzusehen, tauchte Leco auf. An seiner Seite erschien ein abgehetzt wirkender Mann, den der Hausherr als Anwalt vorstellte und der die Polizisten mit den Worten begrüßte: »Ich hoffe, Ihnen ist klar, dass Sie sich gerade in Richtung einer Beschwerde bewegen.«

»Wieso das?«, blieb Frederike gelassen.

»Bedrohung, Nötigung, Erpressung, suchen Sie sich etwas aus«, antwortete der Anwalt schnippisch.

»Ich versuche lediglich, eine Mordserie aufzuklären und Ihrem Mandanten Unannehmlichkeiten zu ersparen. Aber bitte, beschweren Sie sich.«

Leco mischte sich mit einem zynischen Grinsen ein. »Selbstverständlich möchten Sie nur mein *Bestes,* Frau Hauptkommissarin. Bedauerlich, dass Sie annehmen, dass falsche Beschuldigungen ebenfalls zu meinem Wohl beitragen.«

Frederike ließ sich von ihm nicht provozieren, sondern erwiderte mit fester Stimme: »Wir haben ein weiteres Opfer. Wieder eine junge Frau, und wieder hat man ihr den Bauch aufgeschlitzt.«

»Das ist tragisch«, entgegnete Leco mit gespielter Anteilnahme.

»Das ist es. Erfreulicherweise konnte uns die Sterbende noch einen Hinweis geben, deshalb sind wir hier.« Mit eindringlichem Blick fixierte Frederike ihr Gegenüber.

An Leco prallten diese Informationen jedoch ab.

Lässig sagte er: »Da ich niemanden umgebracht habe, verstehe ich nicht, was diese Hinweise mit mir zu tun haben.«

Er sah zu seinem Anwalt, der die Stirn runzelte und gedehnt fragte: »Und was sind das für Hinweise?«

»Der Wolf«, antwortete Frederike ruhig. »Die Frau hat einen Wolf erwähnt, so einen wie auf Ihrem tätowierten Arm. Die Tatsache, dass das quasi ihre letzten Worte waren, legt nahe, dass sie uns damit ihren Mörder beschrieben hat.«

Leco schien für den Bruchteil einer Sekunde blasser zu werden, aber die Hauptkommissarin war sich nicht sicher, ob es sich dabei um eine Sinnestäuschung handelte, denn im nächsten Moment antwortete er selbstbewusst: »Ja, ich habe diese Tätowierung. Aber erstens werde ich nicht der Einzige sein und zweitens hört sich das so an, als hätten Sie eine sehr stark ausgeprägte Fantasie.«

Frederike blitzte ihn wütend an, riss sich aber zusammen und schluckte die Erwiderung herunter.

Der Anwalt ging sofort dazwischen, entschuldigte sich quasi für seinen Mandanten, indem er sagte: »Sie überfallen Herrn Leco ohne Termin und das nur wegen der vagen Aussage einer Sterbenden? Ich muss schon sagen«, fuhr er gekünstelt empört fort, »das ist selbst für einen verzweifelten Polizeibeamten ein starkes Stück.«

Frederike ignorierte die Bemerkung und erklärte: »Die Sterbende sprach von einem Hund, einem Wolf mit Fell. Ist das wirklich so absurd, dass mich mein Weg zu Ihnen führt? Erst Claire Weber, die in ihrem Klub war …«

Der Anwalt unterbrach sie. »Mir ist durchaus klar, was Sie hier versuchen. Sie möchten meinen Mandanten aus der Reserve locken, ihn unter Druck setzen und so zu einem Geständnis bewegen, aber ein unschuldiger Mann hat nichts zu gestehen.«

»Ich wundere mich über die erstaunlichen Zufälle. Das erste Opfer war im Tatischko-Klub, das zweite hat dort womöglich illegal gearbeitet, die dritte Frau, eine Prostituierte, die vierte, eventuell ebenfalls aus diesem Milieu. Alle vielleicht ein wenig naiv, leicht zu beeindrucken von einem erfahrenen Mann, der sich spendabel zeigt.«

»Ich habe Derartiges nicht nötig, außerdem bin ich in einer festen Beziehung«, gab Leco spitz zurück.

Frederike winkte gleichgültig ab. »Ich nehme an, Ihre Freundin wird bestätigten, dass Sie die ganze Nacht bei ihr waren.«

»Nein«, antwortete Leco scharf, »ich war die ganze Nacht in der Villa und ja, ich hätte mich hinausschleichen können, aber das tat ich nicht. Ich bin nicht der Mörder dieser Frauen.« Er schloss für einen Moment die Augen, wirkte dadurch wie ein Lehrer, der sich zur Geduld mit einem uneinsichtigen Kind ermahnte.

»Außerdem«, fuhr er um einen freundlichen Tonfall bemüht fort, »habe ich zwar die Tätowierung, aber ich bin mir sicher, dass es zahlreiche Menschen gibt, die sich ein fellbewachsenes Tier tätowieren ließen. Einer meiner Türsteher im Klub hat sich einen *Biber* stechen lassen.« Er hob und senkte die Schultern, bevor er lässig sagte: »Ich bin nur einer von Tausenden. Auch Hunde sind beliebte Motive, ich möchte sie daran erinnern, dass einige Rassen von Fell und Statur dem Wolf nicht unähnlich sind, immerhin stammen sie …« Plötzlich schien Leco etwas in den Sinn zu kommen. Er unterbrach sich, schwieg kurz, bemerkte dann, dass alle Augen auf ihn gerichtet waren und fügte schnell an: »Der Hund stammt immerhin vom Wolf ab.«

Frederike entging das nicht und hakte sofort nach: »Ist Ihnen doch noch etwas eingefallen?«

Er schüttelte verneinend den Kopf.

»Ich erinnere Sie daran, dass wir in einer Mordserie ermitteln.«

Schroffer als bislang antwortete der Mann: »Es reicht jetzt, Sie haben Ihr Anliegen vorgetragen, ich habe geantwortet. Das war's. Mein Anwalt wird Sie zur Tür begleiten.«

Damit stand er auf und verließ den Raum, durch die versteckte Tür, die vor wenigen Tagen auch Anuschka genutzt hatte.

»Wenn ich bitten darf«, übernahm es der Anwalt, die

Beamten hinauszukomplimentieren. »Ihr Vorgesetzter wird von mir hören«, fügte er noch an, bevor er sie mehr oder weniger aus der Tür schob.

* * *

Ohne zu sprechen, gingen die Beamten zurück zu ihrem Wagen. Erst, als sich das Fahrzeug einige Meter von der Villa entfernt hatte, sagte Dietmar: »Denkst du immer noch, dass er es war?«

Die Hauptkommissarin zuckte mit den Schultern. »Leco ist Berufsverbrecher, der kennt das Spiel. Allerdings gab es da diesen Moment des Zögerns, als wäre ihm etwas, beziehungsweise jemand eingefallen. Womöglich ist ihm ein Kunde oder Geschäftspartner in den Sinn gekommen, den er für verdächtig hält.«

»Warum hat er dann nichts gesagt, wäre es nicht logisch, sich selbst zu entlasten«, ging Dietmar darauf ein.

»Eigentlich schon, aber wir dürfen nicht vergessen, dass Leco kein Interesse an der Gerechtigkeit für die Opfer hat. Wenn er wirklich unschuldig ist, werden wir ihn auch nicht überführen können. Und gewiss fürchtet er uns nicht genug, um mit uns zu kooperieren. Also wird er sein Wissen, wie auch immer das geartet ist, solange für sich behalten, wie es *ihm* nützlich ist.« Frederike fluchte laut. »Ich verabscheue den Typ.«

Ihr Gespräch wurde von einem Anruf unterbrochen.

Das Labor meldete sich und Dietmar sagte kurz darauf bedauernd zu Frederike: »Brauchbare DNA können wir vergessen. Durch die Erste-Hilfe-Maßnahmen des LKW-

Fahrers und der Rettungskräfte kommt es zu keiner eindeutigen Spurenlage.«

»Haben wir wenigstens die Identität der Toten?«, hakte Frederike nach, bereits ahnend, dass das noch nicht der Fall war, sonst hätte Dietmar es erwähnt.

»Keine persönlichen Gegenstände, wir können also annehmen, dass sie mit ihrem Mörder zu dem Parkplatz gekommen ist. Weit und breit fanden wir keinen verlassenen Wagen und die öffentlichen Verkehrsmittel führen ebenfalls nicht dorthin.«

»Er nimmt sie also mit, um sie zu töten. Und er plant bereits vorab, ihr den Leib aufzuschneiden und die Gedärme und Organe zu entnehmen«, fasste Frederike noch einmal zusammen. »Das sieht doch eindeutig nach Hass auf Frauen aus.«

Dietmar seufzte. »Im Prinzip spielt es keine Rolle, ob er das aus Hass oder Liebe tut.«

Die Hauptkommissarin nickte. »Vermutlich bringt uns diese Überlegung nicht weiter, aber mir fällt nichts Besseres ein. Also lass es uns durchspielen. Warum hasst ein Mann Frauen?«

»Der Klassiker, Wut auf die Frau, die ihn großgezogen hat, im Normalfall die Mutter«, antwortete Dietmar.

»Das führt uns zu Arthur Gremmelspacher, dessen Mutter haben wir ja kennengelernt«, folgerte die Hauptkommissarin.

»Und er hat einen Hund«, stimmte ihr der Kollege zu. »Silvio Leco hat nicht ganz unrecht. Die letzten Worte des Opfers können alles Mögliche bedeuten. Vielleicht trug der Täter ein T-Shirt mit dem Bild eines Hundes, vielleicht hatte er eine Tätowierung, vielleicht sogar auch einen Hund dabei.«

»Der LKW-Fahrer hat keinen Hund erwähnt«, warf Frederike ein, verbesserte sich dann aber selbst, »obwohl er zunächst dachte, er würde Füchse sehen. Denkbar auch, dass das Tier im Wagen gewesen war. Wenn die Tote zuvor ebenfalls im Auto gesessen hat, dann hat sie ihn natürlich gesehen. Reden wir mit Gremmelspacher und lassen Julian das Alibi von Oliver Dahlberg überprüfen. Sag ihm, dass er persönlich vorbeigehen und sich dort unauffällig nach Hunde- oder Wolfsmotiven umsehen muss. Vielleicht handelt es sich um ein Logo, dass das letzte Opfer im Wagen gesehen hat.«

»Wir sind also noch keinen Schritt weiter«, fügte Dietmar bedauernd an.

»Ich bin mir sicher, dass uns die Hinweise der Toten zum Mörder führen werden und gegebenenfalls müssen wir auch berücksichtigen, dass der LKW-Fahrer nicht zu hundert Prozent überzeugt gewesen war, einen Mann gesehen zu haben.«

»Du glaubst ernsthaft, dass wir nach einer Frau suchen sollten?«

»Ich glaube, dass eine kluge Frau solche Morde begehen könnte, um von ihrem eigentlichen Motiv abzulenken, auch wenn das weit hergeholt ist.«

»Und was wäre ihr eigentliches Motiv?«, fragte Dietmar skeptisch.

»Zum Beispiel Eifersucht.« Da Frederike den Wagen lenkte, konnte sie Dietmar nicht ansehen, vernahm aber sein Schnauben und wusste, dass er Zweifel hegte.

»Ich weiß, es ist zunächst unglaubhaft, aber ich

komme erneut auf Anuschka Leco zurück. Anuschka war schon mit dreizehn Jahren hinterhältig und hat sich gegen die Geliebte des Vaters gestellt. Was, wenn sie Geschlechtsgenossinnen grundsätzlich als Bedrohung empfindet. Womöglich fing mit Claire Weber alles an. Womöglich hat sich Bernard an dem Abend zu angeregt mit Claire unterhalten, Anuschka erfuhr davon und da sie nun einmal weder an der Seite des Vaters noch an der des Bruders eine andere Frau duldet, schafft sie die Konkurrenz aus dem Weg.«

Dietmar wiederholte sein Seufzen. »Deine Theorie klingt ein wenig verzweifelt«, hielt er dagegen.

»Ich *bin* verzweifelt«, antwortete ihm Frederike ehrlich, »ich will das beenden, bevor noch mehr Menschen sterben.«

25

Als Hauptkommissarin Zimmer und ihr Kollege Dietmar Klein den Hof der Familie Gremmelspacher erreichten, bemerkten sie sofort, dass etwas vorgefallen sein musste. Eine kleine Menschengruppe stand auf dem Parkplatz und wirkte dabei recht verloren. Vor der Handvoll Männer und Frauen hatte sich Maria Gremmelspacher wie ein Feldwebel aufgebaut.

»Morgenappell?«, scherzte Dietmar beim Aussteigen, während Frederike vergebens Ausschau nach Arthur hielt.

»Der Traktor steht vor der Scheune, weit kann er nicht sein«, überlegte sie laut und ging dann mit forschen Schritten auf die Bäuerin zu.

»Was wollen Sie schon wieder?«, schnauzte die und Frederike empfand die Frau heute noch unangenehmer als bei ihrer letzten Begegnung.

Trotzdem fragte sie höflich: »Wir möchten mit Ihrem Sohn sprechen.«

Im Augenwinkel konnte die Hauptkommissarin erkennen, dass einer der Männer hinter Marias Rücken grinste.

»Ist nicht da«, schnauzte Frau Gremmelspacher und als suchte sie ein Ventil, um ihre Wut abzulassen, drehte sie sich zu der Gruppe Arbeiter um und zischte: »Was steht ihr so blöd herum, ihr wisst, was zu tun ist. Los, an die Arbeit, haut ab.«

Lustlos trotteten die landwirtschaftlichen Helfer davon und Frederike fragte sich, ob der ein oder andere nicht gerade beschlossen hatte zu kündigen.

»Wo ist Ihr Sohn?«, hakte Frederike erneut nach.

»Was weiß ich, wird irgendwo Schwänze lutschen«, erwiderte sie voller Abscheu.

Frederike hatte zwar keine großen Erwartungen in Maria Gremmelspachers Manieren, aber die Aussage der Frau schockierte sie trotzdem.

Dennoch fragte sie gelassen: »Geht das vielleicht etwas genauer? Hat er einen Freund?«

»Keine Ahnung und es ist mir auch egal. Wenn Sie ihn finden, richten Sie ihm aus, dass er hier Hausverbot hat. Ich bin fertig mit diesem undankbaren Versager.«

»Nun mal der Reihe nach«, versuchte die Hauptkommissarin, ihr Gegenüber zu zügeln. »Es ist wichtig, dass Sie uns genau erzählen, was passiert ist?«

»Also schön«, ließ sich Maria nicht lange bitten. »Ich habe dem Jungen mein Leben geopfert, für ihn den Hof behalten, nachdem mein Mann gestorben war.« Sie machte eine ausladende Handbewegung. »Das alles sollte eines Tages ihm gehören, aber Arthur hat sich gegen mich entschieden. Er hat mich einfach im Stich gelassen.« Sie klang nun jämmerlich und hätte Frederike nicht bereits Bekanntschaft mit der bösartigen Seite von Frau Gremmelspacher gemacht, dann hätte sie in diesem Augenblick vielleicht sogar Mitleid empfunden.

»Sie hatten Streit?«, mutmaßte die Polizistin, jedoch ohne ihr Bedauern auszudrücken.

»Das war kein Streit«, widersprach Maria, »ich habe ihn gefragt, wo er die Nacht verbracht hat und das war offenbar schon zu viel.«

»Ihr Sohn war also letzte Nacht nicht zu Hause.«

»Nein«, erwiderte Maria patzig. »Dabei haben wir jede Menge Arbeit, aber das ist diesem Egoisten völlig egal.«

»Was hat er gesagt, wo er war?«, fasste nun Dietmar nach.

»Nichts, aber ich nehme an, in einem dieser anrüchigen Klubs. Er hatte rote Flecken auf seinem Hemd, von einem Cocktail. Wissen Sie, was so ein *Schirmchen-Tralala* kostet?«, ereiferte sie sich. »Bier ist dem feinen Herrn ja nicht mehr gut genug.«

Die beiden Beamten sahen sich an, dachten dasselbe, nämlich, dass rote Flecken auch vom Blut des letzten Opfers hätten stammen können.

»Wo ist der Hund Ihres Sohnes?«, wollte Frederike wissen und sah sich automatisch nach dem Tier um.

»Den Köter hat er zum Glück mitgenommen.«

»Auch letzte Nacht?«, fragte Dietmar.

Maria Gremmelspacher kniff ihre hinterlistigen Augen zusammen. »Ja, auch letzte Nacht. Um was geht es hier überhaupt? Sie fragen mich doch gerade nach dem Alibi meines Sohnes, oder?«

»Und wenn das so wäre?«, stellte Frederike mit harmlos klingender Stimme eine Gegenfrage.

»Bedauere, dann kann ich ihm leider keines geben. Und was die anderen Male angeht, so wirklich sicher bin ich mir da auch nicht mehr. Immerhin arbeitete ich hart, da schlafe ich natürlich fest. Wenn er sich hinausschleicht, würde mir das gewiss entgehen. Ich werde wegen dieses kleinen Schmarotzers jedenfalls keinen Meineid leisten.«

»Sehr anständig«, konnte sich Dietmar nicht verkneifen zu sagen.

Maria entging der Sarkasmus in der Stimme des Polizisten, sie schien sich einzig an der eben begangenen Rache gegen den eigenen Sohn zu erfreuen.

* * *

Sie hatten die Handynummer von Arthur Gremmelspacher und hinterließen sofort eine Nachricht. Frederike hatte Julian darum gebeten, das zu übernehmen.

»Er scheint, etwas für dich übrig zu haben, also nutzen wir das. Wenn er sich nicht meldet, dann schreibe ich ihn allerdings zur Fahndung aus«, erklärte die Hauptkommissarin.

»Die Aussage der Mutter kann man doch nicht ernst nehmen«, warf Julian ein. »Die stellt sich gegen den eigenen Sohn, nur weil der sich nicht mehr von ihr herumkommandieren lässt. Die Frau ist doch völlig kaputt.«

»Fürwahr«, stand ihm Dietmar bei. »Im Normalfall beschützen Eltern ihre Kinder auf Teufel komm raus. So etwas hatten wir bisher noch nicht. Ich meine«, führte er aus, »die macht den eigenen Sohn zu einem Mordverdächtigen, *absichtlich*.«

Julian warf dem Kollegen einen dankbaren Blick zu, aber Frederike hatte Einwände.

»Das heißt aber nicht, dass sie gelogen hat. Ganz im Gegenteil. Wir nehmen Alibis von Müttern sowieso nicht ernst, aber wenn die Gremmelspacher widerruft, wird ihr jeder Richter glauben. Arthur Gremmeslpacher könnte die Opfer alle gekannt haben oder Ihnen begegnet sein. Das heißt, er hätte die Gelegenheit gehabt, sie zu töten. Außerdem ist leicht nachvollziehbar, dass er seine Mutter hasst und sich daraus womöglich ein grundlegender Zorn gegen Frauen entwickelt hat. Offenbar wurde ihm seine Homosexualität von der Mutter vorgeworfen, eigentlich ein Fall wie aus dem Lehrbuch.«

Julian wollte Einwände erheben, aber seine Vorgesetzte ließ ihn noch nicht zu Wort kommen. »Er hatte, als er am Morgen den Hof erreichte, rote Flecken auf dem Hemd, er hat einen Hund, der letzte Nacht mit ihm unterwegs war und er ist verschwunden.« Ihr Blick traf den von Oberkommissar Meister. »Ich weiß, dass du ihn irgendwie magst. Aber wenn er sich nicht umgehend bei uns meldet, dann habe ich keine Wahl, dann lasse ich einen Haftbefehl ausstellen.«

26

Zur gleichen Zeit

Er betrachtete sie neugierig, so wie man einen Menschen betrachtet, wenn man ihm das erste Mal begegnet. Er dachte über alle seine Opfer das Gleiche, sie waren in seinen Augen *Lügnerinnen*. Wusste er doch genau, dass sie ihm Sympathie vorheuchelten, in Wahrheit aber nur Abscheu für ihn empfanden. Es tat gut, sich von ihnen zu befreien.

»Hübsch hier«, hörte er sie sagen.

Sie spielte die Unschuldige, streifte durch das Zimmer, als gäbe es viel zu sehen. Dann setzte sie sich wie selbstverständlich auf den Boden. Ihre Finger glitten über den dichten Teppich. »So gemütlich«, fuhr sie fort und hauchte ein schüchternes: »Willst du dich nicht zu mir setzen?«

Sie spreizte ein wenig die Beine, bot sich ihm regelrecht an. Er hatte es geahnt, auch sie war eine Nutte.

Auch sie würde ihm sagen, was er hören wollte, aber nichts davon wäre ehrlich gemeint.

Sie zu bestrafen, würde ihm Vergnügen bereiten – und dieses Mal konnte er sich Zeit lassen. Keine Hast wie bei der letzten. Hier würde ihn nicht irgendein LKW-Fahrer stören. Der Vorfall auf dem Parkplatz war ihm eine Lehre gewesen.

»Nimmst du es deiner Mutter übel?«, fragte sie unvermittelt.

Erstaunt blickte er sie an und sofort sprach sie weiter. »Ich meine ja nur. Wenn man sich alleingelassen fühlt, dann wird man manchmal wütend. Meine Mutter ist nie wirklich für mich da gewesen, und als Kind habe ich ihr das übel genommen. Ich glaube aber, dass das ganz normal ist, dass Wut nicht unterdrückt werden sollte.«

»Ich unterdrücke meine Wut nicht«, erwiderte er ungeduldig und setzte sich neben sie. Automatisch rückte sie näher an ihn heran.

»Das ist gut, bringt ja auch nichts. Ich zum Beispiel, ich vertrage mich nicht besonders mit meiner Mutter.« Sie zuckte lässig mit den Schultern. »Warum sollte ich mich deshalb schlecht fühlen, wenn sie doch diejenige ist, die mich nicht so akzeptiert, wie ich bin und meine Wünsche ignoriert.«

»Ich verstehe dich«, sagte er jetzt und meinte es ehrlich, obwohl er sich darüber im Klaren war, dass sein Leben und das dieser dummen Schlampe sicher wenige Parallelen hatte. Mit einem Mal begann er, sich zu langweilen, und sagte deshalb: »Warum erzählst du mir das?«

Ihre Augen weiteten sich nervös. Es lagen Ärger, aber

auch Furcht darin. Es war so durchschaubar. Sie wollte ihm also unbedingt gefallen.

»Ich dachte, du möchtest reden«, erwiderte sie wie zur Bestätigung, »aber das müssen wir nicht.« Sie lächelte verführerisch, auch das kannte er schon. Er hatte sich schon oft bei Prostituierten Befriedigung geholt. Seine Gedanken schweiften zurück. Das erste Mal war es ihm noch schwergefallen, seine Wünsche zu formulieren.

»Nur von hinten und im Dunkeln.« Mehr Bedingungen hatte er nie gestellt, dafür gut bezahlt und alles vermieden, was etwas von ihm selbst hätte preisgegeben können. Er war zu diesen Frauen gegangen, ohne sein Geheimnis zu offenbaren, bis er Claire Weber begegnet war. Wieso hatte er sich auch auf sie eingelassen?

Die Erinnerung an ihre Reaktion auf seine Ehrlichkeit machte ihn immer noch wütend.

Plötzlich spürte er die Hände seiner Begleiterin. Sie bemühte sich, ihm das Oberteil auszuziehen.

»Du willst keine Zeit verschwenden, was?«, fragte er lauernd.

»Ich dachte, dir ist nicht nach Reden«, erwiderte sie unsicher.

Sein Gesicht verzog sich zu einem mitleidigen Lächeln, als er ruhig fragte: »Glaubst du, dass das, was du jetzt vorhast, dich glücklich machen wird?«

»Natürlich wird es das. Ich dachte, dafür sind wir hier, um uns glücklich zu machen.« Sie richtete sich auf und zog sich wie selbstverständlich ihr Oberteil über den Kopf. Der Spitzen-BH aus rosa Seide verbarg ihre zierlichen Brüste kaum. Ohne Scham zog sie ihn aus und streifte dann die Hose und den Schlüpfer ab. Er betrachtete ihren knabenhaften Körper und fragte sich, ob er nicht doch noch mit ihr schlafen sollte, aber seit er das Töten für sich entdeckt hatte, war der Geschlechtsakt zweitrangig. Zumal er ohne Sex weniger lästige Spuren vernichten musste.

»Du willst es unbedingt, oder?«, fragte er, als hätte sie jetzt noch die Wahl.

Sie grinste und nickte.

»Also schön, dann werde ich dir zeigen, wer ich wirklich bin.«

Sie strahlte, rechnete offenbar nicht mit dem, was dann folgen sollte, denn plötzlich weiteten sich ihre Augen. Er kniete mit nacktem Oberkörper vor ihr, hatte sich seines T-Shirts entledigt und hielt das Messer in der Hand, das wie aus dem Nichts aufgetaucht war.

* * *

In der Dienststelle der Kriminalpolizei Freiburg

Oberkommissar Julian Meister wagte es nicht, sich vom Telefon zu entfernen, auch sein Handy hatte er in der Hoffnung griffbereit, Arthur Gremmelspacher würde sich bei ihm melden. Der Beamte hatte keine Zweifel daran, dass Frederike demnächst offiziell nach dem Mann fahnden lassen würde. Warum ihn das so beunruhigte, konnte er nicht beantworten. Arthur Gremmelspacher war für ihn eigentlich ein Fremder und dazu ein potenzieller Täter, aber so sah es Julian im Moment nicht.

Vermutlich wollte er es keinesfalls wahrhaben. Immerhin hatte sich Arthur ihm gegenüber mehr als anständig verhalten. Ja, es stimmte, was seine Vorgesetzte behauptete, er mochte den jungen Mann. Automatisch dachte er an die erste Zeit mit Karsten.

Die Entschlossenheit, mit der sein Noch-Ehemann nun die Trennung durchzog, schmerzte Julian. Am Tag, als er schließlich seine Sachen abgeholt hatte, war sogar eine befremdliche Härte von ihm ausgegangen.

»Habe ich denn keine Chance verdient?«, hatte Julian gefragt und den Tränen freien Lauf gelassen.

Karsten war in Eile gewesen, hatte hektisch Tüten und Kartons gepackt, jedoch großzügig die Möbel zurückgelassen, als wäre das für Julian ein Trost.

»Du bist nicht das Problem«, hatte er ungeduldig geantwortet, »sondern ich.«

»Das musst du mir erklären«, reagierte Julian daraufhin irritiert.

Tatsächlich legte Karsten endlich das Zeitungspapier zur Seite, in das er die einzelnen Stücke eines vierundzwanzigteiligen Services einwickelte und blickte Julian an. »Ich komme mit diesem Leben nicht klar.«

»Mit *welchem* Leben?«, fragte Julian, obwohl er schon ahnte, auf was das hinauslaufen würde.

»Ich bin nicht dazu gemacht, mit einem Polizisten verheiratet zu sein.«

»Aber das hast du doch vorher gewusst«, konnte sich Julian den Vorwurf nicht verkneifen. »Du warst es doch, der der Meinung gewesen war, es hinzubekommen. Du hast doch darauf gedrängt zu heiraten, uns ein Nest zu bauen. Was hat sich geändert?«

»Eben nichts«, erwiderte Karsten hilflos. »Ich dachte, es würde besser werden. Aber diese unregelmäßigen Dienstzeiten, nie bist du da«, brach es nun aus Karsten heraus. »An Feiertagen und Wochenenden arbeitest du. Egal wo ich aufkreuze, ob bei einer Familienfeier oder im Kino, immer bin ich alleine unterwegs. Wenn du Spätschicht hast, sitze ich vor dem Fernseher und tröste mich mit einer Flasche Rotwein, das ist doch kein Leben.«

»Du tust ja gerade so, als wäre ich nie zu Hause, das stimmt doch gar nicht.«

»Ach«, entgegnete Karsten zornig. »Und wie ist das, wenn ihr an einem Fall arbeitet? Wenn mitten in der Nacht der Anruf kommt?« Er blickte Julian wütend an. »Dann bist du rund um die Uhr im Einsatz.«

»Ich kann mir einen anderen Job suchen«, warf Julian ein und in diesem Moment meinte er seinen Vorschlag auch ernst.

Karsten winkte ab. »Nicht das schon wieder. Denkst du, ich weiß nicht, wie viel dir dein Beruf bedeutet? Dich würde es unglücklich machen und mich würden die Schuldgefühle erdrücken.«

»Liebst du ihn?«, fragte Julian unvermittelt sich bewusst werdend, dass sein Mann entschlossen war zu gehen. »Liebst du ihn? Den Typ aus dem Klub?«

»Nicht so, wie ich dich geliebt habe«, gab Karsten nun leise zu.

»Und dennoch ziehst du ihn mir vor«, sagte Julian tonlos.

»Ich ziehe ein Leben mit ihm vor. Ich wünsche mir einfach ein stinknormales Leben. Arbeit von acht Uhr morgens bis fünf Uhr abends. Gemeinsame Abende und

Wochenenden. Und ich will nicht jede Sekunde, die ich ohne meinen Partner bin, Angst um ihn haben.«

»Mir war nicht bewusst, dass das so ist«, hatte Julian ratlos reagiert.

»Es funktioniert nicht zwischen uns und es tut mir leid. Lass mich einfach gehen«, waren Karstens letzte Worte gewesen und Julian hatte aufgehört, ihn weiter zu bedrängen.

»Hat sich Gremmelspacher gemeldet?«, riss Dietmar Klein den Oberkommissar aus seinen Erinnerungen.

Julian schüttelte den Kopf. »Ich werde noch einmal versuchen, ihn zu erreichen«, schlug er vor.

»Wäre besser, der würde bald hier aufkreuzen«, antwortete Dietmar mitfühlend und nickte seinem Kollegen verständnisvoll zu.

* * *

Zur gleichen Zeit

Als die Klinge ihre Kehle berührte, schrie sie auf; aber ein Fluchtversuch blieb aus. Sie starrte ihn an, während er das Messer quer über ihren Hals zog. Fast wirkte es, als würde sie den Schmerz als Teil des Liebesaktes akzeptieren, ihn sogar fordern.

Dass sie es ihm so einfach machte, versetzte ihn in Rage. Er wollte sie bezwingen, das Gefühl haben, einen Sieg zu erringen. Was sie ihm durch ihre demütige

Bereitschaft zu sterben verwehrte, holte er sich auf andere Weise. Das Messer war nicht nur mehr sein Werkzeug, sondern auch sein verlängerter Arm. Jedem Einstich folgte ein wohliges Prickeln auf seiner Haut, jeder Tropfen Blut, der ihren Körper verließ, entlockte ihm eine Schweißperle – und als dann von ihr doch noch ein leises schmerzerfülltes Stöhnen zu hören war, geschuldet den Reflexen der menschlichen Anatomie, stimmte er ein und verwandelte den Mord zu einem lustvollen Akt, der ihn in Ekstase versetzte.

Wieder stach er zu, ließ die Klinge tief in das Fleisch gleiten und zog sie in Richtung des Bauchnabels der Frau. Das weiche Gewebe gab nach und er ergötzte sich daran, schloss die Augen und warf den Kopf in den Nacken. Noch nie hatte er mit so viel Leidenschaft getötet, noch nie hatte er es so genossen. Im Rausch vollführte er mehrere Wiederholungen, ließ das Messers zwischen ihren Brüsten einsinken, und riss es dann nach unten bis zu ihrer Scham. Und wieder wurde er eins mit der Klinge, bewegte sich geschmeidig wie ein Balletttänzer, der am Boden eine ausladende Verbeugung vollführt, und spürte dabei sogar das Pulsieren seines Gliedes. »Oh ja!«, stöhnte er hemmungslos und während sein Körper immer mehr vom Blut seines Opfers bedeckt wurde, erlebte er den Höhepunkt.

* * *

In der Dienststelle der Kriminalpolizei Freiburg

»Gremmelspacher ist immer noch verschwunden?« Dieses Mal war es Frederike, die Julian um Neuigkeiten bat.

»Wir sollten ihm noch ein paar Minuten geben«, versuchte der Oberkommissar, Zeit zu schinden. Die Vorgesetzte wollte widersprechen, aber Julian fiel ihr schnell ins Wort. »Wenn er untergetaucht ist, wird er sowieso schwer zu finden sein, aber wenn er unschuldig ist, dann zerstören wir ihm mit einer öffentlichen Fahndung vielleicht die Zukunft. Kommt es wirklich auf eine Stunde mehr oder weniger an?«

»Wenn er in dieser einen Stunde wieder jemanden umbringt, dann schon«, antwortete sie ihm gereizt.

Julian schob eine Schachtel über seinen Schreibtisch. »Hier, aus der Kantine, frischer Mehlrost-Kuchen. Hab ihn für dich gesichert, bevor er wieder ausverkauft ist.«

Frederike warf ihm einen kritischen Blick zu. »So leicht denkst du also, bin ich zu bestechen. Ein bisschen Mürbeteig mit Butterstreusel, dazu ein großzügiger Schwung Himbeersirup und schon ist die alte Hauptkommissarin nicht mehr Herrin ihrer Sinne?« Frederike klang verärgert, öffnete das Kuchenpaket trotzdem und nahm sich eine der süßen Schnitten. »Ich bin überrascht von dir«, sagte sie mit vollem Mund. »Du kennst Gremmelspacher doch kaum.«

»Ich kann nicht glauben, dass er unser Mörder ist. Scheiden Silvio Leco und Olaf Dahlberg denn nun aus?

Beide haben keine brauchbaren Alibis – auch nicht für den letzten Mord. Außerdem hat Leco einen Wolf auf seinen Arm tätowiert und Dahlberg vertreibt zumindest einen Eiweißdrink, auf dessen Etikett ein Wolfsrudel zu sehen ist.« Julian erinnerte sich an seine Befragung im Fitnessstudio, die leider nicht geholfen hatte, Dahlberg eines Verbrechens zu überführen, um Arthur dadurch zu entlasten.

»Ich schließe niemanden aus, aber Gremmelspacher ist der Einzige, der momentan verschwunden ist und nicht auf unsere Anrufe reagiert. Die Fahndung geht raus.«

Sie schnappte sich erneut die Schachtel und angelte sich das zweite Stück Kuchen. »Falls das deiner war«, sagte sie mit einem müden Lächeln, »werde ich ihn dir jetzt wegessen. Das ist nämlich die Strafe dafür, dass du tatsächlich geglaubt hast, mich mit Süßigkeiten bestechen zu können.«

Als sie aus der Tür war, seufzte Julian vernehmlich und murmelte: »Einen Versuch war es zumindest wert.«

* * *

Zur gleichen Zeit

Während er die Leiche betrachtete, kam ihm der Gedanke, dass er künftige Opfer zuvor betäuben sollte. Er hatte seine Kunst perfektioniert, das Töten genutzt, um nicht nur Wut zu entladen, sondern auch Befriedigung zu finden. Dabei war es ihm das erste Mal vergönnt gewesen, ohne Scham die Lust zu spüren. Es war ein ehrlicher Akt gewesen, kein Verstellen, keine Lügen. Er war zu hundert Prozent er selbst gewesen.

Sein irres Auflachen hallte durch das leere Zimmer und voller Eifer begann er nun, Darm und Organe aus dem aufgeschlitzten Bauch zu entnehmen. Er wollte es zumindest einmal sehen, auch wenn er es dieses Mal nicht liegen lassen konnte. Wenigstens einen kleinen Moment wollte er den Anblick der Hässlichkeit genießen – denn in seinen Opfern da steckte nichts Schönes. Auch wenn rosige Haut, ausgewogene Proportionen, feine Gesichtszüge und strahlende Augen sie zu Schönheiten machten, lagen unter dieser täuschenden Hülle hässliche Fratzen und unappetitliche Eingeweide, nur dazu gut, Verdautes auszuscheiden, Urin zu produzieren oder Gifte zu filtern. Daher fühlte er sich, nachdem er die Innereien der Frau auf ihrem Körper verteilt hatte, erleichtert. Der Tod war verlässlich, denn er zeigte das wahre Aussehen dieser Frauen und nahm ihnen dadurch ihren Hochmut.

»Was hast du getan?«, die vertraute Stimme riss ihn jäh aus seiner grausamen Welt.

Da war es wieder, das Gefühl, unterlegen zu sein.

»Ich tue, was nötig ist«, gab er zurück, bereit, noch weiter zu gehen.

»Das ist krank, abartig.«

Wären es nur Beschimpfungen gewesen, hätte er es vermutlich ertragen, aber die Enttäuschung, die bei jedem ausgesprochenen Wort mitschwang, traf ihn wie Schläge.

»Habe ich tatsächlich so versagt?«, fragte man ihn.

»Bemerke ich da etwa Angst, dass man dir die Schuld geben könnte?«, gab er amüsiert zurück. »Im Prinzip ist es ja auch so. Denn trifft die Eltern nicht immer die Schuld?«

27

Etwas später

Die Fahndung nach Arthur Gremmelspacher war bereits gestartet, da erschien der junge Mann in der Polizeidienststelle.

Während Frederike ihn skeptisch empfing, machte Julian keinen Hehl aus seiner Erleichterung.

Deshalb war es schließlich auch Dietmar Klein, der zusammen mit der Oberkommissarin das Verhör führte. Da Gremmelspacher sich sehr kooperativ zeigte, sogar auf einen Anwalt verzichtete, gestattete die Hauptkommissarin auch, dass sein Hund im Raum bleiben durfte.

»Ich wusste nicht wohin«, erklärte sich Arthur. »Deshalb bin ich auf einen Parkplatz gefahren und habe in meinem Auto geschlafen. Tut mir leid, dass ich erst jetzt ihre Nachricht abgehört habe. Ich hoffe, ich bekomme keinen Ärger?«

Die Art und Weise, wie sich der Mann entschuldigte, schien absolut glaubhaft, er wirkte harmlos, sogar regelrecht naiv, aber die Hauptkommissarin ließ sich davon nicht täuschen.

»Ich hatte Streit mit meiner Mutter, dieses Mal hat es richtig gekracht«, erklärte er ungefragt.

»Heute Nacht wurde eine weitere Frau angegriffen und getötet«, begann die Hauptkommissarin die Befragung.

Gremmelspacher zeigte sich entsetzt, vor allem als man ihn nach dem Hund befragte.

»Sie kann mich nicht gemeint haben«, verteidigte er sich vehement. »Ich war tanzen, habe dort jemanden getroffen.« Er errötete und senkte den Kopf. »Ich bin mit ihm nach Hause gegangen, aber«, fügte er hastig an, »es hat mir nichts bedeutet, es war nur …« Er kam ins Stottern, »ich war einsam.« Sein Blick wanderte zu der verspicgelten Scheibe und den Beamten war klar, dass diese Erklärung für Julian Meister gedacht war, den Gremmelspacher zu Recht hinter der Wand vermutete.

»Wir würden gerne ihr Fahrzeug und die Kleidung, die Sie gestern trugen, untersuchen.«

»Ja natürlich«, gab er bereitwillig sein Einverständnis.

»Außerdem bräuchten wir den Namen Ihres Bekannten«, fuhr Frederike fort.

Wieder schien es Gremmelspacher peinlich zu sein, darüber zu sprechen. Leise sagte er: »Der Mann heißt Stefan, den Nachnamen weiß ich nicht, aber ich habe die Adresse.«

Frederike war unschlüssig. Die Erfahrung hatte sie

gelehrt, dass auch Menschen, die völlig harmlos wirkten, äußerst gerissen sein konnten.

Gremmelspacher zeigte sich gutwillig, war das nur ein Trick? Vielleicht hatte er das Fahrzeug längst gereinigt. Die Frau war außerhalb des Wagens getötet worden, es würde schwierig werden, eindeutige Spuren im Inneren zu finden. Und wenn Gremmelspacher klug war, hatte er blutbefleckte Kleidung längst vernichtet. Denkbar, dass sich Mutter und Sohn längst wieder vertragen hatten. Was, wenn Maria Gremmelspacher am Ende doch auf Arthurs Seite war und die beiden einen Plan ausgeheckt hatten, die Polizei an der Nase herumzuführen?

Die Überprüfungen zogen sich hin. Die erste schlechte Nachricht für Frederike kam aus dem Labor. Wie vermutet, gab es im Auto zu viele Mischspuren, die eine eindeutige DNA-Zuordnung unmöglich machten. Außerdem stammten die roten Flecken auf Arthurs Hemd tatsächlich von einem Cocktail. Nun mussten sich die Beamten noch wegen der Aussage des Alibizeugen Stefan, der beruflich unterwegs war und erst gegen Abend zurückerwartet wurde, in Geduld üben.

Als Frederike ihren Verdächtigen bat, solange in der Dienststelle zu bleiben, bis dieser Punkt geklärt sei, erhob Gremmelspacher keine Einwände. Er schien fast dankbar und meinte nur: »Ich habe nichts weiter vor.«

Die Hauptkommissarin nickte freundlich und stellte dann einen Kollegen ab, der ein Auge auf Gremmelspacher haben sollte.

»Er war es nicht«, flüsterte ihr Julian zu, als sie sich im Gang über den Weg liefen.

Sie quittierte das mit einem ungeduldigen Brummen, vermutlich hatte ihr Kollege recht. Das Gefühl, etwas übersehen zu haben, wurde stärker. Ihr Instinkt sagte ihr, dass sie dem Mörder bereits sehr nahe war.

In ihrem Büro gönnte sie sich einen großen Becher Kaffee und ging noch einmal die Akten und Protokolle durch. Tatortbilder, Aussagen, alles, was sie zu dem Fall zusammengetragen hatten. Am Ende drehten sich ihre Gedanken im Kreis. Da waren Olaf Dahlberg, der Fitnessklubbetreiber, Arthur Gremmelspacher und Silvio Leco. Sie erinnerte sich an den Besuch bei Belinda Ketterer, Silvios Geliebter, und an die Kinderzeichnung von Anuschka. Irgendetwas war auf dem Bild gewesen, das Frederike im Nachhinein stutzig machte und das mit dem Fall zusammenhing. Sie versuchte, sich genau zu erinnern, sah die Zeichnung vor ihrem geistigen Auge. Der Vater mit Krone, die Tochter daneben, das Krankenhausbett, der schwebende Engel und plötzlich kam ihr eine Idee. Sie war absurd, weit hergeholt … und doch irgendwie schlüssig. Mit einem Mal war ihr klar, dass sie unbedingt noch einmal zur Villa der Lecos musste.

»Die werden uns nicht empfangen«, warf Julian ein, der die Hauptkommissarin dieses Mal begleitete.

»Das werden wir sehen«, hielt Frederike entschlossen dagegen.

28

Eine Stunde später im Kaiserstuhl

»Lassen Sie das Messer fallen«, rief Frederike und sah zu Oberkommissar Meister, der unmerklich mit den Schultern zuckte, um ihr zu signalisieren, dass die Verstärkung noch nicht eingetroffen war.

Sie hatten sich nach dem Stopp in Silvio Lecos Villa sofort auf den Weg gemacht. Nun standen sie auf der Terrasse des Ferienhauses der Familie Leco im Kaiserstuhl. Eigentlich handelte es sich um ein luxuriöses Anwesen und nicht nur um ein einfaches Haus. Das Gebäude war umgeben von Wald und Grün und weit und breit gab es keinen Nachbarn. Leco hatte dafür gewiss ein Vermögen bezahlt, aber heute bereute er sicherlich die erkaufte Einsamkeit.

Frederike hatte keine Ahnung, wie sie weitere Tote verhindern sollte. Leco stand ihr gegenüber, presste die

Hand auf seine Verletzung am Oberbauch und verlor viel Blut.

»Wir sollten nun alle vernünftig sein«, versuchte die Hauptkommissarin, beschwichtigend zu wirken. »Es muss niemand mehr sterben.«

Silvio Leco stöhnte bei ihren Worten, antwortete: »Sie sind sicher zufrieden, mich so zu sehen. Endlich sitzt der Wolf in der Falle.«

»Ich würde Sie lieber im Krankenhaus sehen«, blieb Frederike sachlich. Ihre Waffe zielte immer noch auf ihr Gegenüber, während ihr Blick auf das Messer gerichtet war.

Sie waren zu spät in Lecos Villa eingetroffen. Eine aufgelöste Haushälterin hatte dieses Mal nicht gezögert, der Polizei die Tür zu öffnen. Da hatte Frederike gewusst, dass etwas geschehen war.

»Meine Tochter, ich glaube, sie ist bei ihm«, hatte Gundula Erlenbach unter Tränen erklärt. Sie klang gehetzt, als sie wiedergab, was sich am Morgen ereignet hatte: »Silvio, er ist nach Ihrem Besuch völlig durcheinander gewesen und dort hingefahren.«

»Wo hingefahren?«, fragte Frederike ungeduldig, die Schwierigkeiten hatte, den Sinn von Gundulas unzusammenhängend vorgetragener Geschichte zu erfassen.

»Er hat Bernard gesucht. Bernard hat sich am frühen Morgen von mir den Schlüssel für das Ferienhaus im Kaiserstuhl geben lassen. Als sein Vater das erfuhr, ist er ebenfalls dorthin aufgebrochen.«

»Ja, aber warum?«, fragte die Hauptkommissarin.

»Keine Ahnung, aber so habe ich ihn noch nie erlebt. Herr Leco ist sonst immer sehr besonnen, deshalb glaube ich, dass etwas passieren wird. Etwas mit Bernard und meiner Tochter.«

»Was hat Ihre Tochter damit zu tun?«, hakte Frederike ratlos nach.

»Ich erreiche sie nicht auf dem Handy und«, sie senkte verlegen den Blick, »sie scheint sich in Bernard verguckt zu haben. Womöglich hat er sie mitgenommen. Wenn jetzt aber der Vater und der Sohn streiten und meine Sarah …«

Frederike hatte genug gehört, sich die Wegbeschreibung geben lassen, und Verstärkung angefordert. Ihre vage Vermutung sollte sich bestätigen – der Mörder war die ganze Zeit in ihrer Nähe gewesen und doch hatte sie ihn zu lange davonkommen lassen.

Jetzt allerdings sah sie ihn direkt vor sich, wie er ein Messer an den Hals von Silvio Leco hielt und zischte: »Versuchen Sie nicht, Ihre Abscheu zu verbergen, Frau Hauptkommissarin. Ich bemerke sie trotzdem.«

Frederike tat sich tatsächlich schwer damit, den Anblick von Bernard Lecos nacktem Oberkörper zu ertragen. Sie hatte Vergleichbares noch nie gesehen. Unterhalb seiner Brust verteilten sich großflächig über den Körper dunkle, wulstige Flecken mit ausgefransten Rändern. Zudem wucherten auf ihnen dichte schwarze, struppige Haare. Trotz des starken Wuchses sah man noch einzelne verfärbte Hautstellen, die wie unappetitliche Pestbeulen zwischen dem unnatürlichen Fell hervorblitzten. Außerdem klebte frisches Blut an Bernards nacktem Oberkörper.

»Man nennt das *Becker-Nävus,* mit *ausgeprägter Hypertrichose*«, schleuderte ihr Bernard verbittert entgegen. »Einfach ausgedrückt, eine Fehlpigmentierung der Haut mit übermäßiger Behaarung.«

Sie setzte zu einer Erwiderung an, aber Bernard, der das Messer nun fester an den Hals seines Vaters drückte, unterbrach sie scharf: »Man kann es nicht heilen, nicht bei mir. Ich werde immer so aussehen, ich kann dieses Fell«, stieß er voller Ekel hervor, »auch nicht entfernen, weil ich dazu verdammt bin, dass sich dann meine Haut entzündet. Mein geschätzter Vater hat mich zu den besten Ärzten geschleift, aber die Behandlungen haben nicht angeschlagen. Also blieb ich die Monstrosität, der gehasste Sohn, bei dessen Anblick jeder Ekel empfindet.«

»So ist das nie gewesen«, stöhnte Silvio Leco.

»Ach nein?«, schrie Bernard. »Du hast mich also nicht gehasst, mich nicht für einen Versager gehalten, für den Mörder meiner eigenen Mutter?«

Silvio verneinte und Bernard stieß ihm das Messer in die Schulter, wobei er rief: »Du elender Lügner«, und den Aufschrei des Vaters völlig ignorierte.

Da Silvio Leco immer noch in der Schusslinie stand, waren den Polizisten die Hände gebunden.

Frederike versuchte, die Aufmerksamkeit auf sich zu lenken, indem sie schnell sagte: »Aber warum haben Sie diese unschuldigen Frauen ermordet?«

Bernard sah sie an, wirkte nun völlig ruhig und antwortete: »Die waren nicht *unschuldig*, keine von denen.

Alles Lügnerinnen! Aber ich habe gezeigt, wie sie wirklich sind, was sich in ihrem Innersten verbirgt. Ich habe es an die Oberfläche gebracht, ihre Hässlichkeit aus ihnen herausgeholt, damit ich sie sehen konnte«, schleuderte er Frederike entgegen.

»Und darum mussten sie sterben?«

»Sie wissen nicht, wie es ist, ein Leben lang Versteck spielen und körperlicher Nähe entsagen zu müssen. Ausreden zu erfinden, warum man nicht ins Schwimmbad kann, zum Sport oder im Internat ein Einzelzimmer benötigt. Ich war gezwungen, mich mit Prostituierten zu vergnügen, weil ich denen nicht erklären musste, warum sie mich nicht berühren oder ansehen durften.«

»Und Sie hielten Claire Weber ebenfalls für eine Prostituierte«, warf die Hauptkommissarin ein, um das Gespräch am Laufen zu halten, bis die Verstärkung eintreffen würde.

»Aber natürlich! Es schien offensichtlich, nachdem sie diesen Streit mit Olaf Dahlberg im Klub hatte. Das war der Grund, warum ich ihr Geld anbot, das sie auch gerne nehmen wollte, und mich mit ihr verabredet habe. Wir haben gesoffen und etwas eingeworfen und plötzlich lief es aus dem Ruder. Sie hat sich nicht an meine Anweisungen gehalten und mich gesehen, wirklich gesehen, meinen Körper und sie hat …« Sein Gesicht verzog sich vor Zorn, als er sich an jene Nacht zurückerinnerte. »Sie hat völlig hysterisch reagiert, sich geekelt und … Diese Abscheu in ihrem Gesicht! Ich konnte es nicht ertragen, ich konnte es einfach nicht ertragen, schnappte mir das kleine Messer beim Obst auf dem Nachttisch und …« Er brach zunächst ab, fuhr dann aber trotzig fort: »Danach war es gut. Ich«, er suchte nach den richtigen Worten, »ich fühlte mich frei, wie neugeboren.«

Als Mörder wiedergeboren, dachte Frederike bitter, sagte jedoch: »Aber warum die anderen Frauen, die waren Ihnen doch fremd?«

»Sie waren alle wie Claire, das konnte ich spüren und ich wollte diese Erleichterung erneut fühlen. Die Erleichterung, die ich dabei empfand, sie zu töten und ihre Hässlichkeit bloßzustellen.«

»Wo trafen Sie auf die Frauen?«, bohrte die Hauptkommissarin weiter.

»Natürlich kenne ich die Plätze, an denen die Illegalen sich für Arbeiten anbieten. Mein geschätzter *Papa* hat sich selbst dort schon öfter bedient, und wo die Nutten ihre Geschäfte betreiben, ist auch kein Geheimnis. Allerdings war der Mord an der alten Schlampe nicht geplant, von ihr wollte ich eigentlich nur ein paar Antworten. Man sagt doch, dass niemand die dunkle Seite der Männer so gut kennt wie eine Prostituierte, also suchte ich eine auf. Sie war jedoch ungeeignet, konnte meine *kranke, vom Hass befleckte Seele,* wie sie es nannte, nicht sehen.« Er grinste boshaft. »Bis sie schließlich starb, da wurde ihr vermutlich so einiges klar. Und die Anhalterin«, er seufzte, »die stand einfach an der Straße«, sagte er süffisant. »Zu töten ist in vielerlei Hinsicht einfach. Unauffällige Obstmesser im Dutzend sind in jedem Discounter erhältlich, lassen sich als Waffe leicht transportieren. Außerdem bin ich nicht auf den Kopf gefallen. Bei Claire habe ich mich im

Putzmittelschrank bedient, um die Spuren zu verwischen, ab da hatte ich zur Sicherheit immer eine Flasche Chlorreiniger im Wagen. Bei der Nutte half das Feuer. Alles, was mich belasten konnte, habe ich in der Dreisam entsorgt: Messer, Fesseln, blutige Kleidung, die Handtaschen der *Damen*. Und Spuren an meinem Körper ließen sich abwaschen, ohne dass irgendwer etwas bemerkt hätte. Nicht einmal Anuschka kam dahinter, wobei …«, überlegte er laut, »möglich, dass sie es geahnt hat. Jedenfalls haben mir ihre Alibis nicht geschadet.«

»Wo ist das Mädchen?«, fragte Frederike vorsichtig, obwohl sie die Antwort bereits ahnte.

»Sarah, die Tochter unserer Haushälterin? Was glauben Sie denn?«, antwortete er amüsiert. »Sie hat es genauso verdient wie die anderen.«

Silvio Leco stöhnte auf. Ob vor körperlichem Schmerz oder weil ihn erschreckte, was aus dem eigenen Sohn geworden war, blieb in diesem Augenblick offen.

»Sie sollten Ihren Vater gehen lassen, er gehört in ärztliche Behandlung«, versuchte Frederike erneut, deeskalierend zu wirken.

»Sorgen Sie sich nicht um ihn, er ist kein Freund der Polizei. Er hat mir sogar angeboten, alles zu vertuschen. Ich wäre in einem Sanatorium im Ausland verschwunden. So ist mein geliebter Vater, er schafft die Leichen und mich einfach aus dem Weg, Problem gelöst.«

In diesem Augenblick hörte man die Sirenen, die Verstärkung traf ein und Frederike hoffte darauf, dass Bernard aufgrund seiner ausweglosen Situation aufgeben würde, aber noch bevor sie erneut das Wort an ihn richten konnte, schlitzte er dem eigenen Vater, ohne eine Miene zu verziehen, den Hals auf.

Frederike feuerte ihre Waffe ab, verletzte den nun flüchtenden Bernard am Arm. Dennoch gelang es ihm, sein Fahrzeug zu erreichen. Julian rannte ihm nach, aber Bernard saß schon im Wagen und gab Gas, als der Oberkommissar neben der Fahrertür auftauchte.

Frederike warnte die Kollegen über das Funkgerät: »Er rast genau auf euch zu«, schrie sie und dachte an die schmale Straße, auf der kaum zwei Fahrzeuge aneinander vorbeikamen.

Trotz der Vorsichtsmaßnahmen der Kollegen blieb der Unfall nicht aus; Bernards Wagen traf auf ein Einsatzfahrzeug der Polizei. Während sich der Mehrtonner auf der Straße halten konnte, stürzte Bernard mit seinem Fahrzeug seitlich in den Wald und prallte dabei gegen die Bäume. Benommen versuchte er, die Tür zu öffnen, aber die hatte sich verklemmt.

Polizisten rannten die Böschung hinunter, auch Julian war dabei, der dem flüchtenden Fahrzeug zu Fuß gefolgt war. Bernard konnte die Fahrertür nicht öffnen, da das Fahrzeug zwischen den Bäumen feststeckte. Sein Blick wanderte zur Beifahrerseite, aber auch dort versperrten dicke Baumstämme den Ausstieg. Er sah Gesichter an den Scheiben auftauchen, der Oberkommissar und seine Kollegen rüttelten an den hinteren Türen, die keinen Millimeter nachgaben.

Irgendwo im Wagen knisterte und knallte es. Die Wucht des Aufpralls hatte offensichtlich das Stromnetz des Fahrzeugs beschädigt. Aus den offengelegten Kabelsträngen flogen Funken, die die geborstene Kraftstoffleitung entzündeten. Plötzlich schossen Flammen in die Höhe; das Feuer breitete sich rasend schnell aus.

Bernard spürte bereits die Hitze, hörte gedämpft die hektischen Rufe der Polizisten nach der Feuerwehr und die harten Schläge gegen die Heckscheibe, dann das Zerbersten von Glas. Man gab ihm Zeichen, auf die Rückbank zu klettern, den Beamten die Hand zu reichen, aber Bernard bedachte die Menschen außerhalb seines Fahrzeuges nur mit einem müden Lächeln. Im nächsten Augenblick hatten die Flammen den Innenraum erreicht.

Wieder tauchte das Gesicht von Julian Meister an der Fahrerseite auf. »Steigen Sie nach hinten, wir ziehen Sie raus«, schrie er aus Leibeskräften, aber Bernard grinste nur.

Es war ein zufriedenes, beinahe schon überhebliches Grinsen, das schließlich in ein schallendes Gelächter überging.

Julian starrte den Mann ungläubig an, dann musste auch er sich zur eigenen Sicherheit zurückziehen. Keine Sekunde später umschlossen die Flammen das Fahrzeug komplett und schmerzerfüllte Schreie drangen nach außen. Auch wenn es schien, als hätte sich Bernard seinem Schicksal ergeben, blieb ihm dennoch die Qual des Verbrennens bei vollem Bewusstsein nicht erspart. Im nächsten Augenblick hallte ein ohrenbetäubender Donner durch den Wald, ausgelöst von der Explosion des Tanks.

Die Feuerwehr hatte Mühe, den Brand zu löschen, fast war es so, als wollten die Flammen sich sicher sein, dass jeder dunkle Fetzen von Bernard Lecos hassbefleckter Seele zu Staub verfallen würde.

»Es war wie eine selbst auferlegte Strafe«, sagte Julian, als er zusammen mit Frederike zurück nach Freiburg fuhr. »Mir kam es so vor, als *wollte* er für seine Taten gerichtet werden. Zu sterben schien ihm gleichgültig, er hat sogar gelacht. Offenbar war er am Ende komplett von Sinnen.« Julian holte tief Luft, bevor er bewegt sagte: »Das werde ich jedenfalls nicht so schnell vergessen.«

Die Hauptkommissarin nickte verständnisvoll. »Wir kamen leider zu spät. Sarah Erlenbach ist tot und Silvio Leco ebenfalls.«

»Wir haben Bernard Leco aufgehalten«, erwiderte Julian voller Überzeugung, »solange der nicht im Gefängnis gesessen hätte, wäre das Morden weitergegangen. Dein Instinkt hat funktioniert. Wieso wolltest du überhaupt noch einmal in die Villa fahren?«, fragte der Oberkommissar nun neugierig.

»Die Kinderzeichnung von Anuschka, die mir Belinda Ketterer gezeigt hat. Anuschka hat ihren Bruder behaart gemalt, das fand ich im Nachhinein irgendwie ungewöhnlich, fast schon unlogisch. Wenn Kinder sich mit ihren Zeichnungen über jemand lustig machen möchten, dann arbeiten sie in Bildern die Makel des anderen heraus. Unförmige Nasen, abstehende Ohren, Brillen. Wieso aber Körperbehaarung? Also dachte ich, dass das vielleicht kein Zufall war, womöglich hatte es etwas zu bedeuten, dass sie ihren Bruder mit üppigem Fell gezeichnet hatte. Auch Silvio Lecos Zögern bei der letzten

Befragung hat mich stutzig gemacht. Ich habe bemerkt, dass ihm etwas eingefallen war, aber er schwieg. Erst dachte ich, er lehnt es grundsätzlich ab, mit der Polizei zusammenzuarbeiten, was sicher auch stimmte. Aber wenn er plötzlich die Befürchtung hatte, dass sein Sohn in die Morde verwickelt wäre, dann hätte er natürlich erst recht den Mund gehalten. Gleichgültig wie er zu Bernard stand. Dazu die letzten Worte der Anhalterin über Wölfe und Fell. Leider wurde mir erst zu spät klar, dass nicht Silvio, sondern Bernard Leco der Schuldige war.«

»Jedenfalls«, erwiderte Julian, dem der Schock noch in den Knochen steckte, »kann der nun niemandem mehr etwas antun.«

EPILOG

Einige Wochen später

In gewissen Kreisen hielt sich das Gerücht, dass Anuschka Lecos einziger Kommentar auf die Nachricht vom Mord des Bruders am Vater gewesen wäre: »Wirklich? Das hätte ich Bernard gar nicht zugetraut.«

Bei der Beerdigung in Mulhouse sah man sie nicht weinen. Allerdings ließ sie ihren Vater beinahe wie einen Staatsmann beerdigen.

Capitaine Pierre Malon, der sich das Spektakel angesehen hatte, berichtete Frederike später mit seinem charmanten Akzent: »Diese Beerdigung glich einer Drohung an die Polizei. Es war, als hätte uns Anuschka Leco darüber informiert, dass sie ab jetzt das Sagen hat. *Mon Dieu*, ich warte nur darauf, dass diese Frau einen Fehler macht, und wir sie verhaften können.«

Belinda Ketterer hingegen hatte der Tod von Silvio Leco tief getroffen. Er hatte sie großzügig in seinem

Testament bedacht, aber die finanzielle Unabhängigkeit konnte nicht verhindern, dass Belinda immer mehr in eine Fantasiewelt abdriftete. Am ersten Todestag von Silvio Leco nahm sie sich das Leben. Man fand sie mit einer Tablettenvergiftung auf dem Bett liegend, umgeben von einem Dutzend ausgestopfter Ratten und Eichhörnchen.

Frederike und ihr Team wurden kurz nach Abschluss des Falls mit neuen Aufgaben betraut, aber dennoch fand Julian Zeit, sich öfter mit Arthur Gremmelspacher zu treffen. Der hatte endgültig den Kontakt zu seiner Mutter abgebrochen und arbeitete mittlerweile bei einem Landschaftsgärtner, der die Erfahrung und das Engagement des jungen Mannes schätzte und ihn gut bezahlte. Julian schmerzte noch immer die Trennung von Karsten; aber er spürte auch, dass das Leben in jeder Beziehung für ihn noch einige Überraschungen bereithalten würde …

Ende

SCHLUSSWORT UND ANMERKUNGEN

Alle Personen, Institutionen und Handlungen in meinem Psychothriller »Hassbefleckt«, nebst Namen und Bezeichnungen sind frei erfunden. Das gilt unter anderem auch für die Dienststelle der Kriminalpolizei oder den Tatischko-Klub. Ähnlichkeiten mit lebenden oder toten Personen und deren Handlungen sind rein zufällig und nicht beabsichtigt.

Viele Örtlichkeiten sind jedoch real und auch der Fluss *Dreisam*, der das schöne Freiburg durchfließt, existiert natürlich. Auch die »Highland Burgundy Red«-Kartoffel, die im Deutschen als »Roter Kardinal«, bezeichnet wird, ist keine Erfindung.

Eine Bemerkung noch zu der grenznahen Stadt Mulhouse in Frankreich: Mulhouse ist eine wunderschöne Stadt mit interessanter Architektur, Sehenswürdigkeiten, Museen und Geschichte und auf jeden Fall eine Reise wert! Das beschriebene Viertel, in dem meine Figur Silvio Leco aufgewachsen sein soll, ist meiner Fantasie entsprungen und beruht nicht auf einer Vorort-Recherche. Allerdings habe ich mich bei seiner Beschreibung auf Medienberichte über Brennpunkt-Viertel in Frankreich gestützt, in denen die im Buch erwähnte Problematik behandelt wurde.

Becker-Nävus gibt es bedauerlicherweise wirklich, allerdings ist das Krankheitsbild nicht immer so ausgeprägt wie im Buch von mir beschrieben. Was die *Hypertrichose* angeht, also den übermäßigen Haarwuchs, handelt es sich ebenfalls um ein sehr seltenes Phänomen, das bei den Betroffenen zu extremer Behaarung führen kann. Das kann manchmal nur einzelne Körperpartien betreffen, aber auch das komplette Gesicht oder den ganzen Körper. In vergangenen Zeiten nannte man die Betroffenen »Haarmenschen«.

Ich hoffe, Sie hatten spannende Lesezeit mit meinem Psychothriller »Hassbefleckt«. Sollte Ihnen das Team um Frederike Zimmer bereits ans Herz gewachsen sein, dann kann ich Ihnen den Psychothriller »Lebendfalle« (Mein Buch) empfehlen, auch dort werden Dietmar Klein, Julian Meister und die unverwechselbare Hauptkommissarin in jeder Hinsicht gefordert!

Viele herzliche Grüße
Ihre Ilona Bulazel

LESEPROBE »LEBENDFALLE«

EIN WEITERER FALL MIT HAUPTKOMMISSARIN FREDERIKE ZIMMER

Es war weit mehr als nur ein Mord; was hier geschah, glich einer Bestrafung, einer Hinrichtung. Das Moor hatte seine eigenen Regeln …

Die schrecklich zugerichtete Leiche von Lina Kraspe, reiche Erbin und angesagtes Freiburger It-Girl, wird in der Nähe des Brachweiler Moors gefunden. Eine Sonderkommission unter der Leitung der erfahrenen Hauptkommissarin Frederike Zimmer übernimmt die Ermittlungen. Doch wo soll das Team mit der Suche beginnen? Im Umfeld des jüngsten Opfers oder in der Vergangenheit?

Denn bereits vor zwanzig Jahren wurde eine Mutter vor den Augen ihrer Tochter im Moor getötet. Das überlebende Mädchen ist seither stark traumatisiert und kann sich an nichts erinnern …

Je tiefer die Beamten graben, desto undurchdringlicher wird das Gespinst aus Lügen und Geheimnissen. Zeugen werden getötet und ihre Leichen verstümmelt. Sehr schnell wird klar, dass der psychopathische Täter immer einen Schritt voraus ist und nicht bereit, das Morden zu beenden.

In dem spannenden Psychothriller »Lebendfalle« wird der Leser nach einer dramatischen Jagd erfahren, wer in Wirklichkeit in der Falle sitzt und wer sie aufgestellt hat!

1

Brachweiler am späten Abend

Lina Kraspe hatte das beschauliche südbadische Städtchen wie ein Hurrikan durchquert und ordentlich verbrannte Erde hinterlassen. Jetzt saß sie mit verbissenem Gesichtsausdruck in dem abgewetzten Sessel ihrer *Notunterkunft,* telefonierte mit der Kundenbetreuerin des Autohauses und holte erneut zu einem verbalen Schlag aus: »Diese verfluchte Kiste hat mich achtzigtausend Euro gekostet und jetzt stecke ich in irgendeinem Scheißkaff fest, weil die Elektronik ausgefallen ist.« Sie holte Luft und fuhr gnadenlos fort: »Der Wagen ist gerade erst eine Woche alt!«

Die daraufhin folgenden beschwichtigenden Worte der geschulten Mitarbeiterin am anderen Ende der Leitung ignorierte Lina und zischte stattdessen: »Ich habe morgen einen Termin in Freiburg. Sorgen Sie dafür, dass ich dort hinkomme, oder ich sorge dafür, dass Sie sich einen neuen Job suchen müssen.« Ohne auf eine Antwort zu warten, beendete Lina das Gespräch und schnaubte wütend. Dann sah sich die Dreißigjährige in der einfachen Ferienhütte um.

»Ein Benzinkanister und ein Streichholz, das ist alles, was mir dazu einfällt«, entschlüpfte es ihr. Die gleichen Worte hatte sie auch gebraucht, als die Besitzerin der kleinen Ferienanlage sie herumgeführt hatte.

Lina Kraspe gehörte zu den Menschen, die ihre Unverschämtheiten als Ehrlichkeit verkauften. Sie hielt sich stets für etwas Besseres, fühlte sich gegenüber Leuten aus einfachen Verhältnissen überlegen und war völlig unfähig, Mitgefühl aufzubringen.

Ihr Handy klingelte. »Das wird aber Zeit«, giftete sie in den Hörer.

»Was ist denn passiert, Schatz?«, reagierte ihr Ehemann Dirk scheinbar besorgt.

»Wo warst du? Ich habe dir vor einer Stunde eine Nachricht hinterlassen. Warum rufst du erst jetzt an?«

»Wir hatten eine Besprechung, ich …«

»Vergiss es, du bist ja nie da, wenn ich dich brauche«, unterbrach sie ihn.

»Lina, das ist unfair«, antwortete er, was sie ihm sofort übel nahm.

»Unfair?«, schrie sie daher schrill. »Unfair ist, dass ich auf der Autobahn stand, bis mich ein schmieriger Typ vom Abschleppdienst, der vermutlich nicht bis drei zählen kann, abgeholt hat. Unfair ist, dass ich den Wagen erst morgen früh zurückbekomme und so lange in einer

Baracke bleiben muss, die allenfalls dazu geeignet ist, Schrott zu lagern, und den Namen ›Ferienanlage‹ bei Gott nicht verdient hat«, fuhr sie unermüdlich fort. »Unfair ist, dass ich mit einem Schlappschwanz wie dir verheiratet bin.«

Dirk überging ihre Beschimpfung und gab sich Mühe, enttäuscht zu klingen, als er fragte: »Du kommst also heute Abend nicht nach Hause?«

»Offensichtlich nicht, du Genie«, schnappte sie und spürte ein Ziehen hinter den Augenbrauen. »Kaum rede ich mit dir, kündigt sich meine Migräne an«, warf sie ihm gereizt vor.

»Soll ich später noch einmal anrufen?«, erwiderte Dirk geduldig.

»Ich überlege gerade, ob du mich überhaupt je wieder anrufen solltest. Besonders viel liegt dir ja nicht an meinem Befinden«, entgegnete sie boshaft, wohl wissend, dass solche Andeutungen ihn nervös machten. Immerhin wäre er völlig mittellos, wenn sie sich von ihm scheiden lassen würde.

Wie zu erwarten zeigte sich Dirk bestürzt. »Wie kannst du das sagen? Du bist mein Leben, das weißt du doch. Ich liebe dich! Du bist die schönste Frau, die ich kenne, ohne dich kann ich nicht existieren.«

Von Lina kam daraufhin lediglich ein Brummen, bevor sie auflegte. Sie hatte gehört, was sie hören wollte. Komplimente und Unterwürfigkeit waren Dinge, nach denen Lina lechzte wie ein Vampir nach Blut. Zusätzlich versüßte sie sich den Tag auch gerne mit Alkohol und Tabletten, die sie angeblich gegen ihre Migräne einnahm.

Ihr Hausarzt in Freiburg verteilte großzügig entsprechende Rezepte, trotzdem hatte sie keine Reserve dabei. Schließlich war diese zusätzliche Übernachtung nicht geplant gewesen.

Voller Zorn erinnerte sie sich jetzt an ihren Besuch in der hiesigen Apotheke. Die Alte hinter dem Tresen hatte sich geweigert, ihr das Medikament ohne Rezept auszuhändigen. Fast schien die eine sadistische Freude daran gehabt zu haben, sich so stur zu verhalten. Etwas, dem Lina natürlich entsprechend begegnet war. Auch ihren Abstecher in den schrecklichen Tante-Emma-Laden würde sie nicht so schnell vergessen. Dort war es enger als in einer Umkleidekabine gewesen, ganz zu schweigen von der mangelhaften Auswahl. Unzufrieden starrte Lina auf die zwei Flaschen Weißwein, die sie notgedrungen erstanden hatte. Die Verkäuferin des Ladens war in Linas Augen unfähig gewesen – auch das hatte sie in deutliche Worte gefasst und sich gegenüber der Frau mit Beleidigungen nicht zurückgehalten.

Sie seufzte und nahm einen großen Schluck Wein, den sie mangels adäquaten Gefäßes aus einem Wasserglas trinken musste. Während sie ihre Nachrichten auf dem Handy checkte, trank sie die erste Flasche. Beim Öffnen der zweiten war es bereits dunkel. Lina knipste gerade die Lampe an, als es an der Tür klopfte.

Nicht mehr ganz nüchtern lallte sie unfreundlich: »Was ist denn?« Sie war in eine äußerst interessante Online-Lästerei mit ihrer besten Freundin vertieft und wollte beim Nachrichtenaustausch keinesfalls gestört werden.

. . .

Eine Antwort blieb aus, dafür klopfte es erneut, dieses Mal lauter und hartnäckiger. Bereit, den Störenfried in seine Schranken zu weisen, riss Lina die Tür auf. Doch noch bevor sie auch nur eine Silbe hervorbringen konnte, bohrte sich etwas Spitzes in ihren Hals. Lina versuchte zu schreien, ruderte mit den Armen und wollte sich verteidigen, allerdings hatte das gewundene Metall bereits einen zu großen Schaden angerichtet. Als es jetzt zurückgerissen wurde, hinterließ es eine tiefe Wunde, aus der unaufhaltsam Blut sprudelte. Lina umschloss die schmerzende Stelle automatisch mit den Händen, aber der Tod ließ sich nicht mehr aufhalten. Die Halsschlagader war durchtrennt und damit das Ende eines Lebens besiegelt worden.

Ungläubig starrte Lina zu ihrem Gegenüber. Sie war mittlerweile auf die Knie gefallen, röchelte hilflos, die Hand immer noch an der Kehle, und fast schien es, als würde sie auf eine Erklärung warten. Aber niemand sprach zu ihr, stattdessen sah sie einen blutverschmierten Gegenstand auf sich zukommen. Erst im letzten Moment erkannte sie die Spitze eines Korkenziehers und nahm das spiralförmige Metall wahr, das sich für gewöhnlich in weiche, bröselige Korken bohrte, um dann mit einem Ruck samt Verschluss aus der Flasche gezogen zu werden. Die Spitze war jetzt direkt vor Linas Auge.

Ihre letzten Minuten erlebte die Frau mit der mitleidlosen Seele so intensiv, als wäre sie für den Moment des Sterbens mit einer besonderen Sensibilität bestraft worden. Sie spürte den Schmerz, während der Korkenzieher erbarmungslos in ihr rechtes Auge gerammt wurde, erlebte dann die ganze Grausamkeit, mit der die Waffe den empfindlichen Glaskörper zerfetzte, bevor der Stillstand ihres Herzens die Qualen schließlich beendete.

* * *

Am nächsten Morgen

Sofie Pfortmann stand in dem kleinen Badezimmer und wusch sich die Hände. Zuerst rieb sie die Seife mit der rechten Hand über die linke, dann machte sie das Gleiche umgekehrt. Jedes Mal zählte sie dabei bis zehn. Anschließend hielt sie die Finger unter das fließende Wasser und sah zu, wie der Seifenschaum im Abfluss verschwand. Eigentlich hätte sie jetzt nach dem Handtuch greifen müssen, das maisgelbe, das für das Trocknen der Hände vorgesehen war, aber sie hielt inne und begann zu zittern.

Schweiß stand ihr auf der Stirn. Hatte sie wirklich bis zehn gezählt? War sie nicht bei der linken Hand schneller fertig gewesen als bei der rechten? Womöglich hatte sie einen Fehler gemacht. Unruhe kam in ihr auf und sie konnte dem Drang, noch einmal von vorne anzufangen, unmöglich widerstehen. Also griff sie erneut zur Seife, begann sie aufzuschäumen, rieb zuerst die linke Hand damit ein, während sie langsam bis zehn zählte, dann die rechte. Es war ihre fünfte Wiederholung und augenscheinlich auch nicht die letzte.

»Was ist nur mit mir los?«, jammerte sie, »ich hatte es doch so gut unter Kontrolle.« Sie stöhnte, jetzt war sie auch noch beim Zählen durcheinandergekommen, also startete das zwanghafte Ritual erneut.

Als sie endlich fertig war, hatten ihre Hände eine rosige Farbe und die Haut um ihre schmalen Finger spannte. Sofie betrachtete sich im Spiegel. Große Augen blickten der Siebenunddreißigjährigen entgegen. Sie hatte zwar nicht geweint, wirkte jedoch blass.

Vor einer Woche war etwas geschehen, mit dem niemand mehr gerechnet hatte. Nach zwanzig Jahren war die Leiche ihrer Mutter aufgetaucht.

»Nun seid ihr wieder vereint, Mama und Papa«, flüsterte Sofie und wandte endlich ihren Blick vom Spiegel ab. Sie musste jetzt stark sein, so wie damals.

* * *

Zur gleichen Zeit in Freiburg

Julian Meister öffnete nicht die Augen, sondern schnüffelte mit einem Lächeln in die Luft. »Ich rieche schwarzen Kaffee, frische Brötchen und einen Hauch sexueller Begierde. Scheint so, dass heute mein Glückstag ist! Es sei denn, ich bin noch mitten in einem Traum.«

»Kein Traum«, bekam er zur Antwort, »nur eine kleine Aufmerksamkeit zu unserem 1518-Tage-Jubiläum.«

Julian lachte und hielt die Lider nicht länger

geschlossen. »Dieses Jubiläum ist mir doch tatsächlich entgangen«, erwiderte er scherzhaft und rückte ein bisschen zur Seite, damit Platz für das Frühstückstablett und seinen Freund Karsten war.

Anerkennend betrachtete er das liebevolle Arrangement: die kleine Vase mit der Rose und die hübschen Servietten in Apfelgrün, zu denen das Geschirr perfekt passte. Nicht das erste Mal fragte er sich, wie ausgerechnet er und Karsten ein Paar werden konnten.

»Siehst du, wir haben es trotz aller Unkenrufe schon länger als vier Jahre miteinander ausgehalten«, sagte Karsten, als hätte er die Gedanken seines Freundes erraten, und gab ihm einen sanften Kuss auf die Lippen.

»Vermutlich dein Verdienst«, antwortete Julian gut gelaunt und schnappte sich die Kaffeetasse, aus der er gierig einen großen Schluck trank. Wie es seine Art war, zerbrach er das Brötchen mit den Händen und verteilte dabei eine Heerschar Krümel im Bett. Karsten unterließ es, ihn zu bitten, das Messer und den Teller zu verwenden, sondern rollte nur mit den Augen. Julian war eben so. Als Karsten ihn kennengelernt hatte, gab es weder Vorhänge an den Fenstern noch Zierkissen auf der Couch. Die Teller im Schrank waren zusammengewürfelt und die schmutzige Wäsche türmte sich so lange neben der Maschine auf, bis Julian die sauberen Sachen ausgingen.

Während Karsten an seinem Kaffee nippte und sich sein Brötchen hauchdünn mit Magerquark bestrich, bugsierte sein Freund auf eine dicke Schicht Butter fast den gesamten Wurstaufschnitt. Wieder schwieg Karsten, unterließ die gewöhnlichen Sticheleien und wartete ungeduldig darauf, dass Julian die kleine Schachtel neben dem Frühstücksei entdecken würde.

Als dieser dann endlich sagte: »Ist das etwa ein Geschenk zu unserem …« Er überlegte und fügte an: »… zu unserem 1518-Tage-Jubiläum?«

Er wirkte ehrlich überrascht, obwohl ihm Karstens romantische Natur natürlich vertraut war.

»Mach es auf«, entgegnete dieser mit einem breiten Grinsen und beobachtete voller Glück, wie Julian mit fast kindlicher Freude die Schachtel öffnete.

Allerdings blieb die erwartete euphorische Reaktion aus. Stattdessen schien sich Julian an einem Krümel im Hals verschluckt zu haben und hustete jetzt ausgiebig, bevor er stammelte: »Das ist ein Ring.«

Karsten strahlte über das ganze Gesicht. »Ja, das ist es«, antwortete er vielsagend.

»Ein Antrag?«, krächzte Julian und da nun ein panikähnlicher Ausdruck auf seinem Gesicht erschien, konnte Karsten nicht länger ignorieren, dass sein Freund wenig begeistert war.

»Das schien mir an der Zeit. Ich dachte, du liebst mich«, gab er nun enttäuscht Antwort, »aber offensichtlich habe ich mich geirrt. Eine blöde Idee. Vergiss das mit dem Ring, vergiss das mit der Liebe, machen wir einfach so weiter wie bisher«, fuhr er schnippisch fort und stand auf. Demonstrativ sammelte er die Kleider ein, die Julian am Vorabend auf den Boden geworfen hatte, und verließ anschließend wortlos den Raum.

Julian fuhr sich durch das dunkle Haar und stieß ein sehr leises, aber von Herzen kommendes »Himmel, Arsch!« aus. Das hatte ihm gerade noch gefehlt. Der erste freie Tag seit Wochen und den konnte er jetzt mit dem Kitten seiner Beziehung verbringen. Kurz überlegte er, ob er einen Anruf vom Kommissariat vortäuschen und sich mit der Ausrede, zu einem Tatort zu müssen, davonstehlen sollte, aber das wäre nun wirklich schäbig gewesen. Es half nichts, er würde das irgendwie wieder hinbiegen müssen.

* * *

Etwas später in Brachweiler

Annegret Brucker verspürte nicht die geringste Lust, ihrer Pflicht nachzukommen und am Bungalow Nummer zwei zu klopfen, um die dort untergebrachte Dame darauf hinzuweisen, dass es bereits nach zwölf Uhr mittags war. Die Gäste mussten laut den allgemeinen Geschäftsbedingungen bis zu diesem Zeitpunkt entweder auschecken oder für einen weiteren Tag bezahlen.

Dafür, dass sie ihr Quartier gestern noch niederbrennen wollte, hält sie es aber verdammt lange darin aus, dachte die Sechzigjährige an den Kommentar ihres Bruders Gabriel.

Sie hatte auf ihrem Grundstück sechs Ferienbungalows aufgestellt und mittlerweile einige Stammkunden. Die Gegend war ruhig, ideal für Spaziergänge, und das Moor und die angrenzenden Wälder begeisterten so manchen Naturliebhaber. Die letzten Monate hatte Annegret sogar überlegt, das Geschäft weiter auszubauen. Das Grundstück war groß genug, sodass ausreichend Abstand zu ihrem Privathaus gehalten werden konnte. Allerdings kamen ihr seit letzter Woche Zweifel. Der Leichenfund draußen im Moor könnte ihre Entscheidung womöglich beeinflussen. Sie seufzte und strich sich eine ihrer blonden Strähnen aus dem Gesicht. Da sie am Vormittag in ihrem Kräutergarten gearbeitet hatte, trug sie noch die derben Schuhe und die abgewetzte Hose, als sie die Unterkunft von Lina Kraspe erreichte.

»Frau Kraspe!«, rief sie laut und wenig freundlich. Als sie keine Antwort bekam, klopfte sie gegen die Tür. »Die Werkstatt versucht Sie schon den ganzen Morgen zu erreichen. Ihr Auto ist fertig«, fügte sie schnippisch an.

Wieder folgte keine Reaktion. Annegret spähte durch das Fenster neben der Tür. Die Vorhänge waren zwar zugezogen, aber sie erkannte, dass im Inneren Licht brannte. Erneut hämmerte sie gegen das Holz, rief Linas Namen und vermutete schließlich, dass diese undankbare Person einfach, ohne sich zu verabschieden, gegangen war. Konnte man nur hoffen, dass sie den Schlüssel im Bungalow zurückgelassen hatte, sonst würde Annegret ein neues Schloss benötigen. Energisch drückte sie die Klinke nach unten und verzog verärgert das Gesicht, als diese nachgab. Der Fluch, den sie für Lina Kraspe bereithielt, wollte ihr dann jedoch nicht mehr über die Lippen kommen.

Annegret Brucker war beherzt ins Zimmer getreten, hatte dann aber gestockt. Mit ihren schweren Schnürschuhen stand sie in einer Pfütze und glaubte, die rote Masse würde sie wie Klebstoff daran hindern, sich einfach umzudrehen und wieder zu gehen. Stattdessen hing ihr Blick wie gebannt an dem Körper auf dem Boden. Sie konnte jede einzelne Verletzung sehen, die man Lina Kraspe zugefügt hatte. Wie in Trance betrachtete sie die Wunde am Hals, die blutverkrustete rechte Augenhöhle und die auseinanderklaffende Haut unterhalb der Brüste der toten Frau, dort, wo man ihr mehrere Stücke Fleisch herausgeschnitten hatte. Für einen winzigen Augenblick spürte sie Befriedigung, der sofort ein Gefühl der Scham und Reue folgte. Hatte sie nicht gestern noch dieser Frau den Tod gewünscht, sich vorgestellt, wie sie in ihrem eigenen Blut baden würde, nachdem sie sich all die Unverschämtheiten von ihr hatte anhören müssen? Aus der gewalttätigen Fantasie schien Realität geworden zu sein.

Die Sechzigjährige hörte ein Dröhnen in ihrem Kopf, registrierte, wie ihr die Luft drohte wegzubleiben, bevor sich endlich ihre Starre löste. Annegret geriet in Panik, stieß einen spitzen Schrei aus und wollte davonrennen, rutschte allerdings in der Blutlache aus und stürzte schmerzhaft zu Boden. Die Hand, mit der sie den Fall versuchte abzufangen, tauchte in das kalte Blut und aus Annegrets Panik wurde nun eine regelrechte Hysterie. Sie schrie, rappelte sich ungeschickt auf, fand nicht sofort Halt und krabbelte schließlich mehr, als dass sie aufrecht ging, aus der Hütte. Ihre Schreie wurden noch lauter, als sie die eigene blutverschmierte Handfläche betrachtete und wie von Sinnen Richtung Haus rannte.

Erst ihr Bruder, der sie an den Armen packte und heftig schüttelte, konnte sie schließlich aus diesem Schock befreien, sodass sie nach erlösenden Tränen in der Lage war, wieder klar zu denken und die Polizei zu verständigen …

Als E-Book und Taschenbuch bei Amazon erhältlich:
»Lebendfalle« (Psychothriller)

EBENFALLS LESENSWERT ...

Todmädchen, Psychothriller 2023

»Ich habe die Entscheidung über Leben und Tod getroffen. Sie möchten wissen, was ich dabei empfunden habe? Ich werde es Ihnen sagen: Es waren die besten Momente meines Lebens.«

Während eines Urlaubs im Schwarzwald verschwindet die sechsjährige Clara Kundorf spurlos, die Eltern sind verzweifelt. Acht Jahre später entdeckt man eine skelettierte Kinderleiche, daraufhin gerät die als »Zungenbrecherin« gefürchtete Kriminelle ins Visier der Polizei.

Als auch noch ein enthaupteter Frauenkörper gefunden wird, übernimmt die erfahrene Hauptkommissarin Franziska Erlang die heiklen und schwierigen Ermittlungen.

Trotz überraschender Verbindungen zwischen den Fällen lässt sich der Kreis der Verdächtigen nur schwer eingrenzen – auf wen hat es der Mörder wirklich abgesehen? Welche Geheimnisse sollen vertuscht und wessen Schuld beglichen werden?

Zunächst gelingt es den Ermittlern nicht, weitere brutale Morde zu verhindern, bis sie erkennen, dass nur das Todmädchen die Antworten auf all die offenen Fragen kennt …

In diesem Psychothriller erlebt der Leser einmal mehr, wie nahe Liebe und Hass beieinanderliegen und welche grausamen Taten daraus erwachsen können!

WEITERE BÜCHER DER AUTORIN

Alle Bände der Reihen sind in sich abgeschlossen und können unabhängig voneinander gelesen werden.

- Todmädchen (Psychothriller)
- Niemandsengel (Psychothriller, Hauptkommissar Stutter Band 7)
- Sepsis – Zorneskind (Psychothriller, Sepsis Band 11)
- Verdacht – Die tote Stiefmutter
- Mortem – Blutiges Elbufer (Mortem-Reihe, Band 2)
- Der Duft der Opfer (Psychothriller, Hauptkommissar Stutter Band 6)
- Mortem – Blutiger Traum
- Sepsis – Schlafendes Englein (Psychothriller, Sepsis Band 10)
- Sterbendes Herz (Psychothriller, Hauptkommissar Stefan Junck Band 2)

- Die im Regen weinen (Psychothriller, Hauptkommissar Stutter Band 5)
- Der Todeseid (Psychothriller)
- Mein Zorn – Dein Schmerz (Psychothriller)
- Dem Tod verfallen (Psychothriller)
- Tödliche Heilige (Psychothriller, Hauptkommissar Stutter Band 4)
- Mädchen ohne Wiederkehr (Psychothriller)
- Der Engelshenker (Psychothriller, Sepsis Band 8)
- Lebendfalle (Psychothriller)
- Schattenleid (Psychothriller, Hauptkommissar Kaller Band 2)
- Der Schmerzjäger (Psychothriller, Hauptkommissar Stutter Band 3)
- Blutschwarz (Psychothriller, Sepsis Band 7)
- Der Todesprinz (Psychothriller, Hauptkommissar Kaller Band 1)
- Heimtückische Schuld (Psychothriller, Hauptkommissar Stutter Band 2)
- Blutmosaik (Psychothriller, Sepsis Band 6)
- Der Sündenfänger (Psychothriller, Hauptkommissar Stutter Band 1)
- Verdorbene Ernte (Psychothriller)
- Bitterblutige Wahrheit (Kriminalroman)
- Ufer der Angst (Psychothriller, Sepsis Band 5)
- Schmutzige Tränen (Psychothriller)
- Lautloser Hass (Psychothriller, Sepsis Band 4)
- Sepsis – Showblut (Psychothriller, Sepsis Band 3)

- Sepsis – Das Schandmaul (Psychothriller, Sepsis Band 2)
- Sepsis – Verkommenes Blut (Psychothriller, Sepsis Band 1)
- Das Geheimnis von Herculaneum (Historischer Roman)
- Blutiger Schein (Thriller)
- Projekt Todlicht (Thriller)
- Die Akte Aljona (Thriller)
- Operation Castus (Thriller)
- world: reset – Nach den Aschentagen (Krimi/Science-Fiction-Thriller)
- Mystery-Geschichten (Kurzgeschichten)
- SciFi-Geschichten (Kurzgeschichten)

Alle Titel erhalten Sie als E-Book (die Shops finden Sie auf der Website der Autorin unter https://www.autorib.de) oder als Taschenbuch über Amazon!

Printed in France by Amazon
Brétigny-sur-Orge, FR

14249777R00169